インド全土地図▼本書で主な舞台となる地名

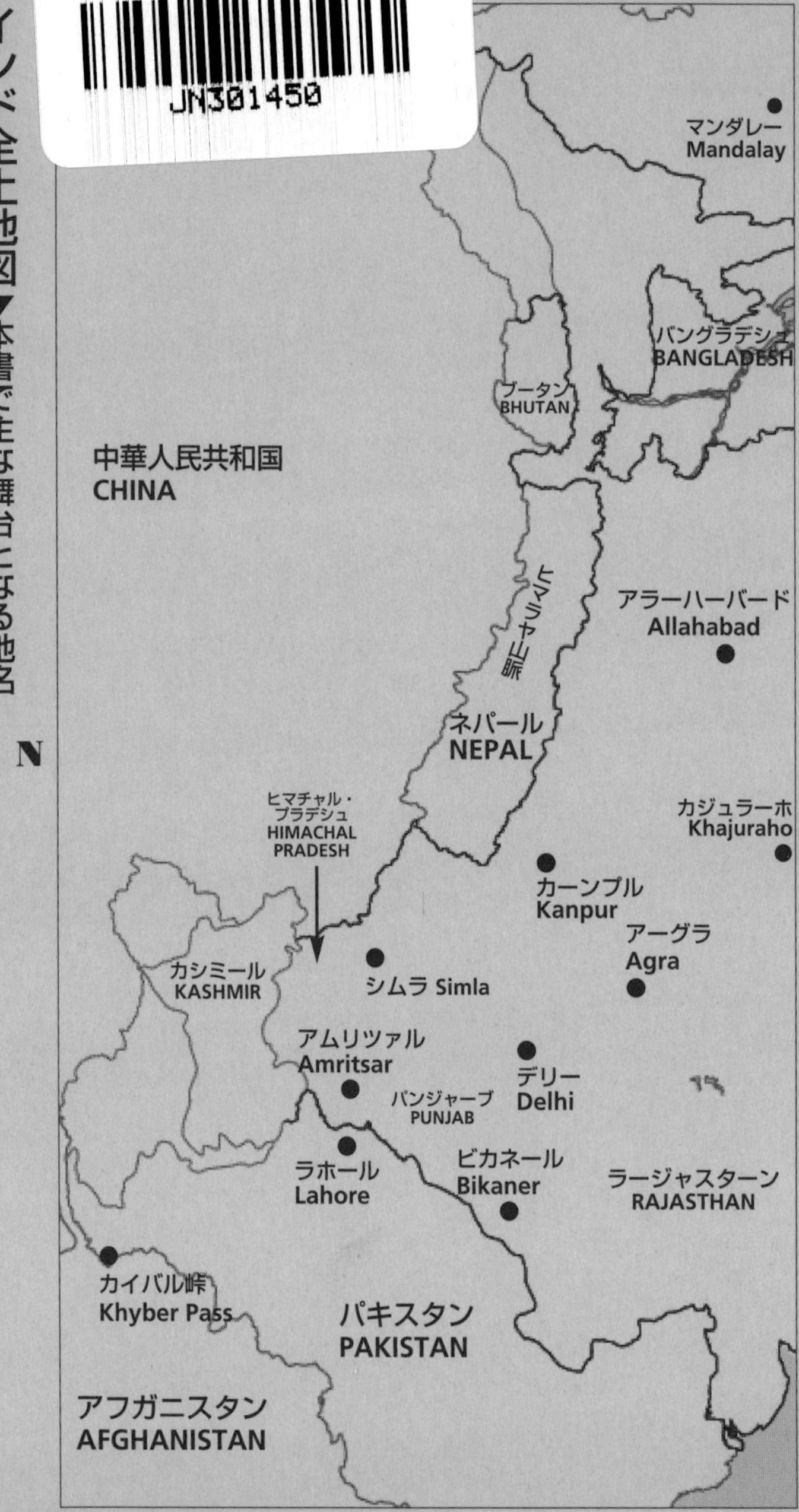
N
マンダレー
Mandalay
バングラデシュ
BANGLADESH
ブータン
BHUTAN
中華人民共和国
CHINA
ヒマラヤ山脈
アラーハーバード
Allahabad
ネパール
NEPAL
ヒマチャル・プラデシュ
HIMACHAL PRADESH
カジュラーホ
Khajuraho
カーンプル
Kanpur
アーグラ
Agra
カシミール
KASHMIR
シムラ Simla
アムリツァル
Amritsar
デリー
Delhi
パンジャーブ
PUNJAB
ラホール
Lahore
ビカネール
Bikaner
ラージャスターン
RAJASTHAN
カイバル峠
Khyber Pass
パキスタン
PAKISTAN
アフガニスタン
AFGHANISTAN

松柏社

青い薔薇

キプリングとインド

橋本槇矩

目次

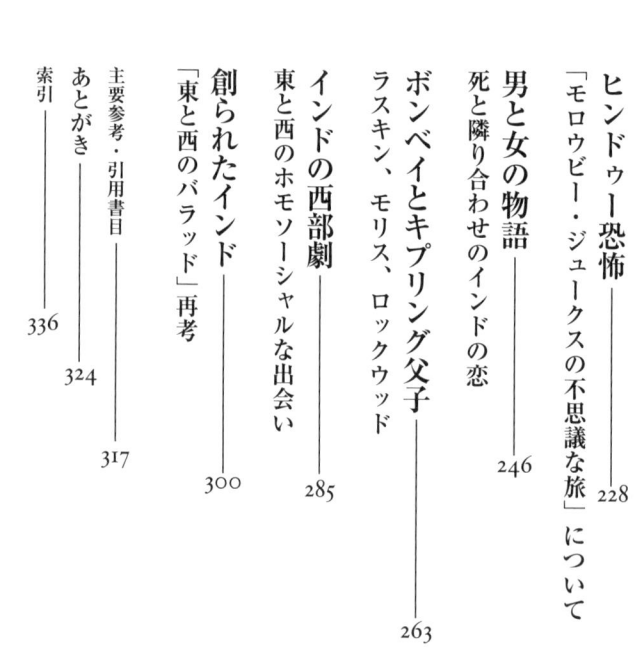

第Ⅰ部の登場人物

架空の人物には名前の後に（＊）が付されている。

ラドヤード・キプリング

イギリスの作家・詩人（一八六五―一九三六）。インドに生まれ、インドを舞台にして『高原平話集』『ジャングル・ブック』『キム』などを書いた。一九〇七年にイギリス作家としては初めてのノーベル賞を受賞した。

ロックウッド・キプリング

ラドヤードの父。ボンベイ美術学校とラホール博物館に勤務してインド人の美術教育に貢献した。インドについての知識を息子に伝授しただけでなく、『インドの動物と人間』を著した。初版『キム』の挿絵は彼の作品である。

アリス・キプリング

ラドヤードの母。才気煥発だが、寸鉄人を刺す辛辣な言葉を発する女性として伝記に描かれている。

アリス・キプリング・ジュニア（愛称トリックス）

ラドヤードの妹。三歳の時から六歳の兄と一緒にハンプシャー州サウスシーのホロウェイ家に預けられる。在印イギリス人（アングロ・インディアン）はインドの気候風土の悪影響が子供に及ばないように、早期に彼らを本国に送るのが常態だった。彼女はのちに精神を病み、自動記述や神智術に関心を持った。兄の「思い出の記」を書いている。

フローレンス・ヴァイオレット・ガラード

サウスシーで出会ったラドヤードの初恋の女性。彼は婚約したと思っていたが、インドに届いた彼女からの手紙によって彼女の意思が曖昧であることが分かった。のちにパリ・サロンの画家として活躍。生涯独身を通した。半自伝小説『消えた光』ではメイジーとして登場する。

カディール・バクシュ
ラホール時代のイスラム教徒の召使。ラドヤードによく仕えた。

乳母《アーヤ》のメアリ
ボンベイ時代のラドヤードの乳母として自伝に登場する。ゴア出身のカトリック教徒。

ケイ・ロビンソン
アラーハーバードの『パイオニア』の副編集長。後に『シヴィル・ミリタリー・ガゼット』に転任し、ラドヤードと一緒に働いた。

ゴービンド（＊）
ラホール郊外のラヴィ河畔の僧院に住むインド人の語り部。『人生のハンディキャップ』の序文に登場するが、実在の人物であるかどうかは不明。

エドワード・バーン＝ジョーンズ
ラドヤードの母アリスの妹、ジョージアナと結婚したラファエル前派の著名な画家。

マーガレット・バーン＝ジョーンズ
バーン・ジョーンズ家の長女。インド時代のラドヤードと頻繁に文通した。

モリー・ケイ
一九〇八年にシムラで生まれた。ケイの家系は数世代にわたりインド政庁に勤めた典型的アングロ・インディアン。父親は暗号解読の専門家である。シムラで子供時代を過ごした彼女の自伝はシムラの記録としても興味深い。ＢＢＣで映像化された『遠いパビリオン』（一九七八）はインド歴史ロマンスの典型である。モリーは熱烈なキプリング・ファンで彼の詩集も編んでいる。キプリングとの出会いは架空である。

ミセス・ホークスビー（＊）
『高原平話集』の複数の短編に登場する才気煥発な人妻。この短編集の献辞には「インドでもっとも機知に富む女性に」と記されている。ミセス・F・C・バートンがモデルと言われている。

ラルーン(＊)

ラホールのコーティザン〔高級娼婦〕。「オン・ザ・シティ・ウォール」に登場する。

ストリックランド(＊)

「獣のしるし」を含む短編に何度か登場するイギリス人警官。変装してインド人社会に巧みに潜入する。現地の風俗や文化に通じている。

オーマン教授

ジョン・キャンベル・オーマンはラホール大学の自然科学の教授。『インドのカルト・風俗・迷信』(一九〇八)を書いている。この小説では「知られざる世界の記録として」に登場するマッキントッシュにオーバーラップさせている。

ウォルター・ロレンス

ダファリン総督の下で活躍した政務次官補。キプリングはロレンスの『我々の仕えたインド』(一九二八)に序文を寄せている。

アラン・オクタヴィアン・ヒューム

インド国民会議派を組織したことで知られるインドの上級官吏。退職後はシムラに住み、南インドの鳥類の収集にも情熱を注いだ。キプリングとの出会いはむろん架空である。

ジョージ・アレン

インドで紅茶栽培により財を成し『パイオニア』を創刊した。彼の曾孫であるチャールズ・アレンは『キプリング・サーヒブ――インドとラドヤード・キプリングの修業時代』(二〇〇七)を書いている。

ミセス・タートン(＊)

フォースターの『インドへの道』に登場するチャンドラポアの長官夫人。典型的なアングロ・インディアンのメムサーヒブ。

ジョン・フレミング

スコットランド出身。インド国境警備隊から測量地図作成局に転任した兵士。トリックスの夫になる。

ミセス・ヒル（エドモニア・ヒル）

アラーハーバード大学の自然科学の教授だった夫に従ってインドにやって来たアメリカ人女性。『パイオニア』時代のキプリングは彼らのバンガローに寄宿した。彼らとともに日本を訪れた記録は『キプリングの日本』に詳しく書かれている。

モーガン・フォレスター（**＊**）

言うまでもなくE・M・フォースターをモデルにした架空の人物。

第Ⅰ部　青い薔薇——天竺《インド》への道

ボンベイ染色体

インドのジャングルに迷い込んだのだろうか？　鬱蒼とした樹林の中に緑の館を見た瞬間、なぜか安堵とともに悪寒が襲ってきた。ムンバイで、あるイギリス人の生誕の家を尋ね当てた時、感動というより、マラリア熱のような悪寒を感じたのだ。四十度を超える酷暑の中で毎日スパイスのきいたインド料理を食べ、水に当たって下痢をする、なぜそんな苦労をしてまでムンバイを歩き回っていたのか？　その理由はわたしにもよく分からない。

ヨーロッパ全土に匹敵する広さを持つインド亜大陸の西海岸にある豆粒のようなムンバイ、いやこの小説はイギリス統治時代のインドの話なのだからボンベイとしよう。まずはインドの地図を広げてみよう。倒立した逆三角形のインド亜大陸がアラビア海とインド洋に突き出ている。この逆三角形は女性のヨーニの象徴だと言われる。ヨーニを目指して古代から騎馬遊牧民族の男たちが押し寄せてきた。アーリア人に始まって、ペルシャ人、ギリシャ人、フン族、モンゴル人、アフガン系の民族、最後にはイギリス人。彼らはインドを侵して、略奪した。しかしインドの大地母神は逆に彼らを呑み込んでむさぼり尽くした。そんなインド亜大陸の西海岸に、虫眼鏡で探さないと見つからないほど小さな虫垂のように、あるいはマンゴーの実のように垂れ下がった小さな半島の先端部分がボンベイである。サルマン・ルシュディの『真夜中の子供たち』では、ボンベイは「なにかをつかもうと西に向かってアラビア海に伸ばされた手」とされている。そこは主人公サリーム・シナイの生まれる町、そしてキプリングの短編の名を借りた歌芸人ウィー・ウィリー・ウィンキーの故郷でもある。ロヒントン・ミストリ『かくも長き旅』のグスタード・ノーブルのボンベイ。映画ならやはり宗派対立の暴動場面が印象的な『ボンベイ』だろう。二〇〇九年のアカデミー賞八部門を獲得した『スラムドッグ$ミリオネア』はボンベイのスラム出身の少年の成功物語だが、イギリス人監督のダニー・ボイルは、インドの貧困とそれが生み出す犯罪や悲惨を巧みに「利用」している。しかしインド人監督によるものならスラムの別の描き方が存在したことは容易に想像がつく。構成は巧みだが、娯楽映画にすぎないのではないか。本当に深い感動を残す名作かどうかは疑問だ。インドの大都市のスラムの内側を知るにはこの映画よりはドミニク・ラピエールの『歓喜の街カルカッタ』のほうがはるかに面白い。だが万事、百聞は一見に如かず、ボンベイを知るにはボンベイを訪れてみることがなによりだろう。

＊

東インド会社の南インド支配の拠点として開発が進んだ一九世紀には、七つの島が埋め立てによりひとつの半島となってアラビア海に突き出た虫垂となった。それ以前からボンベイは中近東、アフリカ、ヨーロッパからの移民を受け入れる多民族都市であり、イギリス人にとっては英領インドへの玄関だった。その証拠にボンベイはインドにおける鉄道発祥の地である。ヴィクトリア・ターミナス駅は今でもその偉容を誇るイギリスのインド支配の象徴的建築物だ。この駅の建築装飾とキプリングの父ロックウッドとの関係は第Ⅱ部の「ボンベイとキプリング父子」で触れてある。

ゴービンド・ナラヤンの『ムンバイ——一八六三年以降の都市の記録』によれば、ボンベイは一九世紀の初期にはインド人の教育、出版などの文化活動が生まれた土地だった。インドの主要な綿産業もここに集中していた。時の移り変わりとともにイギリスが去り、インド・パキスタンの分離独立、宗派の対立紛争があり、いまではインドの貿易・金融の主要なメガロポリスだ。一九九六年にはこの都市の歴史がよみがえる。イギリスと対立したマラータ同盟の武人王シヴァージーの名がヴィクトリアに取って代わり、ヒンドゥー原理主義を掲げる政党シヴ・セーナによって、ボンベイはムンバイという地元の女神の名に変わった。いや、もともとここはマナガツオやカニを獲るコーリーという漁師たちの村だったから、彼らの守り女神ムンバデヴィの復活ということになる。

二〇〇八年の末にムンバイで起きた無差別テロ事件で標的となったホテル、タージ・マハル・パレスから真南に二キロメートル、ヴィクトリア・ターミナス駅〔現在はチャトラパティ・シヴァージー・ターミナス駅〕の東側を走るムハンマド・アリ・ロードにジー・ジーボーイ・スクール・オヴ・アートはある。ここは植民地時代にはボンベイ美術学校と呼ばれていた。

一八六五年の五月、ここに顎鬚を生やしたひとりのイギリス人がやってきた。傍らにいる新妻アリスのお腹にはすでに赤子が宿っていた。男の名はジョン・ロックウッド・キプリング。彼は新設の美術学校の工芸美術教師として赴任してきた。この学校に付設された住居で、半年後にラドヤードは生まれた。

当時の写真でボンベイ湾を見ると、帆船やダウ船が浮かび、椰子の木に囲まれた漁村の風情がかすかに残っており、いまのムンバイとは別の都市のように見える。現在のムンバイはインド随一の金融都市、産業都市であり、またインド海軍基地でもある。半島の先端までびっしりとビルが立ち並び、新開発の摩天楼が空を突き抜けている。パールシー教徒の沈黙の塔があるマラバル・ヒルは植民地時代には緑の森に覆われた高級住宅地だったが、いまではマンションの立ち並ぶ平凡な隆起にすぎない。

数年前にわたしはキプリングについて、所謂、研究書なるものを出版した。なにが好きでそんなことをしたのか、自分でも説明が難しい。キプリング＝帝国主義者という等式は、日本でも確立しているらしく、研究書の刊行以来、職場で橋本は帝国主義賛美者ではないかと噂されている。

ともあれその本の装丁にキプリングの肖像が〔気のきかない編集者の発案だったが〕使われた。その後、友人、知人たちからわたしはキプリングにそっくりだと異口同音に言われた。従来、誰某に似ていると言われた時、わたしは傲慢にも「むこうが俺に似ているのだ」と返答してきた。だがキプリングに似ていると言われた時は、さすがにそれを口にすることはできなかった。磁石のようにわたしをキプリングのほうへ引き寄せているなにかがあると感じたからだ。それはなんだろう。わたしは彼の生誕地ボンベイを訪れて磁力の謎を解こうと決心した。

ようやく尋ね当てたキプリング生誕の地、J・J・スクール・オヴ・アートはあちらこちらに樹林を残す緑豊かな環境にあった。わたしはマラバル・ヒルの上を禿鷲が舞い、アラビア海にダウ船が浮かぶ往時を偲んだ。用務員さんに案内された緑色の木造の学校は後に建て替えられたものだというが、わたしはそんなことは無視してもいいと思った。カンタル〔ジャック・フルーツ〕の実の刺《とげ》に痛い思いをしたり、鶏に追いかけられて逃げ惑う幼いのキプリングの姿が建物を囲む庭に見えるような気がした。

玄関前にキプリングの生家であることを示す記念碑と銅像がある。その前に立って写真を撮っていると、一匹の蚊が、銅像の背後から飛んで来てわたしの腕を刺した。ボンベイはその昔、マラリアが蔓延する瘴気の地と見なされていた。マラリアの感染を恐れて慌てて叩いたが、遅かった。蚊はすばやく逃げた。ハマダラ蚊かどうか確認する間もないすばやい動きだった。その晩、マリン・ドライヴに近いホテルに戻って食事を済ませベッドに疲れた体を投げ出す頃には蚊のことはすっかり忘れていた。だがインド旅行中に読み進めていたアミタヴ・ゴーシュの『カルカッタ染色体』の読みさしのページを開いた途端に再び蚊が飛び出してきた。二一世紀のニューヨークと一九世紀のインドを舞台にしたこのSF小説は、マラリア原虫を使って不死を得る技術、固体から固体へとマラリア原虫が人格を転移させる可能性を巡る話である。マラリア原虫は自分のDNAをカット＆ペーストできる。その遺伝子組み替え能力を使えば、人間のDNAを切り取って吸収し、さらに他の人間に再分配できる。

その晩は頸部が腫れて、熱が襲ってきた。おそらく『カルカッタ染色体』を読んだせいだろうが、熱に浮かされたわたしの妄想は膨らんだ。キプリングの銅像の背後から飛び出してきた蚊は百五十年前にここにいた幼児の血を吸った蚊の子孫である。当時はまだハマダラ蚊がマラリアを媒介することは知られていなかったので、幼いラドヤードの血を思う存分に吸えたにちがいない。血からキプリングのDNAを体内に取り込んだ蚊は代々、ボンベイに生き延びて、DNAを引き継いだ。わたしを刺した蚊はその子孫である。妄想はやがて夢の中の物語を生んだ。マラリア原虫によってラドヤード・キプリングの人格がわたしに転移されて……インドの真夏の夜の夢が始まった。

インドの真夏の夜の夢

明朝の新聞の発行に間に合わせようと回転する輪転機の轟音が響いてくる。夜中をすぎても室内は三十度ある。日中、屋外に出ると眼鏡のフレームが高熱を帯びてこめかみが火傷をするほどの四十二度を越える酷暑である。昼食をとって「ビカネール」と名づけられた自宅から新聞社に戻ると給仕係のニッカ・シンが冷たい紅茶をいれてくれる。このシク教徒の給仕は手首に鉄輪をはめ、腰には短剣をはさんでいる。薄汚れた白いターバンの下には虱の棲む長髪がたくし込まれている。シンはめったに口をきかないが、しゃべるときはウルドゥー語と片言の英語である。

新聞の編集の仕事で高揚した頭脳と室内の暑さのせいだけではない、後に述べる別の理由もあるのだが、眠れぬ夜が続いた。ベッドで寝返りを打つあいだにも植字工がガチャガチャと活字を組む音が耳に残っている。

眠れない夜はつらい。明日の仕事のことやフローラとの思い出、インドでの自分の将来への不安などいろいろの想念が頭の中をかけめぐる。ジャッカルの遠吠えを聞いているうちについに胃痙攣が始まった。わたしの呻き声を聞きつけた召使《ハマル》のカディール・バクシュが隣の部屋からやってきた。

「サーヒブ、どこ痛い？　これを飲むといい」そう言って黒ずんだ瓶に入った液体のようなものをくれた。

「知り合いのムスリムの医者《ハキム》がくれたアフィオンの水。コレラの予防になる」ウルドゥー語らしい「アフィオン」はわたしには意味不明だった。しかし思い切って飲んでみると劇的に効いた。アヘンチンキのようだ。こうした不眠はインドで始まったことではない。インドに来る前の十六歳の時つまり一八八一年の八月をわたしはロンドンの下宿ですごしていた。フローラことフローレンス・ガラードへのかなわぬ恋に悩み、ロンドンの夜の街をさ迷い歩いた。変な言い方だが「夜が頭に入った」のはこの時である。夜の彷徨。それは一生続くわたしの宿業となった。

　夜と酒とアヘンと女の組み合わせはロンドンの流行だった。しかしイギリスの世紀末詩人ダウスンのような詩心をそのままインドに持ち込むのは危険である。インドに世紀末詩人の魂を移植するとどんな結果を生むか、それはわたしを見てもらえば分かる。インドは人を変える。あるいは変わらずにインドで生き延びることはできない。生命態を生のまま晒す強烈なインドの光と闇の中では、人生に対するなにかが反転するのだ。硬い外皮を持つアルマジロにならなくてはやっていけない。やわなゼリーのような感受性はあっという間に蒸発して干からびてしまうのだ。ロンドンの回想は長く続かない。やがて熱いスープのような室内の空気をかき回していた吊り大団扇が止まり、耐えがたい熱気が襲ってきた。団扇のロープを引いているカディール・バクシュが居眠りをしているのだろう。バクシュはわたしの父ロックウッドの使用人の息子で、なかなかの好青年、いやまだ少年だが、わたしによく仕えてくれる。そのうちムスリムの祭りに連れて行ってくれるという。

＊

ボンベイからインド西部を南北に横断する三日間の汽車の旅を終え、要塞をかねたラホールの厳つい駅舎の前で馬車を拾い、両親と妹の待つバンガロー様式の家に着いたのは、一八八二年の十月の末だった。六歳の時以来、家庭生活というものを味わったことがないわたしには、十年ぶりの家族との再会は楽しみであると同時に不安でもあった。

インド北西部にある砂漠の名をとって「ビカネール」と名づけられた自宅の門をくぐった。真っ先に迎えてくれたのは、父が飼っている二羽のカラスだった。父は昔から動物好きで、イギリスで陶工の見習いをしていた頃も紐につないだネズミを飼っていたそうだ。後に『インドの動物と人間』という本を書く素地はあったのだろう。肩にとまったカラスに頬髯をつつかれながらわたしは家の玄関をまたいだ。

「ラディが着いたわよ！」召使より早く飛び出してきたのは母のアリスだった。

乗換え駅のアーグラから電報を打っておいたので、おおよその到着時刻は分かっていたのだろう。

「お邪魔します」

「なにを他人行儀にそんなこと言うの？　ここはこれからのあなたの家なのよ」

母とは四年ぶりの再会だ。インドは白人女性を早く老けさせると言われているが、母は四十五歳にして若さと美しさを保っていた。母の背後から妹のアリス（紛らわしいのでトリックスと呼ばれていた）が顔を出した。妹はわたしより一年早くイギリスでの教育を終えて両親のもとで生活していた。

「早く入って、汗と埃だらけね。シャワーを浴びるといいわ。兄さんの部屋を用意しておいたわよ。気に入ると思うわ」

五年の学寮生活の後、家族との生活に入るのだと思うと新しい冒険に踏み出すようで興奮していた。しかし肝心の大黒柱である父ロックウッドの姿が見えない。ビカネールには十四もの部屋があると聞いていた。父はスタジオでスケッチでもしているのだろうか。

「父さんは？」とわたしは訊いた。

「学校でインド人の生徒に石膏塑像のつくり方を教えているの。まもなく帰ると思うわ。まあ、ラディ、頬髯を生やしたの？」

わたしは船旅のあいだに、インドで活躍する男たちに倣って髯を生やしたのだ。母は気に入らない様子だったが、聞こえないふりをした。幼児のわたしと妹をイギリスの他人の家庭に預けたまま十年以上もインドで暮らしていた両親とは、どこかで肉親の情愛が断ち切られているような気がしていた。

父はメイヨー美術学校の校長とラホール博物館の館長の職務を兼任していた。イギリスで陶工として修業を積んだ父は建築に施す動物や植物の装飾文様を専門としていた。また同時に、カルカッタで発行される『パイオニア』にボンベイ時代から定期的に寄稿して文筆の方面でも活躍していた。話せば長くなるが、父の口利きのおかげでわたしはラホールにある姉妹紙『シヴィル・ミリタリー・ガゼット』(CMG)の編集助手としての仕事にありつけたのだ。わたしが旅装を解いて、シャワーを浴び、室内着に着替えていると父が帰宅した。ずんぐりとした体に載った丸い顔を髭が覆っている。頭の真ん中が禿げ始めているほかは、昔と変わらない。着替えを済ませた父はわたしと握手した。「父さん」と呼びかけるのが照れくさい。

「ようやくインドに帰ってきました」

「ラディ、ずいぶん背が伸びて、元気そうでなによりだ。インドの印象はどうだ?」

「P&Oの客船の上から椰子の樹がひときわ目立つボンベイの町を眺めていると、インドらしい匂いが漂ってきました。そうしたら忘れていたインドの言葉が自然に口から出てきましたよ。船から下りてすぐに生まれた家を探したけど、見つからなかった。無性に乳母《アーヤ》のメアリに会いたくなって聞いて回ったのだけど、消息は分からなかった」

「それは無理もない。あれから十年は経ったからな」

ババ・ローグ、ベアラー、ビシティー、ハルワー、いろいろ言葉は覚えている。でも意味は不明だった。それらは順に子供たち、使用人、水汲み、菓子という意味だと父は教えてくれた。もともと陶工として人生をスタートした父には、堅実さと寡黙さが染み付いているが、質問には丁寧に応じてくれる。長年粘土を扱ってきた父の手は厳ついけれど、その指先は繊細だ。

「ゆっくり食事をしながら話そう」父はわたしの髯を見て満足そうに言った。

その晩はムスリムの料理人が作ったインド料理にくわえて母と妹が久しぶりに焼いたヨークシャー・パイやシャーベットも食卓に並んだ。冷蔵庫も扇風機もないことを考えれば、この時代のインドで母はよく家事をこなしているほうだ。イギリスでは口にしなかったインド料理はスパイスがきいていて、むせかえり、食道は燃えるようだった。

「ラディ、これから新聞社で働くにはインドの言語を知らなくては勤まらないな。ウルドゥー語を勉強したほうがいい」と父は言った。むろんわたしもそのつもりだった。

「ところで父さん、なぜビカネールと名づけたの？　砂漠の名前でしょう？」とわたしは疑問をぶつけてみた。

「いや、わたしがつけたのではない。屋敷を取り囲んでいたシシャムやサイカチ、インド・ネム、タマリンドの樹林がジャングルのようになっていたんで、切り払ったのさ。熱帯の疫病を運ぶ昆虫や動物、危険なサソリやスズメバチの棲家になってしまうからな。ここでは防風林の代わりになる樹林より砂嵐のほうがましなんだよ。周囲になにもなくなって殺風景になったのを見た友人たちがビカネールと呼ぶようになったというわけさ」インドについての博物的知識を持つ父らしい解説だったが、樹林越しにインドの大きな月を眺めたかったわたしにすれば、少々残念だった。

わたしは一八六五年にボンベイに生まれ、教育を受けるために六歳でイギリスへ送られるまでインドの言葉を話していた。ポルトガル系の混血である乳母のメアリはウルドゥー語で子守歌を歌ってくれたし、わたしの御付きの召使のミータは「虎になった王子様」の話をヒンドゥースターニー語で話してくれた。だからその頃はむしろ英語のほうが外国語のような存在だった。P&Oの客船がボンベイに着くと、わたしは六歳の昔に帰って、遠い記憶の中の風景や無意識に眠る色彩や匂いをよみがえらせてみた。こんな情景だ……夜明けの光、自分の肩の高さに黄金色や紫色の果物、きっとメアリとマーケットに買い物に行くのだ。メアリは道端の十字架に向かって十字を切っている。ミータが一緒に行く時は、ヒンドゥーの神を祀る社にも立ち寄る。夕方は海辺にある椰子の林を散歩する。椰子の樹林の上に昇ってくる大きな妖しい月。熱帯の夕暮れは怖かったけれど、椰子やバナナの葉が風に揺れる音やカエルの鳴き声は好きだった。インドは光と色彩と香りの国だ。父もインドの最初の強烈な印象は空気の匂いだったと言う。「ボンベイの港に船が近づいた時、ターメリックの香りにジャスミン、火炎樹、それから牛糞を焼く匂いが混じった不思議な刺激が鼻を襲ったもんだよ」とは父らしい分析的な説明である。その後一八九一年に南インドの港町からインドに入った時も、湿り気のある土の匂い、ココナッツ油、ジンジャー、玉葱、それらの匂いをつき混ぜたような人間の匂いが海の上まで漂ってきて、インドに帰ってきたという実感をもたらした。なによりもインドは頭を通してわたしに入ってきたのではなく、幼児時代の記憶、視覚や聴覚、嗅覚そのほかの感覚を通して入ってきたのだ。

　ボンベイですごした六歳までの記憶の中でもっとも鮮明に残っているのは庭に落ちていた子供の腕である。マラバル・ヒルにはパールシー教徒たちの鳥葬用のすり鉢型の石造葬儀場がある。そこで子供の遺体をついばんだ禿鷲が上空から落したものだ。インドは生と死の対照が強烈な国だ。熱烈な生命の燃焼の賛歌のすぐ裏で死の舞踏が繰りひろげられている。シヴァ神が踊りのポーズをとっているナタラージャ像も生と死の回転のシンボルそのものである。だからターメリックやココナッツの匂いや牛糞の燃える匂いは死の匂いをも含んでいる。ロンドンから持ってきた苦い恋の味と死のイメージはわたしのインド時代につきまとっていた。そんなセンチメンタルな回想にひたっていると、デザートのシャーベットを匙ですくいながら父が言った。

「ラディ、インドは一に仕事、二に心身壮健、三に克己が重要視される。インドのイギリス人にとって芸術や文学は、行動力や決断力を殺《そ》ぐ無用の長物とされている。以前、アワドの長官だったヘンリー・ロレンス卿は、若い官吏がイギリスからピアノを持ち込んだとき『そんなものはぶっこわせ』と言ったくらいだ。ここは実務一辺倒の土地だということは覚えておいたほうがいいぞ」

「父さん、忠告ありがとう。僕も当分は新聞社の仕事に邁進します」

　父の人柄はまだよく分からないが権威主義の匂いはしない。しばらくは様子を見よう。

翌日からさっそく働き始めた『シヴィル・ミリタリー・ガゼット』の社屋は自宅から一マイルも離れていない。しかし当時のインド在住のイギリス人の習慣にしたがってわたしも馬で通勤した。編集助手であるわたしを除くとイギリス人は編集長のスティーヴン・ウィラーだけで、活字工や印刷工はすべてインド人だった。インド人といっても実に雑多、多種の民族や部族から成り立っていて、その話を始めるときりがない。ラホールに圧倒的に多いのはムスリムのパンジャーブ人だと簡単に言っておこう。さて彼らとウルドゥー語やパンジャーブ語や片言の英語でやりとりしながら記事を編集し、校正し活字工に渡す……いとも簡単に聞こえるだろうが、現実は厳しかった。電報が絶えず入ってくる、ヨーロッパのニュースも電信されてくる、多数の現地インドの新聞記事にも目を通す、電話にも出なければならない、広告や記事にしてくれと訪問してくる人たちの応対等々、身体がいくつあっても足りない殺人的な忙しさだ。しかし新聞社での仕事についてでは、再度ふれる機会もあるだろう。

監督責任者である編集長のウィラーは仕事の鬼だったが、しばしば熱病にかかった。わたしが働き始めてまもない十二月のクリスマスの頃に彼は交通事故に遭い、療養していた。わたしは百七十人ものインド人たちを監督指揮して新聞を発行し続けた。十七歳の若者にしてはよくやると言われても当然の采配だったと我ながら感心している。

仕事を終えると、頻繁に白人専用のクラブに出かけた。父が会員として推奨してくれたおかげでクラブに出入りできるのは有り難い。さもないと自宅と新聞社の往復だけの生活になっていたろう。クラブはわたしにとってインドで生活するための知識を手に入れる学校のようなものであった。ラホールに住む文官や軍の将校や企業家が会員だった。インド政府の政策に対するアングロ・インディアン社会の評価や批判を知るにはもってこいの場所でもある。イギリスで社会改革や選挙権拡大を進めているグラッドストン内閣によって送り込まれたリポン総督の「イルバート法案」が不人気であることも知った。彼らはイギリスのインド統治にインド人を参加させることには反対であった。一枚岩のカーストを形成していたアングロ・インディアンこそ、わたしの新聞の、そしてやがてはわたしの詩と短編の読者となる。インドに職を求めてやってきた彼らの大半は、インドに最適な支配者はイギリス人であり、自分たちは子供のようなインド人のためにインドを統治してやっているのだと信じている。そんな彼らが、白人が被告の裁判をインド人判事がおこなうことができるようにするという改革法案に反対なのは当然とも言えるだろう。『シヴィル・ミリタリー・ガゼット』は社主が政府との関係の深い新聞なので法案に賛成の社説を載せていたから、わたしがクラブで非難されたのは言うまでもないが、編集助手にすぎないわたしが自分の意見など書けるわけがない。わたしは雇われの身の若造だからと、クラブでは大目に見てもらえるようになった。ジャーナリストとしてあるいは物書きとしてインドで生きていくには、彼らの生活と意見に同調する擬態を取ることも知恵であることを学んだ。

もうひとつクラブで知ったことがある。それは「生意気」な図々しいラディの奴は混血ではないかという噂が流れていたことだ。確かにわたしは浅黒い肌、黒く濃い眉毛、扁平な顔にえらが張っていて、髪も硬い。一見するとモンゴル系の血が入っているようにも見える。「ロックウッドが留守のあいだにアリスがインド人下僕と浮気をしてできた子ではないか」という根も葉もない噂が立ったのはわたしが父母にあまり似ていないせいだろう。むろん滑稽な誤解だが、わたしは自分の故郷はインドだと思っていたので、内心ではむしろ喜んでいた。これをきっかけにわたしはインドの混血児に関心を寄せるようになった。後にキムを人種的境界にいる少年として描いたのは、なにより自分がハイブリッドだったからだ。

クラブは白人の城だが、そこを一歩出ると熱気が襲ってきてインドにいることを思い知らされる。その時にかぎったことではないがビカネールに近づくと、いつもなにかに見つめられているような気がした。街路の反対側に、道路拡張の時に盛り上げた土塁に白く光るものがある。近づいてみると骸骨の落ちくぼんだ眼窩だった。ムガル時代の墓が雨に洗われて表土が流れ、地中に眠っていた骸骨が白人支配者の馬の蹄の音を聞いて目を覚ましたのだ。あるいは別の時には、墓地の上に敷かれた舗装道路がくずれて、砂煙の中から白い人骨が枯れ木のように突き出していた。ある時これにつまずいたポニーが転んで、怪我をしたこともある。白人支配者の登場を恨むかあるいは羨んでいる過去の王朝の亡霊たちの仕業にちがいない。わたしがこれからおよそ五年をすごすことになるラホールはボンベイとはまったく異なる都市だ。ボンベイが東インド会社がつくった海辺の貿易都市であるのと違って、ラホールはイスラム文化の香りが濃厚なムガルの都市である。

ラホールの起源は歴史のかなたの霧の中である。あるいは砂塵の中と言うべきかもしれない。ヒンドゥーの伝承ではラーマ王子の息子のラーヴァにちなんだ名前だと伝えられているが、それも砂塵のかなたの話である。一一世紀にイスラム系のガズニ朝がここを征服した後の歴史はゴール朝、ティムール朝が征服と略奪の歴史を重ねた。ムガル帝国第三代皇帝のアクバルがラホール城を建設したが、彼はおそらく、ティムールの夢の都サマルカンドの奪取に失敗した祖父バーブルの夢をラホールに実現したかったのだろう。ジャハンギールもここで死に、アウラングゼーブはモスクを建てた。ラホールはムガル皇帝たちに愛された。一七九九年にランジット・シン率いるシク王国がここを本拠とするまで、ラホールは春をひさぐ女のように次々と相手を変えた。ラホールの俗謡にこんなものがある。「ラホール、春をひさぐ古代の女、歴史のかなたのヒンドゥー王の寵愛を受けた女、ムガル皇帝たちの高級娼婦、着飾って宝石に身を包み、遊牧民に蹂躙され、次には恋人たちに愛撫されて癒される。アフガン部族のカシムの目にはおちぶれ女、魅惑的だが老齢の妾、だが求愛する男には、驚きの快楽を恵んでくれる、王たちからもらった贈り物を誇らしげに見せながら」。

このように歴史ある古都もイギリスにとっては北西方向、つまりはアフガンとロシアからの脅威を防ぐ軍事都市にすぎない。イギリス人は城塞を中心にした旧市街の外にモールを敷設して役所や裁判所、博物館や白人専用の居住区をつくった。インドの植民地都市はみなこれと同じ構造をしている。無粋と言えば言えなくもない味気無いヨーロッパ建築だが、少し手前味噌をつけくわえるなら、わたしの父ロックウッドはわたしがインドを去った後もここにとどまり、ヒンドゥーあるいはイスラムの建築様式をヨーロッパの現代建築に取り入れる努力をした。

だがわたしの目は、モールと名づけられた大通り沿いに庁舎や大学、博物館、ヨーロッパ式の公園などがある地区よりは、迷路のような狭い路地が入り組んでいる旧市街に向いていた。『魔女シドニア』と一緒にバーン＝ジョーンズおじさんがプレゼントしてくれた『アラビアン・ナイト』の世界がラホールに重なって見えたからである。モリスおじさんもバーン＝ジョーンズおじさんも、彼らより若いビアズリーも、わたしが後にしてきたロンドンでは皆が東洋憧憬や中世趣味に冒されていた。「モリバーネッティ」という、モリス、スウィンバーン、ロセッティをひとつにまとめた言葉がはやっていた。彼らは『ルバイヤート』の世界に、嘆きと酒、美女と薔薇と竪琴とそれらを包む無常観を見出して心酔していた。彼らのテーマはある意味で単純だ。愛と死と霊を朦朧としたムードで包んである。インドへ来る前のわたしもその世界に憧れ自分の宿命の女を持ったのだが、その悲しい恋の顛末についてはこれからお話ししよう。

八歳の頃にわたしはモリスおじさんの膝に乗って「ニャールのサガ」という北欧の神話を聞かせてもらったことを覚えている。しかしおじさんがどんな人か分かったのは、ずっと後に「ユナイテッド・サーヴィス・コレッジ」というパブリック・スクールに入った十二歳の頃だ。それはデヴォン州のビデフォード湾に面した村にある新設の学校だった。パブリック・スクールとは言うものの、軍人やインド植民地省の役人の師弟を養成するために創られた特殊な学校だったが、そこの校長をしていたコーメル・プライス先生はオックスフォードでモリスおじさんとバーン＝ジョーンズおじさんと同窓だった。このプライス先生の存在は大きかった。コレッジは彼のおかげでリベラルな人文教育も重視されていた。わたしは彼に刺激を受けて英文学だけでなくダンテを初めとする西洋文学を読んだ。学校時代に学内誌を編集し物語を書き始めたわたしはモリスおじさんの娘のジェニーに拙い物語を贈った。

画家バーン＝ジョーンズはわたしの母の姉ジョージアナの夫である。わたしは学校の休暇中は彼らのグレインジですごした。わたしは文学にかけては早熟だったので、モリスおじさんの詩だけでなくロセッティやスウィンバーンの詩も読んだ。そこで彼らに共通する美の理想、世界観を見つけた。その具体的象徴は「宿命の女」である。みんな女に惹かれると同時にひどい目にも遭っていた。ある種の精神の病が芸術創作や宗教的熱狂には必要だと言われているが、まさしく例外なく「宿命の女」たちに取り憑かれたラファエル前派の画家や詩人が周囲に大勢いたのだ。最晩年のロバート・ブラウニングもグレインジに顔を見せた。ブラウニングもロセッティもスウィンバーンも、宿命の女を選んで、美のインスピレーションを得たいという宿業に取り憑かれていた。子供の頃には想像もしなかったが、モリスおじさんの妻のジェインは詩人で画家のロセッティと親密だった。当時のわたしはバーン＝ジョーンズおじさんだけはそんなことはしない堅実な家庭生活と芸術創作を両立できる人だと思っていた。しかし、それは間違いだった。バーンズおじさんにも「宿命の女」に取り憑かれる兆候はあったのだ。

ある日、おじさんの部屋に呼ばれて行ってみると、網目状に黒いロープを絡めたドレスを着ている女がカントン紙に水彩で描かれていた。十年以上も前に描かれた作品だそうだ。豊かな亜麻色の髪にも網状のヴェールがかけてある。横顔を見せている女はたくらみを蔵しているかのような邪視である。おじさんは書棚から一冊の本を取り出してプレゼントしてくれた。『魔女シドニア』。ワイルド夫人訳のこの本を読んで以来、わたしも将来は「宿命の女」あるいは「魔女的女」を見出して恋をしなければ、一人前ではないと考え始めた。彼らより一世代後の詩人たちも多くは宿命の女に出会っている。ジェイムズ・トムソンという詩人は恋人の死の痛手から放蕩暴飲に走り、わたしがインドに向かった一八八二年に死んだという噂を聞いた。先に名をあげたアーネスト・ダウスンはポーランド人の飲食店の娘に恋をして「シナラ」という傑作を書いたが、蒲柳の人の無理が祟って一九〇〇年に死んだ。

やわな文学者魂だけではインドでは生き延びられない。それにラファエル前派の師匠であったラスキンの美学をインドにあてはめることも無理だ。彼は『近代画家論』で遠くの景色には空気の影響でグレイが混じると指摘しているが、インドではあまりの熱暑と砂塵のために黄色か黄金色が混じるのだ。美の理想だって風土の影響を受ける。

もうイギリスのことは忘れようと思いつつも、数カ月前にはもう一度だけフローラの真意を確かめようと手紙を書いた。なぜか潮騒の音が耳の底から響いてくる。フローラと歩いたサウスシー（ボンベイを思い出させる「南の海」とは皮肉なことだ！）の海辺の思い出と一緒に詩句が浮かんできた。

別離の悲しい海のほとりで、

　　僕らはあちらこちらとさ迷い歩いた。
　　いまの僕は、昔の思い出の日々の
　　　影と幻を追うのみだ

いやこれはダウスンの詩だった。間違えてしまうほど似た詩を書いたせいかもしれない。わたしの詩は恋人の亡骸を浜辺に埋葬する中世の男の口から語られている。最後のスタンザからお見せしよう。

　わたしは浜辺のヒナゲシ、海風で乾いたヒースの花を摘み／ひとつの花輪を織り上げた／夜になってから彼女の瞼の上に花輪をおいて／その瞳が隠れるようにした／
　それからかんばせと髪に砂を積み上げて／亡骸のすべてを覆った／暗闇の中で手さぐりして／足と手にも砂をかけ、隠れるようにした。

告白詩は好きではないが、ブラウニング風の劇的独白なら自分の才能が発揮できるような気がした。仮面をつけて作中の人物の声で語ることをブラウニングから学んだからだ。

*

それにしてもフローラとは不思議な巡り合わせであった。わたしと妹がサウスシーのミセス・ホロウェイのところに寄宿したのは偶然と言えば偶然で、本当はバーン＝ジョーンズ家に預けられても不思議はなかった。母と母の姉に当たるジョージーは仲がよかったし、彼らのグレインジは寝室が八つもある広い家だったからだ。ところがその当時、おじさんはザンバコというギリシャ系の女に夢中になって家を空けることも多く、不倫を知ったジョージーおばさんは心身を病んで、家庭崩壊の危機にあった。だからわたしをバーン＝ジョーンズ家に預けるわけにはいかなくなって、両親はやむなくホロウェイ家を寄宿先に選んだのだ。その選択がわたしをどんなに過酷な目に遭わせたか、そのことについては「めぇー、めぇー、黒い羊さん」に書いた。バーン＝ジョーンズおじさんの「宿命の女」ザンバコがいなければ、わたしの運命も変わっていたはずだ。しかしホロウェイ家に預けられたおかげでわたしは自分の「運命の女」に出会ったのだから、皮肉としか言いようがない。

一八八〇年、ウェストワード・ホーのパブリック・スクールの生徒になっていたわたしは休暇中、妹に会うためにミセス・ホロウェイの家を訪れた。フローレンス・ガラードも同家に寄宿していた。一目ぼれだった。ここにわたしの「宿命の女」がいると直感した。黒い睫の下のグレーの瞳、アイボリーの肌、ほっそりと長く白い指、長い髪の十六歳の少女だった。その後、わたしは休暇のたび、妹に会うことを口実にサウスシーまで出かけた。フローラは王室御用達の宝石商人を祖父に持つ裕福な家の出だったが、父親を亡くしてホロウェイ家に寄宿して美術学校に通っていた。わたしは幾度か彼女を誘い出してサウスシーの砂丘をふたりで散策した。しどろもどろの恋の告白ともどかしくも読み解けない彼女の反応……会うたびに違う言葉を聞く羽目になる。わたしは自分が詩を書いていることを話した。

「学内誌に載せるんだよ。君はブラウニングという詩人を知っているかい？」

「わたし、あまり詩は読まないの」

「それじゃ、三年前のラスキンとホイスラーの名誉棄損裁判はどう思う？　あの裁判では僕の叔父のバーン＝ジョーンズがラスキンをいろいろ助けたんだ」

「わたしにはどちらの主張が正しいのか分からないわ。でもホイスラーの絵のほうがラスキンの言う理想の絵画よりは好きなことはたしか。ラッド、後見人の手紙ではもうすぐわたしはフランスの学校に移らなくてはならないらしいの。向こうで本場の絵の勉強をしたらもっと分かるようになるかもしれない。あなたは将来なにになりたいの？」

「詩人さ」

「詩人ていつもお金で苦労するんじゃない？」

フローラは砂丘の真っ赤なヒナゲシを摘んで、わたしの胸のポケットに差してくれた。砂丘の向こうの砂州では数羽のカモメが餌をあさっていた。海の色はミルクのように白い。フローラがフランスに行ってしまうかもしれないと思うと悲しみに襲われた。

「僕は来週、学校に戻る……。もう会えないかもしれないね」

「いつかまた会いたいわね」

わたしは自分の気持ちを表す言葉が見つからなかった。ようやく見つけた人生の大切なものを失ってしまうかもしれない不安も襲ってくる。

「あなたがわたしを好きだったなんて信じられない」

「うん、それほどでもなかった。でもいまは好き、とても。フローラ、君も僕を好きだと言って欲しいんだ」

「ええ、本当に好きよ。でもなんにもならない」

「なぜ?」

「だってわたし、行ってしまうんだもの」

「そうだね、でも約束して欲しい……」

わたしはその後に「ダーリン」という言葉を言いたかったが、出てこなかった。わたしはフローラの曖昧な沈黙を胸に秘めてその日のうちにパブリック・スクールに帰った。その後、彼女とはロンドンで会って、ハイド・パークを散策した。わたしはなんとか結婚の約束を取りつけたかったのだが、彼女の態度は相変わらず曖昧で、わたしの恋心は募る一方だった。学校を卒業してしばらくロッティングディーンにあるバーン=ジョーンズ家に寄宿しているあいだに、先の詩とは異なる率直で赤裸々な恋の詩を書き、それをインドの両親のもとに郵送した。実はわたしはフローラへの恋に悩む一方で、抑えられない情欲を満たすためにソーホーで女を買っていたが、そのことはむろん両親には伏せていた。母はわたしの詩才を喜んで、わたしの知らないうちにインドでわたしの詩集を企画した。父は息子がロンドンの退廃に毒されて、女と酒と麻薬、つまりは職人肌の父から見たら自堕落な人生に陥るのではないかと心配したようだった。そんな父がインドでわたしの就職口を見つけてくれた。才能はともあれオックスフォードやケンブリッジに進学させる経済的余裕など両親にはないことが分かっていたので、わたしはインド行きを決めた。だが心の奥には迷いがあった。「結婚した、インドへは行けない」と両親に電報を打てたらという思いがあったのだ。インドへ発つ船について、フローラに手紙を出しておいたが、冷たい氷雨が降るティルベリの港に、見送りに来てくれると期待したフローラの姿はなかった。

＊

ニッカ・シンが、記事の校正をしていたわたしの編集室に、おずおずとした物腰で入ってきた。手には白い紙を持っている。

「さきほど男がひとり新聞社の玄関にやってきてこれをキプリーン・サーヒブに渡してほしいと言って帰りました」。ウルドゥー語で書かれた手紙のようだ。シンの助けを借りて読んでみると「わたしはアフガニスタンのアミール〔王族〕のひとりである。ぜひお会いしてお話ししたいことがある。明日の夕刻にアナルカリ門までお出でいただければ、わたしの家の者がご案内する」と書いてある。わたしはラホールの旧市街を探訪するよい機会だと思った。

ラホールの市街は城壁に囲まれている。入り口はデリー門、アクバル門、モチ門、アナルカリ門、タクサリ門の五つ。要塞とワジール・カーン・モスクのある広場といくつかのバザールのほかは入り組んだ迷路のような街だ。ハルン・アル・ラシッドですら夢にも思わなかった風変わりな生活が繰り広げられているにちがいない……と思えた。

出かける前にわたしは父やフリーメイスン・ロッジで知り合いになったムスリムから情報を得ておいた。そのアミールは第二次アフガン戦争で捕囚になったらしい。イギリス軍は命より名誉を尊ぶムスリムの面子を重んじて、彼を牢屋に入れずに旧市街の家屋に軟禁している。アミールも約束を守って逃亡はしないらしい。

いま、イギリス支配下のインドは平和な時代だ。マラータ同盟との対決も終わり、南部ではイギリスに歯向かう最後の大藩王国マイソールを打ち破り、北西部ではシク教徒もイギリスの保護下に入った。あとは駐在官に実権を牛耳られた藩王国が残るだけだ。ウィリアム・ヘンリー・スリーマンによるサグ団の撲滅という血湧き肉躍るロマンス劇も一八三〇年代の昔語りとなった。わたしがあまり触れたくない一八五七年のインド大反乱もその古傷が時々痛む程度だ。現在、イギリスが心配しているのは、ロシアがアフガンを懐柔してインド北西部の安定が脅かされることだけだ。

　わたしは約束の日の夕刻に自分のポニーのジョーに乗ってアナルカリ・バザールを抜け（その時のバザールの様子を子細に観察して後に『キム』に生かした）、色付きタイルと貴重石のみごとなサラセン文様が美しい門の近くで待っていた。水売り、パーン（ビンロウの実をキンマの葉で包んだ嗜好品）売り、食べ物の屋台、座り込んだ物乞い、灰を体に塗った半裸の行者、熊使い、馬商人など雑多な人種と職種が入り交じったインド特有の活気と匂いが心地よかった。バザールの横町ではアフガン人の行商人が絹織物を広げて通行人の関心を引こうとしている。やがて黒い髪と髭に頭巾帽をかぶった男がわたしに近づいてきて、後をついてくるよう手招きした。

　それにしてもまったくの迷路だ。一分も歩くと方角が分からなくなる。周囲の木造と石造りの家々には二階にバルコニーが張り出し、いたる所に文様彫刻が施されている。バクシュの話では街はそれぞれの宗教と民族の棲み分けがあるそうだ。アミールが軟禁されている場所はムスリムの街区にちがいない。とある立派な門構えの、庭のある家の前で男は立ち止まった。そこでしばらく待つように合図してから男は裏手に消えた。

　別の召使が戸口に現れて、ジョーを玄関脇の柱につないでからわたしを室内に導いた。豪華で色鮮やかなペルシャ絨毯が敷き詰められた部屋には水キセルが用意されていた。この国では水キセルは客をもてなすには欠かせない品のひとつだ。わたしを呼んだ主は、寄り掛かっていたクッションから立ち上がり、握手を求めてきた。五十歳ほどの肥った男でなかなか威厳がある。

「お越しいただいて感謝します」

「どんな用件でわたしを呼ばれたのです？」わたしは率直に訊いた。

「あなたの新聞は読んでいる。ここでは唯一の英字新聞で、影響力もたいしたものだ」

「わたしは新米で、ラホールのことは、実はまだよく分かっていないのです」

「わたしはインド政府にこうして軟禁されている。しかし郷里には妻や親族が残っている。もう何年も会っていない。そろそろ軟禁を解いて、わたしをアフガニスタンに帰れるようにしてほしいのだ。つまり危険人物ではないわたしを軟禁し続けているのは不当だと社説に書いてほしいのですよ」

わたしは遠方にそびえるワジール・カーン・モスクの尖塔の上を旋回する禿鷲を眺めながら英語混じりのウルドゥー語に耳を傾けていた。

「わたしにはどのような事情であなたがここに軟禁されているのか分からない。また政府の方針も……」

召使がコーヒーを運んできた。インドでは客に出す飲み物に麻薬や睡眠薬が入っているおそれもある。わたしを人質にとって政府に働きかけることもあり得る。

「よく理解できないことに協力はできかねますね」とわたしは言った。

失望の色がアミールの顔を横切ったが、次の瞬間には笑みが浮かんだ。

「あなたはまだ若い。独身者とお見受けするが」

「そのとおりです」

アミールは片手をあげて控えの間にいる召使に合図した。勧められた水キセルを断ってコーヒーを口にした。トルココーヒーだ。なかなか旨い。

召使が別室から連れてきたのは、年の頃は一七、八の、サリーの上にカシミール刺繍を施したショールを羽織った女だった。カシミールのみならず北西インドの山地には美女が多い。アレキサンダー大王が連れてきたギリシャ人の血を引いているからだという説もある。しかし召使が連れてきた美女は、わたしがいままで見たどんな白人女も適わぬほどの白い肌と黒い髪に、顔の三分の一を占めるかとも思われるほどに大きな黒い瞳を持ち、すんなりと伸びた肢体にはいたるところに宝飾品が輝いている。見とれているわたしに向かってアミールは言った。

「この女を差し上げましょう。ただし記事を載せてくれたらですがね」

わたしは即座に断った。こんな美女と一緒にいては、仕事にならない。それにカシミール語しか解しない女とどのように暮らせるだろう。なによりこんな賄賂をもらって記事を書いたとなればアングロ・インディアン社会から村八分にされてしまうにちがいない。

「あなたは女には興味がないと見える。それでは……」

アミールが再び手で合図すると、別の召使が銀細工を螺鈿のようにちりばめた箱を持って部屋に入ってきた。アミールが蓋を開けると紙幣が詰まっている。

「さあ、ここに一万六千ルピーある。これで手を打ってくれないか」

年間の収入が三千五百ルピーのわたしには、かなりの金額だったがむろん毅然と断った。

「それではさきほどご覧になったはずの中庭のアラブ馬はどうか？　あなたの乗っていらしたポニーは失礼ながらたいそう貧弱だった」

馬の好きなわたしは喉から手が出るほどアラブ馬が欲しかったが、ここで妥協するわけにはいかない。わたしは怒った顔を装って「英国人を侮辱するにも程がある。わたしら誇り高い英国人はけっして賄賂など受けないのだ」と言い放つとアミールの部屋を辞し、中庭に出た。ポニーにまたがろうとして、不自然に鞍が持ち上がっていることに気がついた。持ち上げてみるとなにやら固いものが詰まった刺繍入りの布袋が鞍の下に差し込んである。中を開けてみるとなんと無数のサファイアが詰まっている。なかなか強情な交渉相手である。わたしは袋を手にポニーに乗り、表通りに出ると、アミールの部屋とおぼしき窓の中にそれを投げ込んで帰途についた。むろん最初にわたしをそこに案内した男の導きがなかったらアナルカリ門にたどり着くことは不可能だったろう。一度来た路をもとへと辿ればよいだけだと思うだろうが、アラビアン・ナイトの盗賊がアリババの家につけた印がなければ見分けることができないような家屋が迷路のような路にびっしりと立ち並んでいるのだ。

辺りを観察していると、とある家の漆喰のはげかかった壁から影がはがれるようにしてひとりの男が現れた。背丈はわたしとほとんど変わらない。黒い瞳のやせぎすな男だ。ヒンドゥー教徒なのか。笑っている口許からこぼれている歯が真っ赤なのは、パーンを噛んでいるからだろう。男はしばらくわたしのポニーの後を小走りに追ってきた。こんなところでヒンドゥーの男とかかわるのは御免だ。なにかを売りつけられるか、あるいは物を乞われるに決まっている。わたしはポニーを速歩《はやあし》にして白人居住地区に向かった。

そんなわけでその日はゆっくりと街並みを観察する余裕などなかった。それどころか季節外れの豪雨に足もとが見えなくなった。ポニーが穴に足を取られないように慎重に進んで行くと、白人居住地区へと通じる切り通しを抜ける頃には、小雨になった。その時、誰かが、にたにたと笑いながらこちらを見ていると直感した。辺りを見回しても誰もいない。切り通しの向こうの土塁から強い視線が放たれている。近づいてみると、そこには周囲の土よりも白く、微かに光沢を帯びた丸い物体があった。馬を降り、手に取るとそれは頭蓋骨だった。

帰宅後にわたしはアナルカリ門の名前の由来について父に訊ねた。ラホールの歴史に詳しい父の説明によると(父はT・H・ソーントンと共著で『ラホールの昔と今』というガイドブックを一八七六年に出版していた)、それはアクバル皇帝の愛妾であったアナルカリという踊り子にちなんで名づけられたという。「アクバルにたいそう気に入られていた踊り子だったが、美男だった皇帝の息子のジャハンギールに一目ぼれして恋に落ちた。それを怒ったアクバルは彼女を処刑した。その墓の上に後にジャハンギールは霊廟を建てたのだ。それ以降、市街のはずれにあるこの辺りはアナルカリと呼ばれるようになった。その後、シク教徒たちはここを居住区として開発し、バザールも発達したのだが、わたしらは彼らを追い出して行政区画として再開発したのさ。この辺りはムスリムの墓が多い郊外だったからで、おまえもたまに人骨を見かけるだろう？　墳墓の土から土塁がつくられたからだ」

「さきほどムガルの末裔の頭蓋骨に挨拶されました。ところで父さん、当時の踊り子というのはヨーロッパでいうコーティザンに当たる高級娼婦をかねていたんでしょう？」

「そのとおりだ。歌舞音曲にすぐれているだけでなく、詩歌その他の素養もそなえていなくてはならない。ペルシャ文化の伝統が彼女たちには流れている」

わたしはこれを聞いて、後に書くこととなる「オン・ザ・シティ・ウォール」のヒントを得たのかもしれないが、しかしこの時はインドの高級娼婦についての関心はすぐに脳裏から消えた。

「父さんが管理しているラホール博物館を今度の日曜日に見せてもらいたいんだ」

「いいとも。まだ経典やガンダーラ仏像が床に寝せてある未整理の部屋もあるが、おまえなら特別室にも入れてやるぞ」

インド政庁の正式雇用者ではない父が特別にパンジャーブ・クラブのメンバーになれたのは、父の博識と人徳によることは明白だった。当時のラホールのヨーロッパ人の人口は千七百前後だったが、このクラブの会員は百人にも満たなかった。鉄道会社や鉄道工場で働いていたユーラシアンと呼ばれる混血の人たちは、線路の反対側のナウラーカ地区に居住し、わたしたちとは交際がなかった。むろんそのようなこともわたしはクラブやロッジでの会話によって知ったのだ。

「さあ、夕食よ」父の書斎に母が呼びにきた。

パンジャーブ・スタイルの四角いバンガローであるビカネールは広すぎると母はいつもこぼしている。しかし執事《キトマトガール》、料理《カンサマ》、掃除《モリシュ》、洗濯《ドービー》にはそれぞれの職種カーストの召使を雇っているので母にそれほど負担があるわけではない。それよりもここの気候風土に心身が参っているのだ。ケルトの血筋がある者はインドになじみやすいという俗説があるが、母には当てはまらないらしい。乾期には表通りの砂埃が大量に入り込む。あるいは寝室に蛇が入り込んだりすることもめずらしくない。インドでのお産で息子をひとり失ったことも影響しているのかもしれない。もともと快活で機知に富む会話を好む母だから、早く回復してほしい。一八七七年に催されたヴィクトリア女王のインド女帝戴冠式に用いられるインドの藩王たちの幟旗の家紋の刺繍は母が一手に引き受けたそうだ。わずか六年前のことだ。なにしろわたしも妹もインドでの両親の生活については無知に等しかったから、空隙を埋めるために必死に努力した。母も十年の空隙を取り戻そうと家族の結束や輪をなにより大切にしているのが分かる。しかしその熱意はいつまでもわたしたちを子供扱いしたいという自分勝手な思いに結びついていた。わたしたち四人は久しぶりに一緒に夕食の席に着いた。めずらしくジャングリ・ムールギつまり野鳥の料理だ。

「今日はチベットから来たという赤いタムオーシャンターのような帽子をかむったラマ僧に会った」と父が言った。

「ラホールからチベットまでは遠いのでしょう?」とトリックスが訊いた。

「そうだな、千マイルはあるだろう」

「どうしてここまではるばるやってきたのかしら?」

「仏教聖地の巡礼が目的らしい。片言のウルドゥー語とチベット語で話すからわたしにもよく理解できないのだ。仏像を見せてやると、ひざまずいて祈りをあげていた。あまりにみすぼらしい眼鏡をかけているので、わたしの眼鏡をプレゼントするとお返しに筆入れをくれたよ」と言いながら父はポケットから彫刻が施された小さな箱を取り出した。中には小振りの硯と筆が入っていた。これはチベットの彫り物だと父は説明してくれた。

「ほらほら、冷めないうちに食べなさい」と母が言った。彼女は社交好きで歌や音楽は好きだがインドの文化にはあまり興味がない。

「五月は猛暑が襲ってくるわ。そろそろシムラに行く計画を立てなくちゃ。平野部では室内でもオーブンの中にいるみたいな暑さですもの、とても耐えられない」と母は続けて言った。ヒマラヤの山麓にあり、夏でも平均気温が二十二度程度のシムラはインド政庁の夏の臨時政府が置かれる避暑地だ。インドじゅうから政府の高官、地方の公務員、高級軍人、裕福な銀行家などが妻や娘を連れて集まってくる。この季節はアングロ・インディアンの社交シーズンでもある。娘に相応しい夫候補をここで探すのが彼らの習わしだった。上級官吏の中には、英国の学校を卒業したばかりの娘をわざわざシムラに呼び寄せて、彼女たちの未来の夫を探す者たちも多い。彼女たちは「漁船団」と呼ばれていた。魚を釣り上げられずに英国に帰る娘たちは「素手帰り」と呼ばれた。キプリング家は並みの公務員よりも低い年収しかなかったので、ボンベイに住んでいた時代は、シムラのように家賃も物価も高い避暑地はさけてボンベイに近いマテランに行った。しかし、いまはわたしたちの学費もかからず父の給与も増え、わたしの収入もあるのでシムラも手が届く避暑地になった。

「僕も休暇をもらえそうです。社主のひとりのジェイムズ・ウォーカーさんが招いてくれたんです。シムラの銀行本店を兼ねているウォーカーさんの自宅に滞在していいと言われてるんですよ」

「ラディ、それはよかったわ。わたしたちは峰の北西にある貸家を借りるわ。シムラには小劇場もあるし、ビリヤード場、宝石店、しゃれたティーショップ、競馬場、なんでもそろっているわ。イギリスに帰ったような気分になれるもの」

「わたしはまだやらなければならない仕事がたくさん残っているから、ラホールにとどまることにする。コノート公爵に頼まれた彫刻デザインを仕上げなければならないんだ」

コノート公爵はヴィクトリア女王の第三子息である。彼はインドのメルートの軍の司令官として赴任した。ラホールを訪れた際にメイヨー美術学校で父に会い、父の仕事を大変気に入って、サリー州にある屋敷にインド風のビリヤード室をデザインすることを依頼した。その関係で、父は公爵夫人のインドの真鍮製品の収集にも助言をすることとなった。

「トリックス、あまり無口でシャイだとシムラのダンスパーティで壁の花になってしまうわ。もう少し活発に社交的にならなくては。ラディ、あなたの髯はなんとかならないの、あなたの顔立ちではその髯はむさくるしいから剃ってしまいなさい」

　母はなにかと親の権威を押しつけて、それが母親としての愛だと思い込んでいる。しかし三歳離れているわたしと妹は、自分たちも意識しないある心の傷を持っていた。しかし家族水入らずの生活の喜びに満足すべきだと自身に言い聞かせていたわたしも妹も、そのトラウマを無理に忘れようとしていた。しかしそれは後遺症としてつきまとった。妹は後に心の通わぬ男と結婚したものの、精神を病み神智術に夢中になった。わたしには、小説や詩という救いになるものがあったから自分の分裂した精神をコントロールできた。親のもとで大事に養育されるべき時期に憎悪に毒された冷酷な他人の家に預けられることによって、いまの心理学で言えば、ベイシック・トラストが形成されるべき年齢に、それが欠けていたということになるだろう。わたしの幼児期の体験を自伝的に書いた「めぇー、めぇー、黒い羊さん」の最後は苦い言葉で結んでいる。「子供の口が憎悪と絶望の苦い水を一度深く飲み込むと、この世のすべての愛をもってしてもその思い出は取り去ることはできない……」

　子供の心の奥にとぐろを巻く毒のある傷に気がつかない母は、特別に鈍感だとか冷酷な女性だったわけではない。彼女なりに過去を修復しようと努力していたことは認める。しかしそのようなことによっては簡単に修復などできないほど、わたしと妹の心の中に残る傷は深かった。

母は辛辣なほど機知に富んで活発、社交的で文学好きな人だった。しかしその才能はここインドでは十分に生かされていない。母の姉妹たちがそれぞれ画家や事業家と結婚してイギリスでそれなりの中産階級的生活を楽しんでいるのに、父の薄給だけで過酷なインドの生活をやりくりしなければならないのが不満だったはずだ。

「さあ、汽車の座席の予約やトンガ〔軽二輪馬車〕の手配もしておきましょう。犬のガームとカラスのジャクとジルもここに置いていくわけにはいかないわ」と母が言う。デザートのシュリカンドを食べながら父が念を押すように「シムラにはマラリアは少ないが、それでもキニーネだけは忘れずにな」と言った。

わたしはその晩、寝室に引き上げてから、昼間の出来事を頭の中で反芻してみた。アフガニスタンのアミールとの会談については、家族に黙っていた。わたしがイギリスにいた頃から期待していた『アラビアン・ナイト』の世界を実際に体験したような不思議な満足感があった。同時に帰途に出会ったあの影のような男、わたしに親近感を抱いているようなヒンドゥー教徒の黒い視線が脳裏から消えなかった。

＊

シムラへの道は遠い。シムラは、わたしの名が英国で知られるようになる短編の、多くの舞台となった町だ。だがシムラについて語る前にわたしのラホールでのもう一つの経験を話しておこう。わたしはインド社会を知りたくて、余暇にはラホールの郊外を歩き回った。ムガル皇帝や后の廟墓やシャリマール・ガーデンも訪れた。イギリス軍の駐屯地があるミャンマーを訪れて兵士たちとも親交を結んだ。しかし本当に知りたかったのはインドの庶民の生活だった。わたしがインドの駆け出しの作家として大切なことを教わったのはヒンドゥーの聖者からだったからだ。後年、ノエル・カワードが「気ちがい犬とイギリス人は灼熱の真昼に外出する」と歌ったように、わたしはトーピー帽の下で脳味噌が茹であがるほどの暑い日にも歩き回った。そんな彷徨の中で偶然に知り合ったのがゴービンドという語り部だった。

ラホールの市街の西をラヴィ川が流れている。この川はヒマラヤに発してやがてインダス川に合流するのだが、ラホールでは上流部なので水は澄んでいる。その川辺にダニィ・バーガットというヒンドゥーの聖者が建てたチュバラという僧院がある。僧院には瞑想のための小部屋がいくつもつくられ、部屋の壁には神々の像や藩王や象の姿が描かれている。僧院の通路はレンガ敷だが、長年のあいだに詣でる数多くの人間の裸足によって溝ができていた。レンガの隙間から芽を出したマンゴーがちょっとした樹林をつくっている。日がな一日、音を立てて回っている水汲みの井戸を覆うようにインド菩提樹がそびえ、インコたちが群れをなして飛び回っている。カラスもリスも人間を警戒しない。ヒンドゥー僧はけっして生き物を殺さないからだ。

托鉢の遊行者、御札売り、サドゥーなどが近隣数百マイルからここに来ては休息していく。ムスリムもシク教徒もヒンドゥーもみな仲よくここで打ち解けている。みんな年寄りである。死の帳が近くなると人間誰でも信仰の違いなど色あせて見えてくるものらしい。

片目の聖者がいた。それがゴービンドだった。彼は川の中州にある島に住んで、一日に二回、チャパティの残りくずを魚たちに与えていた。洪水の時は膨れた死体が島に流れつく。ゴービンドは死体を荼毘に付した。功徳を積むためだ。ある時、ひどい洪水が島の三分の二を洗い流した時に彼は島を捨て、川岸のチュバラに移った。所持品といっても真鍮の椀、肘掛け、巻いた寝具、大きなキセル、傘、孔雀の羽が差してある、サトウキビの葉でつくったかぶり物だけだ。彼は寝具にくるまって肘掛けに寄り掛かり、死を待つだけの日々を送っていた。人々は彼に食べ物やマリゴールドの花束を差し出す代わりに、祝福をしてもらう。彼はほとんど目が見えず、顔には深い皺が刻まれている。この辺りにイギリス人がやってくる遥か以前から彼は聖者として生活していた。

わたしが初めて僧院を訪れた時、ゴービンドはわたしを白人とは思わなかったらしい。インドには無数の言語が共存している。片目の彼には、肌が黒く、片言のウルドゥー語やヒンドゥー語をあやつるわたしと、そこにやってくる多様なインド大陸の種族との区別はつかなかった。一度親しくなると聖者はわたしにいろいろの物語を話してくれた。その声は朗々として辺りに響きわたる。しかし彼の話を英語で書き留めても意味がない。なぜなら英国人とインド人はまったく思考が異なるからだ。両者は深い溝をはさんで不可解な視線を相手に向けて沈黙するしかない。しかしわたしはできるかぎり理解しようと努めた。

「あなたが口を糊《のり》する芸はなんだろう?」ある日曜日の夕方、聖者はブユを払いながらわたしに訊ねた。

「わたしはケラニ……つまり紙にペンで書いている者です、政府の雇われ者ではありません」

「それではどんなものを書いている？　近くに寄ってくれ！　暗くてあんたの顔がよく見えんのだ」

「わたしは自分の知っていることも、知らないことも、なんでも書きたい。特に人生と死、男と女、愛と運命を多くの語り手の口を通して書きたいのです。神のお慈悲によって物語が売れれば、生きていける」

「それはバザールにいるストーリーテラーのやり口だ。彼らは物語が佳境に入ると話を中断して、さらに金を要求する。おまえさんたちのやり方も同じだろう？」

「物語が長い場合はそんなやり方もあると聞いています。キュウリを切って売るようにです」

「わしはヒンドゥースタンじゅうで知られた語り部だった。いままで物乞いをしながら行く先々の旅籠でいくつ話をしたことか。物語を聞いているあいだは大人も子供と同然だ。誰もが好むのは古い昔の話だな」

「インドではそうでしょう。しかしわたしの国では、新しい話を読みたがります。そして読んだ後に、書き方についてああでもないこうでもないと批評があり、真実か作り話かを疑います」

「なんと愚かなことだろう！」ゴービンドは木の根のようなこぶだらけの手を伸ばした。「話というものは語られているあいだはどんな話でも真実なのだ」

「わたしが本を出したらどうか見て判断してください」

「オウムが倒れる木に言った。『兄弟、俺が支えを持ってくるまで待ってくれ』」ゴービンドはくっくっと笑いながら言った。「わしは神の与えてくれた八十の齢をとうにすぎている。明日の御天道様が見られるかどうか」

「どうか言葉の真珠をつなぐ名手であるあなたに教えていただきたい。どのようにして仕事に取りかかればよいのかを」

「どうしてわしに分かろうか？　神は人間の数だけ頭も用意なさった。しかしインドの人間でもあんたの国の人間でも心だけはひとつだ。物語という世界ではすべての人間は子供なのだよ。それとなぁ、聞く耳を持ち、貧者を戸口から追い払うようなまねをしない人のためには、この世は物語に満ちている。貧しい人々こそ最良の語り手だ。なぜなら彼らは毎晩、耳を大地につけて寝なければならないからだ」

この言葉を聞いて、わたしの決心はついた。インドの作家になろうと決心した。わたしは礼を述べて、イギリスの煙草をゴービンドに差し出し、立ち去ろうとした。

「ちょっと待て。わしはまもなくこの世を去る。その前に自分の名前が、本とやらに書かれているのを見たいものだ。わしの名前をまえがきとやらに載せてくれるか？」それを聞いて彼のまわりにいた苦行者、乞食僧たちがはやし立てた。

「ゴービンド、黒い海の向こうの人々のあいだに名前が知られるなどという儚い望みを持つより自分の最期を考えたほうがいいぞ」

わたしは別れ際に言った。「あなたの名前はかならず本に書きましょう。カラオン地方チュミ村のゴービンドと」

わたしは彼の祝福を受けてその場を立ち去った。インドに住むすべての人々、白人も含むインドの多様な人々の声を聞き、それを物語に書き留めるためにはインドの大地に耳をつけて生きることが大切だと自分に言い聞かせながら。人目につかぬよう目深にトーピー帽をかぶり、ラヴィ川の河畔の細道を白人居住地区に向かって歩いていると、また影のように黒目のヒンドゥー教徒が現れた。彼は棒きれを片手に握って、河原に集まるカラスを追っていたが、わたしの姿を見ると近づいてきた。わたしのインド社会の探訪の場に二度も現れたこの男は何者だろうか。

「ナマステ、キプリーン・サーヒブ」と男は挨拶した。

「おまえは何者なんだ？　なにか用があるのか？」とわたしはヒンドゥー語で訊いた。

「わたしこそ、なぜわたしが行く先々にあなたがいるのか知りたいところです」と男は答えた。わたしは気味が悪くなって返答もせずに先を急いだ。なぜわたしの名前を知っているのか？　男はわたしに無視されるとそのまま河原に引き返していった。

それからしばらくしてわたしはゴービンドから聞いた話をネタにして「神々の金策」という物語を書いた。シヴァ神とパールヴァティ妃が、息子のガネーシャの助けを借りて、欲深い金貸しをだまし、敬虔な貧者の懐にその金が入るように策を弄する話だ。インドの素朴な教訓譚だが、ゴービンドへの恩返しのつもりだった。

＊

シムラへの鉄道の旅は、後年ダイアー将軍のインド人虐殺で有名になったアムリツァルを経てさらに東に向かう。インド軍の大隊の駐屯地として『キム』に描かれているアンバラで、カルカに行く馬車に乗り、その後カルカでトンガに乗りかえる。ここからはガンガー川の渓谷沿いの山道を一日かけて上っていかなければならない。わたしは貨車に載せてきた自分のポニーを召使のカディール・バクシュに預けておいた。彼はトンガの後を追って、遅れてシムラに着くだろう。山上の隘路しか存在しないシムラでもサーヒブの面子を保つには馬が必要だ。父を残し、二カ月も前にシムラへと出発した母と妹の後を追ってわたしがラホールを発ったのは七月の初旬だった。モンスーンの雲が空を覆い始めていた。上《のぼ》り道が始まると同時に渓谷を下る激流の音が聞こえてくる。トンガが走る未舗装の道は穴だらけで、車中の人間は頭をあちこちにぶつけ、絶え間なく上下に揺すられる。宿場町のような集落が途中にいくつかあるが、そんな町では狭い道にあふれる人間や家畜を避けながら軒下をゆっくりと進む。昨日からの豪雨のために土砂崩れが道をふさいでいる所もある。そんな場合は、近隣の村人を呼んで土砂を取り除いてもらうまで待たねばならない。あるいは道の真ん中にラクダの死体が放置されている。荷を運んでいるうちになんらかの理由で急死したにちがいない。森の梢にむらがっておしゃべりをしているラングール猿や林間の斜面に座り込んだ熊を眺めながら、連なる峰を上がり、下り、あるいは横断する。標高が千メートルを超える地点まで登ってくると視界がひらける。眼下には深い渓谷、向かいの山の中腹には山岳民族の集落が谷にずりおちそうに危なっかしく載っている。ヒマラヤ杉の香りが漂ってくると、いよいよシムラの町も近い。

シムラの下町の馬車溜まりでバクシュの到着を待った。彼は疲労困憊の様子で半日後に現れた。わたしのポニーも息が荒い。

「キプリーン・サーヒブ、こいつが途中で牧草地に入って草を食い、なかなか動こうとしなかったんで、こんなに時間がかかりました」

「ご苦労、ゆっくりチャイでも飲んで休んでくれ」

わたしはジャッコー・ヒルの麓にあるウォーカーさんの邸宅ケルヴィン・グルーブに向かう前に、バザールのある下町を探訪するつもりだった。母や妹を含む英国人はわたしがインド人と親しくすることを好まないだろうから、最初から秘密で行動する考えだった。下町のある谷から市の庁舎や教会のあるモールまで二十五度の角度で上っていく町並みは兎小屋のようだ。横町と抜け道が巧妙に絡み合っている。野菜の屋台、油売り、骨董屋、博打に浸る車夫……相変わらずのインドの町の風物の中を歩いているとヒマラヤ杉のあいだから冷たい風が吹き下ろしてくる。わたしは一軒の小屋の中を覗いた。巴旦杏《アーモンド》のような目をした浅黒い男たちと数頭のロバがいる。彼らはチベット系の男たちで、写真で見た日本人にも似ている。わたしは小屋に入り、交渉した。コトガルへのポニー・トレッキングのガイドを依頼するためだ。ヒンドゥー語をしゃべる英国人の突然の出現に初めは驚いていたガイドたちも、次第に打ち解けて、いろいろと助言をしてくれた。わたしは一週間後に、もし天気が許せば、妹のトリックスを誘ってチベットに通じる山道をトレッキングするつもりだった。この頃のわたしは、インドに精通するサーヒブというよりは、インド社会と英国を往還するコウモリになろうとしていた。

ウォーカー氏の話、ペリティ・カフェや劇場での噂話、母を含む女たちのゴシップに耳を傾けるうちにわたしはシムラの構成が分かってきた。総督を囲むインド政庁の評議会メンバーやインド軍の総司令官などトップたちのサークル、それを囲む第二のサークルであるＩＣＳに所属する高官たち(彼らは総督主催の晩餐会や舞踏会に招待される特権階級でもある)、これらふたつのサークルの情報は外には聞こえてこない。さらにその他の下級公務員や商人たち、彼らは外延のサークルをつくっている。わたしの家族はここに属している。さらにその外側あるいは下にはユーラシアンと呼ばれる混血の人々のサークルがある。それより下はインド人社会で、こちらにもカーストの区別がある。シムラの峰は上から谷底まで地形そのものが階層の上下を反映していた。最後に忘れてはいけないのは、シムラには各地の藩王たちの別荘もあって、インド政府の動向をさぐり、王国の将来を左右する情報を集めるインド人の密偵たちも送り込まれていることだ。だがそれはわたしには無縁の別世界のことだと思っていた。

インド人たちのバザールからシムラの探検を開始したことは、新聞記者としてインド社会に通じていなければならないという義務感からではない。空中楼閣のようなシムラの町を支えている顔の見えない人々、つまりインドの多様な職種《ジャーティ》や民族あるいは宗派を知らなくては小説は書けないと思ったからである。

ロックウッドの息子は変人だ、インド人とつき合っていると噂されたが、そんなことは一向に気にかけなかった。なにしろこうした経験が後に『キム』を書く時に大変役に立ったのだから。インドで生まれたわたしは、インドと英国の媒介者になるだろうと自負していた。

母と妹が滞在していたノース・バンクという借家は、尾根の頂にあるモールから北側の傾斜面を下ったところにあった。わたしの滞在していたウォーカー氏の邸宅は、ぜいたくな造りで、召使もたくさんいて、煙草から酒から書物からなんでも好きなものを好きなだけ楽しむことができた。『シヴィル・ミリタリー・ガゼット』の有能な若造としてウォーカー氏に可愛がられたからである。しかし銀行家で金持ちのウォーカー氏でさえ「ボックス・ワラ」つまり「商人野郎」という階級区分に入れられ、けっしてシムラの上層部のシヴィル・リストには載らなかった。言うまでもなくわたしの一家は父の職業から見ても家柄から見ても下層中産階級であり、シムラの社交界から締め出されても不思議はなかった。ところが意外なことが起きていた。

ノース・バンクを訪れると母と妹は明るい表情でわたしを迎えた。

「ラディ、遅かったわね。さあ、早く一緒にティーをいただきましょう」と母が言った。

「なぜそんなにそわそわしているの?」とわたしは訊いた。

「実はね、今晩開かれる総督主催のダンスパーティに招待されたの」

不思議だった。キプリング家は政府のつくるシヴィル・リストという紳士録に載っていないので招待状が来るはずはなかった。

「実はこの家を所有しているエドワード・バックさんはダファリン総督の秘書を務める高官なの。バックさんはお父さんとわたしがリポン総督の時代にインド各地の藩王の紋章旗をつくった功績を高く評価してくれて、特別に推奨してくれたのよ」

混血の女中が用意してくれたインド菓子と紅茶を前にわたしたちは久しぶりにお互いの近況を伝え合った。

「今年のシムラには若い適齢期の女性が多いわ。インドじゅうから結婚相手を探しにここに集まってくるのかと思ったら、はるばるイギリスからも親戚を頼ってやってくるんですって」

「それじゃ、トリックスのライバルが増えたということだね」とわたしは言った。

「ここに来てから一カ月半だけど、トリックスがたくさんの男性のハートを射止めたことを知らないの?」

と母が言うのを聞いて妹は顔を赤らめた。

「そうは言っても妻子持ちの男性ではしかたない、でしょう?」

「総督のご子息もトリックスに関心がおありとのことよ」

「いくらなんでも身分が違いすぎるよ」

「それよりラディ、あなたのほうはどうなの、まだフローラを忘れられないでいるの?」母は家族だろうと他人だろうとなんでも遠慮会釈もなく質問するたちだ。

「僕もシムラで新しい恋人を探してみようかな」

「あら、気をつけなくちゃ。ここには若い男性を誘惑する年配の人妻がたくさんいるのよ。彼女たちは夫がいないことを幸いに浮気相手をあさっているわけ」

「それは面白い」わたしはふざけて見せた。

「あら、そろそろ出かける時間だわ」

うきうきと盛装し、総督邸のあるペーターホフに向かってエッカ〔二輪一頭引き馬車〕で出かけた母と妹を見送ってから、わたしはチョータ・シムラのほうに下っていった。そこには崖下に隠れるように墓地がある。一九世紀初頭、夏期の避暑地、ヒル・ステーションとしてシムラが開発されて以来、ここで亡くなった人々の墓碑が夕日を浴びていた。中には風雨にさらされて碑文が消えかかっている古い墓もある。「〇年〇月〇日、コレラで亡くなった……を祈念して」とか「アフガン戦役で勇敢に戦って戦死した愛しい父の思い出にこれを建立する」などと書かれている。イギリスに帰れず無念をのんでインドで亡くなった人々の魂が怨念を抱いて辺りをさまよっている……わたしもやがてはここに眠ることになるかもしれない。胸の奥にしまっておいたフローラへの想いが夕闇を深くした。墓地の向こうにはヒマラヤ杉の森が影をつくっている。夜行性のナマケグマが二頭、一本のヒマラヤ杉の幹にしがみついて戯れていた。そろそろ闇がせまってくる時刻だ。わたしはウォーカー氏の邸宅に向かって歩き始めた。モールからは遠いヒマラヤが夕闇の奥に白く光って見えた。明日も好天気らしい。

チョータ・シムラへの坂道の途中で、崖の窪みに祀られたガネーシャの神像が目に留まった。灯明に下から照らされたガネーシャの姿はどこかグロテスクな妖怪のようだった。その前に屈み込むようにして祈りをあげている男がいた。男の後ろ姿にはどこか見覚えがあった。あのヒンドゥー教徒にちがいない。しかしなぜここシムラにいるのだろう？　わたしは何者かに見張られているような不快感を覚えながらウォーカー氏の邸宅の門をくぐった。

その晩わたしはウォーカー邸でいくらでも供されるラム酒やウイスキーをたらふく飲んで、酔った状態で寝室に退いた。ベッドに横になると夢うつつの中にロバート・ブラウニングの「異国より故国を想う」の一節が浮かんだ。「ああ、いま英国にいるなら／時あたかも春四月、……」。ブラウニングはわたしの敬愛する詩人である。しかし彼が滞在したイタリアは南国とはいえインドほどの熱暑ではない。インドほど鮮やかな色彩の花々や鳥たちに満ちているわけでもない。わたしはブラウニングの向こうを張って「春たけなわの時に」という詩をつくった。

わたしの庭は薔薇と桃の花で燃えるように明るい
インド小夜鳴鳥が井戸のアカシアの茂みでさえずっている。
蔦《つた》の覆う生け垣からはリスのにぎやかなおしゃべりが聞こえる。
陽気なツグミが棲まう樹で青いカケスが甲高く鳴く。

……………………

しかし薔薇は香りを失い、インド小夜鳴鳥の声は耳になじまない……

インドの鮮やかな彩りと花いっぱいの大枝はもうたくさんだ！

まだ芽吹いたばかりの森に早春の風が舞う丘陵地を返しておくれ

イギリスの一日を与え賜え、いま春真っ盛りの故郷の一日を！

……………………

こんなイギリス追慕の詩が浮かんだのは、故郷を思慕しながらインドで亡くなった不幸な者たちの墓地を訪ねたせいだろうか。それにしても寝苦しい夜だった。

ベッドに体を投げ出して、それからもしばらく酔いに身をゆだねていた。ラホールでは熱暑をしのぐために水で濡らしたブランケットを体に巻いて寝たこともあるが、シムラの気温はイギリス並みに穏やかだ。しかしまだいろいろの想念が湧いてきて眠れそうもない。壁に這うヤモリを眺めているうちにフローラの愛しい顔がおぼろげな絵のように浮かんできた。次の瞬間、ベッドの足もとにフローラが立っているような気がした。一旗揚げるために……そして帰国して彼女と結婚するのだ……夢うつつの状態で自分が一八世紀の東インド会社のしがない下級書記になった物語を頭の中でつくり始めた。わたしの名前はダンカン・パレネスとしよう。ロンドンに残してきた恋人の名はキティ・サマセット。彼女はわたしがインドに来て三カ月後にトム・サンダーソンと結婚してしまう。悲しい物語。わたしはキティではなく、今度はシムラ社交界の花形、ミセス・ホークスビーのことを考え始める。すみれ色の瞳をした背の高い色白の人妻だ。若い男も年配者もみな彼女の虜になる。しかし彼女がいちばん好意を寄せたのはほかならぬこのわたしだ。わたしは彼女の情人だという噂が立つ……。こんな筋書きをぼんやりと考えているうちに眠りに落ち、夢を見た。夢の中のわたしは、後日、トリックスとトレッキングに行くはずだったチベットへ向かう山の尾根道をひとりで歩いていた。遠くヒマラヤの雪山が手招きしているような気がした。ヒマラヤ杉のあいだにところどころ真っ赤な花をつけたシャクナゲの巨樹が目を引く。コトガルの町を眼下にする辺りの鞍部で「熊出没」の注意書きが目に入った。わたしはリュックから鈴を取り出して手首に巻いた。地図を見るとこれからカブト岩への登りである。ここからは深山の雰囲気が漂う。山には巨樹が多い。わたしは堂々とした幹まわりを持つヒマラヤ・ブナがいちばん好きだ。コケのついた幹の色合いには色気さえ覚える。イギリスにいた頃から大きな樹木に出会うと手を触れ、声をかけるのが癖になっている。時には幹に抱きついてみることもある。同時に自分も死後に塵に還り、さらに打ち砕かれた原子となってこんな樹に取り込まれてその一部になるのかもしれないという思いが頭をよぎる。無限に繰り返す生と死の円環を歌う詩をわたしは思い出した。インドの混血詩人ヘンリー・デロジオのこんな詩だ。「人は生まれ／死に生まれ／死に生まれ死に／生き返りまた死に生き返る／………／生き損ない／死に損ない生き損なう／…

……／生まれ死に生まれ／死に生まれ／死ぬ／人は」。インドで死んで植物になって、目だけが自分のものとして残ったら百年後にここを通る旅人を見つめることになるのだろうかと考えた。そう言えば深山を歩いていると何者かに見つめられているような、そんな気持ちになることがある。死者たちの目が辺りの樹木に満ちているのかもしれない。何時間も山道を歩いていると自分の身体が透明になって、視覚と聴覚と嗅覚だけが残っている、そんな錯覚に襲われることもある。あるいは風が吹いてくると風と自分の区別がなくなって、爽快な運動感だけが残る。こんな爽快感に包まれているなら死も悪くない。

どこからか鈴の音が聞こえてきた。樹林に囲まれているので視界はかぎられている。耳を澄ますが、鈴の音は下方から聞こえるようでも、上方から聞こえるようでもある。自分の鈴がこだましているのか？試しに腕に巻いた鈴を鳴らしてみる。耳を澄ませると間をおいて鈴の音が聞こえた。しかし音の質が異なる。どうやら山道を先に行く者がいるようだ。それから五分も歩いたろうか。時折シャクナゲの赤い色が崖縁を彩っている。次の鞍部で、ふと前方に目をやると登りに取りかかっている洋風の登山スタイルの女がいる。姿勢や脚の運びから見て二十歳前後だろう。わたしの存在に気づいているはずだが、振り返る様子はない。こんなインド奥地の山道を独りで歩く女はめずらしい。背後から見知らぬ男がせまっては向こうも気味が悪いだろうと判断してわたしは歩をゆるめた。その後しばらく、わたしの熊避《よ》けの鈴の音と女の鈴の音が合奏するかのように交互に静かな山にこだましていた。カブト岩をすぎると湾曲した下りになる。地上を這う木の根に足をかけてわたしは慎重に進んだ。しばらくして鈴の音が止んでいることに気づいた。顔を上げてみると十メートルほど先の木陰に立つ女がいる。互いの目が合った。女は杖を持ち、登山ズボンに青いヤッケという本格的な登山スタイルをしている。「シムラはこの方向でよいのでしょうか?」と女が言った。その口には真っ赤な紅が引かれている。山道には不似合いの紅の濃さである。先刻は後ろ姿から二十歳前後と見えたが、それより若い。「むかし反対方向から歩いたことがある。この道で間違いないでしょう」とわたしは答えた。女は返事もせず、うなずきもせずに背を向けて足早に歩き出した。自分を警戒しているのかと思い、わたしはしばし足を止めた。女に追いつき、追い越すのは容易だが、足速を半分にして距離をおこうと思った。しかし女の目の底に「あなたはわたしをご存じないでしょうが、わたしはあなたを知っているのよ」という表情が読みとれるような気がした。再び歩き始めたわたしの目には女の赤い紅と先刻のシャクナゲの赤い花が残像となって重ねられた。

それからおよそ半時も歩いただろうか。そろそろ疲れがたまってきた。雲の上にヒマラヤの雪が銀色に光るのが見える。これからは岩場も始まる。ヒマラヤで修行をおこなうサドゥーたちが瞑想のために宿る洞穴がいくつか掘られている。高齢のために死を覚悟して身を投げた彼らの白骨が谷底に光っているのだ。わたしは葉巻を取り出して一服した。空には鷲がゆったりと旋回していた。その時、視界の上方、右手の峰から突き出した岩の上を人影が動いた。視線をそちらに向けると、丸みを帯びた絶壁が先刻より一気に高さを増したように見える。次の瞬間、岩壁の上に立つ女の姿が空を背景にくっきりと浮かんだ。あそこに腰を下ろして休むのだろうか? いや、女はそのまま岩の先端まで行って、ふと姿が消えた。消える間際に振り返った女の唇の赤さだけがくっきりと宙に浮いた。

平地と異なって山では空間がワープする。特に見上げる位置にある峰の稜線に現れる形象は、物体か生き物かの判別ができなくなる。見上げる視線の先で無生物と生物の境界を往来する怪奇な存在として登山者を不安に陥れる。ふと姿を消した瞬間の女がちょうどそのような不安感をわたしに覚えさせた。あれは本当に女の姿であったか？　女の姿は消える直前、空に飛び立つ鳥のようにも見えた。同時に身投げという言葉がふと脳裏をかすめる。しかし岩壁に向かって身を投げたのなら、この眼前に見えるはずだし声か音が聞こえるはずだ。周囲の森林は静まり返っている。わたしは葉巻の吸い殻を谷底に投げ岩に向かって登り始めた。しばらくすると樹木のない岩上にたどり着いた。女の姿はどこにも見えない。背伸びをしてシムラの町の方向を眺めたが、幾重にもつらなる山稜が視界を遮っていた。さてこのまま来た道を引き返すか、コトガルに下りる右手の山道を選ぶか？　考える気力も失せたわたしはインドの太陽の正午の日差しの中にしばらく横になってまどろんだ。しかし連日の新聞社での激務の疲れが残っていたためか、あるいは久しぶりのトレッキングのもたらす心地よい陶酔感のためか、すぐに眠りに落ちた。

人生の途なかば、ふと気づくと暗い森の中で行くべき道を見失っていた。夢の中の夢で山道を歩きながらダンテの地獄篇の冒頭を思い出していた。そこは熱帯の原生林に囲まれた山道であった。昼なお暗く、湿った苔に覆われた岩や根に足を取られまいとわたしは必死に歩いていた。ところどころ真っ白なギンリヨウソウが落ち葉のあいだから伸びている。白い蝋のような、この世のものとは思えない腐生植物だ。わたしはひとりではない。背中には殺した女の屍体を背負っていた。なぜ、いつ、誰を殺したのか、覚えがない。サウスシーのミセス・ホロウェイか、あるいは母なのか、ひょっとしてフローラなのか？　女の体は硬直しているのだが、わたしの首にしがみついたまま離れようとしない。背負った女の貌は定かではないが、紅をさした赤い唇だけは忘れようがない。わたしは屍体を埋める場所を探して麓へと急いだ。小一時間歩くと樹林が尽き、時折山腹の向こうにパンジャーブの平原が開けるのが見えた。いまは森の炎と呼ばれるハナモツヤクが咲き競う季節だった。遠くの峰ではらはらと赤い花びらが風に舞う様子も見える。谷底に向かって炎のような花びらが落ちていく。次の下りを終えると目の前にハナモツヤクの森が現れてきた。まさしく火炎樹と言うに相応しい満開のハナモツヤクが峰にかかる赤い雲のように眼前に広がっていた。ここだ。わたしはようやく女の屍体を埋める場所を見つけたと思った。女を背中からむりやりはがすように下ろし、一本の満開の樹の下に穴を掘った。よく見ると女はフローラだった。黒い睫の下のグレーの瞳、アイボリーの肌、白い指に長い髪に見間違いはない。違うのは唇に真っ赤な紅が引かれていることだけだった。わたしは気を失いかけた。次の瞬間、気がつくと、樹の下に埋められようとしているのはわたしだった。フローラは閉じたわたしの瞼の上にハナモツヤクの花びらを載せた。世界から光が消えた。フローラは辺りの土をかき集めて容赦なくわたしをめがけて投げ込む。わたしは「僕はまだ生きているぞ！」とフローラに向かって叫んだ。息苦しさにもがいていると目が覚めた。しばらくぼんやりしていると、子供の頃にボンベイのクロフォード・マーケットの近くで乳母のメアリと見たカーリー女神の恐ろしい形相が壁に浮かんで見えた。青い身体にしおれた乳房をむき出しにしている。生首と髑髏《しゃれこうべ》が数珠繋ぎになっており、目は血走り、赤い舌をペロリと出している。カーリー女神は血の供犠を求める鬼婆である。わたしを産む時に母が難産であったので、インド人の使用人たちがカーリー女神に祈ったと父から聞いた。血を好む残酷なインドの女神の世界がわたしの無意識に宿っているのかもしれない。

翌日は快晴だった。しかし昨晩の夢のために寝覚めが悪い。きっと夢の中でわたしはフローラとの別れを反芻していたのだ。数カ月前にフローラから婚約したつもりはないとの返事が来た。パリからロンドンに戻りスレイド美術学校に通っているという。わたしは気持ちを立て直すために朝食前にモールを散歩することにした。

シムラはインドにあるとはいえ、インド亜大陸とは別世界の空中楼閣だ。イギリスの街を移築した玩具の町とも言える。劇場もあれば、ビリヤード場、クラブ、ティーショップ……なんでもある。イギリス人の好きな奇人変人も住んでいる。インド全土のゴシップもここに集まってくる。プリンスリー・ステイトとおだてられ、名目だけの自治権を認められている藩王国の密偵たちも夏にはここに集う。任務から離れられない夫をインドの灼熱の平野に置き去りにしてやってくる人妻たちは、若い独身の軍人や文官たちとアバンチュールを楽しむ。スキャンダルや悲劇も起きる。人妻と若く軽薄な青年との不幸な色恋の顛末を書いた「幽霊リキシャ」は一八八五年にシムラで取材して書いたものだ。二十歳でこれを書いたわたしは早熟の典型かもしれない。しかし早熟はかならずしも人間を幸せにするとはかぎらない。わたしがその好例であることは追々明らかになるだろう。

モールにはインド人は立ち入れない。早朝の冷たい空気はイギリスの湖水地方を思い出させる。教会の前の広場でラングールという猿の群れが遊んでいる。チョータ・シムラのほうから教会の右手の坂を上ってくる背の高い男がいた。ケイ・ロビンソンだった。彼もすぐにわたしを認めた。ケイはアラーハーバードにある『パイオニア』の編集者のひとりである。『パイオニア』は経営者が同じであるCMGの姉妹新聞だ。彼が『パイオニア』に載せる自作のラテン語や英語の詩を読んで、わたしが感想を送った縁でつき合いがあった。彼はカルカッタの牧師の息子で、ケンブリッジを卒業後はインドに戻って新聞社に職を得たことをわたしは知っていた。シムラから来た母の手紙によれば、ケイは三十歳になる独身者で、トリックスに惚れて、結婚を申し込んだそうだ。しかしトリックスにはまったくその気がない。わたしは妹を取られるような気がして少し彼に反感を抱いていた。しかし芸術や文学に関心の薄い実務一辺倒のアングロ・インディアン社会にあって、ロンドンの文壇やジャーナリズムに精通していて、文学についての夢を語り合える相手としては貴重な存在だった。

「ずいぶん早起きだね」と彼は言った。

「いや、夕べは飲みすぎて早く寝たものですから」

「シムラにはいつ？」

「一週間前に来たばかりです」

「ところで噂には聞いているだろうが、アラン・ヒュームの屋敷は一見の価値があるぞ。ダンスルームや温室だけでなく、インドの鳥の標本のコレクションには驚きだ。君も見ておいたほうがいい。ヒューム氏は今度はインド国民会議というものを企画しているようだね」

「マダム・ブラヴァツキーが交霊術を実演したのがたしかその屋敷でしたね、父から聞いています」

「そのとおり。父君は彼女を前代未聞のペテン師と呼んでいたそうじゃないか」

「ところで最近は詩を書いていますか?」とわたしは話を逸らした。

「いや、最近はインド各地への取材が忙しくて書けないんだ。ラドヤード君は?」

「妹と合作でこんな戯れ歌を書いてます」

わたしは、目立ちたがりやの母親がダンスパーティのパートナーの数で娘のお株を奪ってしまうという風刺詩を披露した。

「君の母君は機知に富んだ辛辣な言葉で人を飽きさせないと評判だ。ダファリン総督がキプリング夫人と一緒だとまったく退屈しないとおっしゃったそうではないか」

「まもなく父もシムラに来るはずです。ロビンソンさんはわたしがイギリスに帰国して作家を目指すべきだと前回の手紙で書いておられましたね。でもロンドンにはわたしくらいの詩を書くへぼ詩人は掃いて捨てるほどいるはずです。いまの仕事なら月に四百ルピーもらっていますが、ロンドンで誰がそれだけの賃金をくれます? フリート街〔ロンドン中心部にあったかつての新聞社街〕で仕事の経験があるあなたなら分かるはずです。それとここでのジャーナリズムの仕事の面白い点は、政治や経済の中心にいて観察できることです。イギリスなら遠くから眺めているだけの世の中の動きがここでは肌で感じ取れます」

「話は違うが、君が妹さんとトレッキングに行くのはいつだい？」

さすがにジャーナリストだ。わたしが妹とポニーを借りて、ガイドを雇ってコトガルに行く予定だとどこかで聞いてきたらしい。地獄耳でないとこの仕事は勤まらない。

「わたしも一緒に行ってかまわないか？」と彼は続けた。妹から彼を遠ざけたかったのでわたしは嘘をついた。

「いや、もう一昨日に行ってきました」夢の中で、と言いかけて口をつぐんだ。「それより文学の話をしましょう。あなたはやがてイギリスで活躍して名を売るでしょう。でもわたしはこのインドの人々の生活に深い関心を持っています。わたしはインド、特にラホールをくまなく探訪しているハルン・アル・ラシッドの気持ちです。ラホールはすばらしい、不潔な、そして神秘の蟻塚なのです。「スドゥーの家にて」はその成果のひとつです。わたしのインド研究のノートは錫《しゃく》の茶箱にしまってあります。ロビンソンさん、やがてあなたはフリート街へ行き、イギリスで名を揚げてください。わたしはインドにとどまって書き続けます。熱暑、オイルとスパイスの香り、寺院の線香の匂い、汗と暗闇、汚物と情欲と残酷、その他の無数の魅惑によってインドはわたしを惹きつけます。『マザー・マチューリン』を出版する日まで待っていてください。万一、作家として成功したら父は喜ぶでしょう。母はお金が入ることのほうを喜ぶでしょうが」最後の母への言及は思わず口をついて出た余計なものだった。わたしは文学の話ができる知人と久しぶりに会えた嬉しさに一気に話し続けた。ロビンソンはわたしよりも妹のことに話題を向けたかったのかもしれないが、我慢してわたしのおしゃべりに耳を傾けていた。

「君の聴覚記憶、言語能力をわたしは高く買っている。ラホールのインド庶民の生活の観察者になりたいなら自分の足と目を使って歩き回るのがいちばんだ。ラホール大学の自然科学の教授をしているジョン・キャンベル・オーマンはラホールの住民の宗教、迷信やカーストを詳しく調べているらしい。一度会って話を聞くといい」

「インドは僕にとって白い余白、あるいはまだページが切られていない未読の本です。ラホールに戻ったら、オーマン教授に会って、それから自分の目でインドの現実を観察するつもりです」

「わたしはこれからジャッコーのハヌマーン神を祀ったヒンドゥー寺院を見に行く。今朝はこれで失礼」

教会の背後のジャッコーの小高い丘に上っていくロビンソンの後ろ姿を見送ってからわたしは母と妹のいるノース・バンクへと通じる急な坂道を下った。連日のダンスパーティや音楽会や晩餐会で疲れきったシムラのイギリス人たちはまだ深い眠りの中なのだろう、家々のブラインドは下りたままであった。酷暑期の平野部を嫌ってヒマラヤ山麓に引っ越してきたインドの鳥たちは、ヒューム氏の屋敷で剥製にされている仲間のことも知らずに陽気にさえずり始めていた。坂道の途中まで来たとき、インド人と見間違うほどに色の黒い痩せた警官が向こうからやってきた。すれ違いざまに彼の黒い瞳と視線が合った。どこかで見覚えのある顔だった。警官は急に立ち止まって言った。

「先日の早朝、ジャッコー・ヒルのハヌマーン神像にいたずらをした白人がいましてね。寺院の僧侶からシムラ警察に苦情が届きました。これから見張りに行くところです」自己紹介もせずにいきなり知り合いに話しかけるような口のきき方だった。

「会うのは初めてだと思うが」

「失礼しました。わたしは警部補のストリックランドと申します」

朝の六時の勤行《ごんぎょう》を知らせるハヌマーン寺院の銅鑼《どら》が響いてきた。

「前にどこかで会ったような気が……」

「さすがに記憶のいいキプリングさんですね」

「どうしてわたしの名前まで知っているのだ？」

「実はあなたのことはよく存じてます。いつどこで生まれたか、いつインドに来たのか、家族構成、職業から趣味にいたるまで頭の中にファイルされています」

「そいつは驚きだ！　なんのために……」

「正直に言いましょう。わたしはインド社会に出入りする不審なイギリス人を見張る役目を政府から仰せつかっているんです。あなたはラホールの旧市街のアヘン窟に出入りしたり、ラヴィ川の乞食に会いに行ったり、普通のイギリス人とは異なる生活を送っている」

ジャッコー・ヒルの頂の向こうから朝日が射してきた。すると小鳥たちのさえずりもいっそうにぎやかになった。チベット人の野菜売りも籠を背負って坂を上がってくる。

「アヘン窟に出入りしているイギリス人はあなた以外にもけっこういますよ」

「わたしは新聞記事の取材のためにインド人の生活風習を調べているのさ」

「確かにラホールの搾乳場のルポルタージュは読ませていただきました。なかなか正確に観察なさっている。しかしわたしの目はごまかせませんよ。あなたは将来は作家になりたがっている。図星でしょう？」

わたしは自分のダブルつまりは分身を見ているような不思議な気持ちになった。ストリックランドは先程からわたしとロビンソンの会話を密かに立ち聞きしていたのだろうか。わたしが黙っていると彼は話し続けた。

「大英帝国のインド支配を危うくするインド人の政治運動や反乱に荷担するような人物を監視することがわたしの役目です。数年前もマダム・ブラヴァツキーという交霊術を行なうインチキ霊媒師の監視を命じられました。作家というのも表向きは人々を啓蒙したり、楽しませたり、感動させたりすることを職務としていますが、実際はインチキ霊媒師と同じように人々を欺き、嘘を真実と偽って陰謀に荷担する偽善者でもある。マダム・ブラヴァツキーもそうでしたが、インド人と親密に交際して彼らの言葉に耳を傾ける人物は要注意なのです」

わたしは正直にものを言うこの警部補がだんだん好きになってきた。だが初対面の人間にこれほど率直に打ち明け話をする男を密偵に使うほどインド政府は軽率ではないはずだ。

「君の言うことには一理あるが、大英帝国の宝冠であるインドをイギリスの手からもぎ取ろうとする輩にはわたしも憎悪と嫌悪を感じていることは知ってほしい。わたしはまだ一介の未熟な新聞編集者にすぎないんだ。君の言うような陰謀に荷担できるわけがないし、そのつもりもない。わたしのインド社会探訪は彼らの世界をよく知って短編に書くこととイギリスのインド支配を堅固にするためだ。ところで以前からわたしを見張っているヒンドゥー教徒の男がいることは感づいていた。しかも体つき、顔つきが君にとてもよく似ているんだが」

「正直に言いましょう。あれはわたしの変装です」

「どうりで視線がインド人とは違うなと本能的に感じたわけだ」

「わたしはヒンドゥー語もマラティー語もパンジャーブ語もカシミール語も自由に喋れる。それで政府に命じられて現地社会に入り込んで監視している。小柄で色も黒い。ターバンを頭に巻けばインド人と見分けがつかなくなる。一度など試しにサンヤシに化けてあのチュバラで一週間すごしたこともあるんですよ」

こんなにあけすけに私事を告白するイギリス人を信用してよいものか。わたしを信頼しているように見せかける、これも彼の策略のひとつかもしれない。告白というのは偽装の一種かもしれないのだ。だがわたしには自分と同じようにインド社会に潜伏できる能力を持つこの男を無視することは難しかった。

「わたしはこれからチョマ・バザールの朝市を見に行く。今度、ゆっくり話す機会を持ちたいものだね」

「道草を食ってしまった。わたしもこれからハヌマーン寺院の見回りに行くところだった。たしか先程あなたと立ち話していたのは『パイオニア』の編集者のロビンソン氏でしたね。あの人がハヌマーンに瀆神行為をやっているのでなければいいのですが」

後日、ストリックランドとは昵懇の間柄となり、お互いの影のようにあちらこちらで出会い、やがては無二の親友となった。

＊

ここでその後の一カ月にわたるわたしのシムラ生活について簡単に報告しておこう。ペリティ・カフェでＩＣＳの連中の談話に聞き耳を立て、インド政庁の動向を探り、コトガルへのトレッキングを実行し、ギリシャのダイアナ神とも見紛う美人に出会った。彼女のことは「リスペス」という短編に書いた。シムラの閉鎖的空中楼閣の世界で起きる男女の悲喜劇を描いた「路傍のコメディ」は、母に試読してもらったが、このような不倫の物語は二度と書いてはならないと言われた。「見捨てられて」では過保護な教育を受けた青年が過酷なインド勤務に耐えられず自殺する話を書き、インドの混血の問題については「誘拐されて」に書いた。そうとは知らずにポルトガル系の混血の娘を愛した好青年をミセス・ホークスビーとその友人たちが愚かな結婚から救出する話だ。自慢ではないが、わたしは人の話を細部まで記憶して再現できる才能に恵まれている。地の文がない会話だけの短編も書いた。頭の中に物語を細工する工具がたくさん詰まっていて、次々と作品が生まれるのだ。

若さゆえの愚かな恋の冒険もあった。シムラの歯科医の娘がわたしに好意を寄せてくれた。彼女とダンスを踊り、ブリッジもやった。しかしおつむの軽い単なる美人にはすぐ飽きがきた。省略した数字と謎の記号によって書き留めた日記を後世の研究家が解読してしまったからここで隠す必要もないことだが、わたしはその若さゆえにインド女性も買った。ウォーカー氏の邸宅には夏のあいだにさまざまな人間がやって来たが、ある晩、新婚の若い銀行員夫婦がわたしの隣の部屋に泊まり、ふたりの睦言が薄い壁を通して聞こえてきて、わたしは一晩じゅうまんじりともできなかった。独身者の隣に新婚夫婦が泊まるべきではない。わたしは性欲の昂進に耐え兼ね、次の日の夜、インド人街の娼婦を買った。だがラホールに戻ってから性病が心配になって医者に診てもらった。

ラホールでは政府の白書が待っていた。これは公共土木事業、警察関係、教育行政、林業、登記、医療と衛生などすべての分野にわたる政府の報告書である。インドのジャーナリストの仕事はこれらの白書を裁断して、煮詰め、気紛れな読者の嗜好に合うように味つけして記事にすることである。わたしはハサミと糊で必要な箇所をスクラップし、それから自分の体験とユーモアを織り込んで記事にした。校正を終えるとそれを植字工頭のミャン・ルクン・ディンに手渡す。ヒンドゥー、ムスリム、シクの植字工たちが活字版を組む。印刷が完了するのは真夜中になる。

ビカネールに戻って倒れるようにベッドに横になる。毛布のように地表に覆いかぶさるじっとりとした暑さのせいで、眠れそうもない。セミの鳴き声が暑さを倍増させ、野晒しの死体を食うジャッカルの声がそれに唱和する。ジャッカルは荼枳尼天女《だきにてんにょ》となって日本に跳び、御稲荷さんの狐に化けた。不気味な死の象徴を好む東洋がわたしを取り囲んでいる。

夜が頭に再来するのはこんな時である。フローラとの失恋、インドの娼婦を買った後味の悪さ、漠然とした将来への不安。わたしはけっして神に祈ることはしない。キリスト教の神は愛と許しの神ではなく、欺瞞と怒りと罰の神であるという思いがミセス・ホロウェイを通してローン・ロッジの寄宿時代にわたしに染み込んでしまったせいだ。わたしの神への呼びかけはゴッドにではなくアラーとなった。ロンドンの漆黒の夜の闇を陰鬱な心を抱いてさ迷うジェイムズ・トムソンの詩「恐ろしい夜の街」の詩句が脳裏に浮かんだ。「陰鬱の友たちよ、暗い、暗い、暗い／箱舟もなく黒い洪水の中でもがいている／神なき夜をさ迷える幽霊たちよ……」ゴッドは死んだかもしれない。だがアラーはインドに生きている。

こうなると頭が冴えてきて、暗く人気《ひとけ》のない部屋の中で、吊り大団扇がよどんだ空気をかき混ぜているのをただ見ていることなどできなくなる。庭に出て、その真ん中に杖を垂直に立て、それがどちらに倒れるかを見た。杖はラホールの旧市街へと続く、月明りに照らされた街を真っ直ぐに指した。わたしは夜の街、そして死の街へと足を向けた。

デリー門から吹く一陣の熱風で、恐ろしい夜の街に足を踏み入れようという決意が揺らぐ。壁に囲われた市街は生き物が発する悪臭に満ちている。屋外で眠る貧しい裸の人間たちは、死体と区別がつかない。

ターバンをはずして熟睡しているインド人警官がモスクへ向かう道の向こうに月の光を浴びて横たわっている。やせた犬が彼の匂いを嗅いで立ち去ったのは、生きていると分かったからだろう。月光を浴びた真夜中の街はドレの描く地獄の風景そのものだった。わたしはモスクを訪れた後、睡魔と闘いながら家路についた。

「サーヒブ、道をあけてくれませんか」夜明けの薄明りの中で肩になにかを担いで男たちがやってきた。わたしは後ろに下がった。川辺の火葬場に運ばれていくのは女の死体だった。どういうわけか女の死体は化粧したままだった。

一陣の熱風が女の顔を覆っていた布を吹き払った。わたしの全身が凍りつく。一瞬、死んだ女の黒い眉、アイボリーの肌、紅を引いた唇が、フローラに見えたからだ。

＊

父がラホールに転任した一八七五年の人口統計では、市街に九万二千三十五人、郊外に三万六千四百六人、そのうちイギリス人は千七百二十三人である。他はパンジャーブ人と呼ばれるインド人だ。しかしその内訳は多様だ。いちばん多いのはムスリムである。わたしは印刷工のディンに誘われてムスリムの祭りに出かけたこともある。わたしがすごした時代のラホールはまだムガルの栄華の残る都市だった。後世、ポール・セローという旅行作家が『ザ・グレイト・レイルウェイ・バザール』の中で「麻薬と売春の都市ラホール」と書いているが、わたしの時代にはアヘンは嗜好品のひとつであった。ラホールのコーティザンは売春婦ではなく、王侯貴族を相手にする教養とプライドのある特別な女たちであり、ボンベイの「鳥小屋の中の死体」と言われる売春婦とは違うのだ。わたしの死後、一九四七年の宗派対立によって残念ながら旧市街の多くは破壊され、現在ではキムが出入りしたカシミール・セライ（キャラバン隊や雲助《くもすけ》が利用する野外宿泊所をインドではセライと言う）は長距離バスの発着センターとなり、その周りには旅行者を餌食にする盗賊が経営しているかと思われるような安宿が立ち並んでいるそうだ。都市は間違いなく変貌していく。わたしが一八九一年のクリスマスに両親に会うためにここを再訪した時にはすでにタクサリ門は建築資材として売り払われてしまっていた。それでもわたしがすごしたラホールの魅力は『キム』の中にたっぷりと残しておいた。

次の週になると母と妹がシムラから帰ってきた。再び家族の方陣ができたので、わたしたちはみんなで詩や散文を書いて文集をつくったり、シムラ社交界のゴシップを反芻しては楽しんだ。

「シムラで娘に相応しい相手を見つけられない親は失格だと言われているわ。わたしは失格ね」シムラで自分がもてることにはしゃいでいた母がしおらしく言った。

「いや、トリックスは既婚者には人気があるのだが、若い者は近づきがたいものを感じてしまうのかもしれない」と父が言った。実際に壁の花であることが多かった妹を口さがない者たちが「氷の乙女」と呼んでいることはわたしも知っていた。

「トリックスはまだ十九なんだ。そんなに焦ることはない」と父。

「それより、ラディ、あなたはいい相手を見つけたの?」と母が訊く。

「いや、まだフローラのことが忘れられなくて」とわたしは正直に答えた。

「お兄さん、来月、ラホールでもダンスパーティがあるわ。軍隊付きのスミス牧師さんのお嬢さんは気立てもよくて美人なの。わたしが紹介してあげる」と妹が言った。

「僕はまだ二十二だから」

父はこの頃『インドの動物と人間』の執筆に取り組んでいた。休日にはラホールを離れて農村地帯を訪れインドの職人たちの仕事場をスケッチしていた。わたしは新聞の記事にするためにラホール市街の牛の飼育場と搾乳場を訪れたが、その不潔さにはただ驚愕するばかりだった。またわたしたちヨーロッパ人にビーフとマトンを供給するムスリムの屠殺業者たちにどれくらいハンセン氏病を患う者がいるか調べた。そのような調査の時は現地の警官にガイドとガードを依頼した。わたしは次第にインド人の宗派や、カーストによる生活や信条の細かな相違を理解するようになっていた。

わたしは神秘主義者ではないし、交霊術も信じていなかった。しかしこの世には幽霊を見る不可思議な能力を持つ人間がいることは否定しない。わたしが本当の意味で霊に関心を寄せるようになったのは、ずっと後、娘のジョセフィーンを失って、深い絶望の淵に沈んだ時である。インド時代には霊というよりは迷信や怪奇をテーマにした短編を書いた。西洋人の目から見ると、インドでは特に宗教と迷信が結びついている場合が多い。インドでも特にラホールを中心にインド人の宗教、風俗、迷信、魔術を研究しているオーマン教授の存在をロビンソンから聞いたので、ラホール大学の教授たちとも親交のある父に紹介状を書いてもらい、オーマン教授に会いに出かけた。バルコニーを持つバンガロー式建築の大学はツルサイカチの並木に縁取られ、ブーゲンビリアが彩るモールから西に少し入ったところにあった。教授はフィールドワークで屋外に出かけることが多く、日焼けして、インド人と変わらぬ褐色の肌をしている精悍な中年の男だった。インドの宗教や風俗を研究するだけでなく、インドの古代叙事詩である『マハーバーラタ』や『ラーマーヤナ』を英訳している碩学だ。手が震えているのは酒の飲みすぎだろうか。

「やあ、君がキプリング氏の息子さんか。CMGに載った短編を読ませてもらったよ。本当に面白い。特に「百の悲しみの門」なんかよくあそこまでラホールのアヘン窟のことを書けたなと感心した」

「もっと時間をかけて書きたいのですが、新聞の編集の仕事の合間に書いているものですから推敲ができないのです。これから書く予定の長編や短編のためにもインドの迷信や俗習について知りたくて、お伺いしました」

教授の研究室の棚やテーブルの上にはいろいろの民具、楽器、仮面、壺、装飾品、銅製の香炉、チベットのマニ車、民族衣装などが所せましと並んでいた。

「わたしはいま『インドのカルト・風俗・迷信』というライフワークに取り組んでいる。実は昨日も、ラヴィ川のヨーガ行者たちに会いに行ってきた。わたしたち西洋人には見分けがつかないが、インドではサドゥー、サンヤシ、ヨーガ行者と、それぞれセクトが異なるのだ」

「わたしはゴービンドという物語が得意な聖者にラヴィ川のチュバラで会いました。大変よい経験になりました。オーマンさんはご存じですか?」

「知っている。彼はサンヤシだ。サンヤシもヨーガ行者も庶民の寄進で生きている。しかし寄進しないと呪いをかけるぞと脅すのは、ヨーガ行者たちだ。また彼らは勝手にバザールの物を食べることも許されている。庶民は呪いをかけられることを恐れているからね。瞑想、呼吸停止などによって彼らは験力を得る。庶民は彼らが時に虎に変身して人を食うと信じている。サンヤシは単なる出家の遊行者で、物乞いで生きている。サドゥーは宗派に属していて、祭りの時は集団をなして行動する。そして財を成して宗派の寺院をつくる者もいる」

「オーマンさんはインドの言葉をいくつもマスターなさっていると父から聞きました。バザールに出入りしてラホールの庶民の迷信にも詳しいと」

「バザールで聞いた噂話の中でも、インド庶民が白人統治者をどう思っているか、そのことをよく教えてくれる迷信のことを話してあげよう。ある時、家畜にやる草刈りのカーストの男がローレンス・パークの草を刈る許可を得てくれないかとわたしに頼みにきた。なぜだと聞くと、男は、普段立ち入らない所に草刈りに行くとムミヤイ・サーヒブが手下を連れてうろついているのが怖いと言う。わたしはムミヤイ・サーヒブなんて名前は聞いたことがない。なぜ怖いのかと聞いてみた。この辺りでは、ムミヤイ・サーヒブというヨーロッパ人が手下を雇って、棒を持たせているという噂が広まっている。その棒には不思議な力があって、その匂いを嗅いだ者は自分の意思にかかわらず、その棒の持ち主の後をついて行く。その魔法の棒の魔力にかかった者は、最後には人気《ひとけ》のないジャングルに導かれ、脳天に穴を開けられて、脳味噌を取られる。脳味噌は煮えたぎる油に入れられ、ムミヤイという秘薬になる。そこまで聞いて、わたしは思わず大笑いしたが、草刈りは真剣な顔をして、これはすべてカルカッタの植民地政府の命令で行なわれていて、その秘薬はヨーロッパ人に珍重されていると言うのだ」

「ばかげているが面白い話ですね。わたしたちが彼らのためにどれだけ犠牲を払ってインドの近代化のために悪銭苦闘しているか、まったく知らないようだ」

「似たような噂はいくらでもある。政府はパンジャーブ州の井戸に毒を入れている。疫病をインド庶民にはやらせるためだという。こうした噂は、わたしらヨーロッパ人が得体の知れない不気味な人間と見られている証拠なんだ。そしてわたしらを陥れようという知恵のあるインド人がこんな噂を広めるのさ。こちらがインド人に対して冷淡で高慢な態度を取っているのが、こんな迷信がバザールに広まる原因かもしれない」

「バザールに入り込んでインド人に信用されているあなただけのことはありますね」

「ラドヤード君、君はインドでは不用意に子供を褒めたりしないように気をつける必要があるのを知っているかい?」

「どういうことですか? インドの子供たちのくるりとした大きな瞳を見ると、つい親に向かって可愛いですね、と言いますが」

「インドでは邪眼という迷信が広く行き渡っている。美しいものとか可愛いものは邪眼の呪いをかけられないように、隠しておく、あるいはそれを安易に褒めたりしてはいけないという暗黙の了解があるのだ。インドにはまだまだ無数と言っていいほどの迷信がある」わたしは後にこの邪眼という迷信をヒントに「イムレイの帰還」という短編を書いたのだが、オーマン教授に御礼の献呈をせずにすごしてしまった。その後、彼の行方が分からなくなったからだ。

「しかし迷信と合理性の境は紙一重ですよね。ヨーロッパのキリスト教だって迷信の一種かもしれない。イギリスの田舎にもたくさん迷信は残っています。インドだけが特別に迷信が多いとは言えないのでは? 迷信をインドの後進性の証拠にして、わたしたちはインド支配の口実にしていると言えないですか?」

「ラドヤード君、なかなか鋭いことを言うじゃないか。君はインドの神話を読んだことがあるか? なければインドを理解することなぞおぼつかないぞ。インドの神々とのつき合いは、即、インド人とのつき合いに通じるというのがわたしの信念だ。インドでは物の区別というものが一切ない。すべては自然であり、ヒンドゥーの神々はインドの集合的な魂によって昇華された自然の力を具現化したものだ。あらゆる面でヒンドゥーは宇宙と結びついている。自然から分離してしまい、宇宙との接触を失った西洋人だけが落ち着かない思いに駆られているだけなのだ」

わたしはシヴァ神だとか、クリシュナ神だとか、ハヌマーン神だとかの説明をあらためて聞かされるのを恐れて話題を変えたかった。時と場所によって異なる名で呼ばれる無数のインドの神々はさらに化身《アバターラ》という魔術で姿を変える。とてもつき合いきれるものではない。そこにいくと仏教はすっきりしている。ブッダとなった釈尊ひとりを崇め、その教えにひたすら帰依すれば救われるのだから。だがこの時のオーマン教授のインドの神々の蘊蓄に耳を傾けておけばよかったと後になって後悔した。ロンドンに帰ってから取り掛かった『ナウラーカ』の中で四面のシヴァ神と書いたが、インドにおけるトリムナルティの重要性がわかっていない、シヴァは三面である、とインド人批評家に無知を指摘されたからである。

「インドをよりよく統治するためには、インドをよく知らなければならない。単に橋や灌漑用運河をつくったり、軍隊を駐留させるだけではだめだというのがわたしの考えだ。君のお父さんもインドの工芸美術の研究者だから、わたしの言っていることは分かってくれるだろう? 隗《かい》より始めよということだ。君ももっとインド人社会に飛び込んでみる勇気が必要だ。ジェイムズ・ミルのようにイギリスにとどまって書斎でインドについての書物を読むほうが正しい知識を得られるなんて考えていたのでは、インドの本当の姿や魂は理解できない」説教臭い話になってきた。わたしはすでにラホールの旧市街や周辺の村のみならず、ジャングルにも足を踏み入れ、樹木の特徴やその色彩や風の音、動物たちのかすかな気配などを記憶していた。しかしオーマン教授の話の腰を折ることはせずに次々にインドの迷信や習俗の話を聞いていた。窓の外が一瞬暗くなった。ねぐらに帰る孔雀たちが赤光の夕陽を遮るように飛んでいった。先程まで窓の桟で遊んでいたリスの家族も姿を消した。赤砂岩でつくられている旧市街の城壁は夕陽を浴びてますます幻想的に見える。アラビアン・ナイトの世界への誘い。教授の机の上にはアヘンを吸うキセルが置いてあることにわたしは気づいていた。しかしあえてアヘンについての質問はせずに最後にインドの女性について質問してみた。

「インド女性というカテゴリーは存在しない。彼女たちはカーストあるいは身分によって、あるいは地方によって、あるいは民族によってまったく異なる生き物のように生活している。隠し簾《パーダ》の中から一歩も外に出ない高位のカーストの女性もいれば、バザールで男と同じように働いている女もいる。あるいは人間というより家畜以下の扱いを受けている不可触民の女たちもいる。どちらにしろインドの女性を知るのは至難のわざだよ」

「最後に忠告しておくが、インド政府は君の不穏な行動を監視しているとの噂もある。最近はインド国民会議のような民族運動も起きて、政府はインド人の政治的な動きに敏感になっている。インド民族主義者に肩入れするようなイギリス人には特に関心を持っている。わたしのように民族学的調査の分野の研究者は嫌疑をかけられにくいが、君のような新聞記者が理由もなくインド人社会に出入りしているのは好まれないのだ。密偵が君を尾行しているかもしれないぞ」

「そんな馬鹿な！　わたしのような若造の新聞記者に政府が監視の目を光らせているなんてありえませんよ。でもご忠告は心に留めておきます」

礼を述べてから教授の部屋を辞した。密偵とはストリックランドのことを暗に指していることに気づいたが、彼との出会いのことは黙っていた。

後日、ストリックランドはオーマン教授の奇行について教えてくれた。さらに一八八九年、インドを去る直前、わたしが聞いた噂によれば、後年、カルカッタ大学に移ったオーマン教授はヒンドゥー教に心酔し、ヒンドゥー・オーマンと名乗って、インドの服を着用し、西洋女性にもサリーを勧め、毎朝、ガンジスで沐浴したという。ヒンドゥー教の教えのすぐれていること、インドにおけるキリスト教の布教の危険と無益を説いたそうである。彼は大学を辞めてサンヤシになったという噂も聞いた。彼をインドのカースト社会が受け入れたかどうかは問題ではない。インドはすべての多様な人間存在に寛大な国である。インドは奇人や変人を受け入れる容器としてはイギリスよりも広く深いのだ。

＊

翌日出社すると、通信係のベンガル人、ナラヤンと給仕のニッカ・シンがシムラから打電されてきた二ュースを前に議論していた。

「シムラで年配の陸軍大佐が未婚の若い女性を誘惑している場面に居合わせたヒンドゥーの馬丁が彼女を助けようと大佐を殴打したらしい」とナラヤンがわたしに説明した。

「面白そうじゃないか、明日の新聞に載せよう」とわたしは答えた。

「そもそも若い女性がひとりで乗馬などに出かけることが西洋人のモラルの低さを示している」と決めつけるような語調でシンが言った。

「だがもし大佐がそのヒンドゥーを訴えたとしたら、イギリス人裁判官の判決では、禁固五年ほどの刑に処せられるだろう」とナラヤン。

「しかし逆にイギリス女性を誘惑したのがヒンドゥーで、殴ったのが大佐だったら、どうだろう。おそらく大佐は無罪で、ヒンドゥーのほうが重罰を食らうのではないか」とシン。

「この暗号電信だけでは事件の詳細は分からないな。シムラにいる『パイオニア』特派員のロビンソンに電信を打って、もう少し詳しい顛末を知らせるように伝えてくれ」とわたしは命じて、編集室に向かった。

いまは温度計が目盛りのてっぺんまで上がってしまう酷暑期だ。インド各地の避暑地で行なわれるくだらない素人劇のような娯楽行事、どこかの藩王国のスキャンダル、外国の国王の戴冠式、軍医総監の性病蔓延率の報告などを記事に編集し終え、印刷室に出向くと、ナラヤンが打ち出したばかりの電信用紙を手にして追って来た。

「キプリーン・サーヒブ、ストリックランドという警官が退役軍人のひとり娘のミス・ヤウルに恋をして結婚を申し込んだが、警官は薄給だから娘はやれないと父親に断られた。そこで彼はヒンドゥーの馬丁に変装してヤウル家に住み込んだ。ある年配の将軍がミス・ヤウルを乗馬に連れ出して、彼女に色恋の戯れを仕かけた時、つき添っていた馬丁は、将軍に向かって流暢な英語で『馬から降りろ、崖から投げ落としてやる』と叫んだそうです。するとヒンドゥーだと思っていた馬丁がストリックランドだと知ったミス・ヤウルは泣き出しました。しかし将軍はストリックランドの恋の真摯なことを知って、父親にとりなし、最後はストリックランドの恋は実を結んだとのことです」

「なんだかどこかで読んだことがある話みたいだ。だが結末がめでたしめでたし！でよかった。実はわたしはその警官をよく知っている。今度シムラで会ったら結婚祝いの言葉を伝えてやろう。記事にするのはやめだ！」

わたしはこのエピソードをネタにして、後日「ミス・ヤウルの馬丁」という短編を仕上げた。ストリックランドを主人公にした最初の短編だった。こんな事件を知ってからストリックランドはなんとなく愛嬌のある男だと思うようになった。

＊

キプリングの日記　一八八五年九月十四日

ケイ・ロビンソンがアラーハーバードから編集者として転勤してきた。ウィーラー氏は帰国した。ウィーラー氏とは馬が合わなかったが、わたしを新聞編集者・記者として鍛えてくれたことには感謝。ダファリン総督の子息クランデボーイ卿がトリックスに求婚。総督は急遽子息を本国に帰国させた。明日はサトレジ川にかかるカイサリン・イ・ヒンド橋の開通式に参列し取材の予定。就寝前に父から借りたエドウィン・アーノルド『アジアの光』を読む。なにかここ数日は愉快でならない。インドの風土に慣れてきたせいだろうか。自分が働いて生きているという満足感のためだろうか。フローラへの失恋が夢の中で決着されたせいだろうか。来週はカディール・バクシュと一緒にラホールから十キロの距離にある草原を訪れようと思う。クラブの数名がそこでイノシシ狩りをする様子を見物するのが楽しみだ。

＊

トリックスの日記　一八八五年九月十九日

兄はイノシシ狩りの取材に出かけた。仕事も気晴らしもたくさんある男性はうらやましい。わたしは外出もままならない。ペットのペルシャ猫やカラスを相手に遊んだり、本を読むことだけがわたしの仕事。わたしが社交界で壁の花になっているのは、生まれつき内気なためだけれど、カルカッタで発行されている広報紙に父の職業と年収が載っていて、キプリング家の社会的地位が誰の目からも明らかなこと、兄も「三文文士街からはい出てきてインド紳士社会に食い入ろうとしている蛆虫」なんて陰口を叩かれていることが理由らしい。みんなわたしの美貌と若さを褒めるけれど口先だけの社交辞令。総督の知遇を得て、社交界に出入りしているけれど、家柄も相続する財産もないわたしとの結婚を真剣に考えている男性なんていない。

シムラではとても不快な経験をした。劇場でわたしの背後に座ったミセス・タートンはわたしの首筋をいきなりつまんだ。「あら、白粉が落ちないわ。この娘は混血の肌を隠すために、白粉を厚く塗り立てているという噂だったのに」と彼女は隣のミセス・ブラウンにささやいた。わたしは動転していて、抗議はしなかったけれど、キプリング家には混血の子供たちがいるという噂は根強く残っていると確信した。兄がインド人のバザールに頻繁に出入りしていることも、こんな噂を広める原因のひとつになっている。

母とは三つの時に別れて、この人が母だと自分に言い聞かせないと親子の血縁を感じられない。母とわたしのあいだには心の通い合いがない。年月をかけて築かれる絆が欠けている者同士が一緒に住んでも喧嘩や不仲に終わるだけ。わたしにとって乳房の温もりの記憶は乳母にある。母はなにごとにも自分の意思を押しつけてくる。そして母の言葉は辛辣で刺がある。ヒルトンさんの娘さんのことを下唇の大きな「ラクダのような顔」なんて平気で批評する。わたしと兄がこれから選ぶ結婚候補者についてもきっと辛辣なことを言うだろう。

兄をまねて短編を書いた。女主人公はインドに向かう船の中でアイルランド人の軍人と恋に落ちる。同行している兄は庇護者として妹の監督を怠らない生真面目なアングロ・インディアン。彼はアイルランド人を軽蔑している。兄に隠れてふたりは密かに愛を深める。ボンベイに着いた後、妹は口実をつくってとどまる。先にヒル・ステーションのダルハウス（これはダルハウジー総督にちなんで名づけられた避暑地を皮肉ってわたしがつくった地名）に向かった兄は、妹と妹の荷が届くのを待っている。しかしダルハウスに届いたのは空箱だけ。妹はアイルランド人の恋人と同じ船で祖国イギリスに駆け落ちしてしまうという筋だ。でも実際に書いてみると、兄のように凝縮したきびきびした文体では書けない。子供の作文のようで自分でもいやになる。

＊

キプリングの手紙　マーガレット・バーン＝ジョーンズ宛　一八八五年十月十日

イギリスのお茶目さんへ。

先の手紙への返事遅れてごめん。フローラの消息は不明とのこと、広いロンドンでは無理もないね。君はオスカー・ワイルド氏のホモ印を帯びた審美主義の世界に生きていると思うので、今日は英領インドに生きる勇ましい男の世界を紹介しよう。先日、イノシシ狩りの取材に出かけた。インドではイギリス人男性の余暇のすごし方はかぎられている。クリケットやポロ以外では狩り《シカール》がもっとも人気のあるスポーツだ。中でも虎狩りは人気がある。赴任した新総督や長官を地方の藩王がもてなす際も虎狩りが用意される。大勢の狩り子や装備が必要なだけでなく虎の居所をさぐる情報力がものを言う。君も新聞などで見たことがあるだろう。仕留めた虎を足もとに置いた記念写真はインド旅行の最高の土産なんだ。なにしろ虎はインドのシンボルだから。毛皮にして床に敷き、踏みつけるのはイギリス人にとって快感なんだ。逆にイギリスを憎んだ一八世紀のマイソール王国のティプー・スルタンは虎に襲われるイギリス人兵士のからくり人形をつくらせた。虎の唸り声と兵士の悲鳴を出すオルゴールが内蔵されているすばらしい作品だ。でもイギリス人の名誉のためにつけ加えると、虎狩りを愛好するイギリス人がいなかったら、エローラの石窟寺院の発見はなかっただろう。僕はイノシシ狩りに行くクラブの男たちに同行してラホールの南西部のジャングルに続く草原地帯に行った。参加したのはラホール病院の事務長のブラウン氏、土木技師のモロウビー・ジュークス氏、スコットランド人の森林管理官マクファーソン氏、カントンメントのヒルトン大佐、それに僕だ。必要な用具は馬に猟犬にインド人のガイドに狩り子、突き槍に銃だ。草原といってもイギリスの草原を想像してはいけない。名前は分からないが丈が三メートルから五メートルにもなる巨大なススキのような植物の大群落、それが何マイルにもわたって広がっている。いろいろの動物がそこには潜んでいる。狩り子がイノシシを追い立ててくるのを待って、ひとりずつ槍を手に全速力で追いかけ、刺し殺すという野蛮なスポーツだ。君が顔をしかめているのが見えるようだ。

その日は快晴で（インドの乾期はいつだって大快晴だが）風もなく絶好の狩り日和だった。イノシシの隠れていそうな場所を見つけるとガイドの合図で猟犬を連れた狩り子たちが二手に分かれて静かに草地に入り、ハンターの男たちが待つ空き地に追い込んでくる。猟犬に追われてきたイノシシがちらりと見えた途端に全速力で馬を走らせ、イノシシの体に槍を突き立てる。それだけのスポーツだが、なかなか迫力がある。イノシシは実に速く走るので馬をダッシュさせる乗馬の腕前がものを言う。

最初にブラウン氏がイノシシを突くことに決まった。さてガイドは、とある深い藪の前で立ち止まり、手を上げて合図した。狩り子たちが二手に分かれ、藪の両脇にまわり込んだ。たしかに草の穂先が揺れている。なにかがいる証拠だ。一同、緊張して飛び出してくるイノシシを待った。

ここからが驚きの連続だった！　なんと飛び出してきたのは虎だった。ブラウン氏がそれに気づいた時には、すでに遅し！　鞭を当てられた馬は虎をめがけてまっしぐらに走り出した。しかし馬もいつものイノシシとは違うとすぐに気づいたらしい。前足を上げて棒立ちになった。言うまでもなくブラウン氏は馬からころげ落ちたが、それでも槍は手放さなかった。虎はくるりと向きを変えるとブラウン氏をめがけて突進！　牙を剥き、吸い込まれそうな凶暴な怒りの目をぎらりと光らせた。虎を突いてもイノシシ狩りの槍では針で刺すようなものだ。尾で草を打つ怒りの音を立てながら、逃げ腰の僕らを蹴散らすように虎は猛然と向かってきた。その瞬間、素足で腰布一枚だけのガイドが、手斧で虎を威嚇した。虎が怯んだすきにヒルトン大佐が発射した銃弾は幸いその眉間を撃ち抜いた。虎の最後の痙攣と断末魔の唸り声を聞きながら正直言うと僕は小水を漏らしてしまった。下腹にたっぷりと波打つ肉、ふさふさと首まわりを飾る艶のある毛並みと頬髯を持つ元気な若い虎だった。この体験をもとに僕は近い将来、短編を書くつもりだ。インドのジャングルで狼に育てられる少年の物語も考えているが、その中にも虎は登場するだろう。

現在の僕はインドに夢中だ。インドのことならなんでも知りたい。インドについて父はよき教師だが僕のライバルでもある。お茶目さん、インドについて知りたいことがあったらいつでも手紙を！　それではバーン゠ジョーンズおじさんとジョージーおばさんによろしく伝えてほしい。

インドのお茶目より。

＊

ロックウッドの日記　一八八五年十一月十八日

ラディがマーガレットに密かに手紙を書いてフローラ・ガラードの消息を探すように依頼したことはマーガレットの母親のジョージアナからこちらに洩れてきた。異性に目覚めることは年頃の青年には無理もないことだが、ラディがロンドンにとどまっていたら、きっと性的放縦に流れて自堕落な人間になったことだろう。ここラホールでは女性も少なくて娯楽もないので青年が克己心を養うのに好都合だ。

最近は我が家をエディサ・ブラウデンが頻繁に訪れてくれるので嬉しい。彼女は両親を亡くし、ラホールで法廷弁護士をしている独身の兄の身辺の世話のためにラホールにやってきたが、ここの風土になじめずにノイローゼになりかかっていた。妻が話し相手になっていろいろ励ましているうちに我が家に出入りするようになった。繊細で気立てのよい娘さんだ。彼女の家系は一八世紀に東インド会社に勤めたリチャード・ブラウデン以来、代々インドの役人や軍人を輩出している。彼女と妻が刺繍をしているあいだ、わたしはブラウニングやロセッティの詩を朗読してやる。しかし家に籠っているばかりではよくないので先日はラホールの旧市街に案内してやった。ラホールの市内は特殊な場所だ。シク王国をここに築いたランジット・シンも居城を市内に設けることはしなかった。わたし(彼女はわたしの風貌を見てラホールのソクラテスと呼んでくれるが悪い気はしない)とブラウデン嬢はバザールを通ってデリー門から市内に入った。一歩踏み込むと複雑な匂いが襲ってくる。彼らは屋上で用を足すから、糞尿の匂いも混じっている。ヨーロッパ人は煙草を吸って悪臭を避けるようにする。そこでわたしは彼女に煙草を勧めた。威勢のいいイスラム女のやっている煙草屋に入って英国のブランドの紙巻き煙草を買った。むろん西洋の女性が屋外で煙草を吸うのは作法として論外のことだ。しかし、途中で宣教団の女性たちと擦れ違ったが、こちらを非難できない。彼女らも悪臭対策に煙草を吸っているのだから。こちらも向こうも大笑いだった。その後、わたしはワジール・カーン・モスクを案内しイスラム建築のすばらしさを解説してやった。市内にはむろんわたしたちのような白人が入り込むことは到底不可能な迷路のような地区もある。若い女性にはとても見せられないような商売がそうした迷路の中で行なわれている。夜中に出歩いているラディがそんな場所に近づかないように注意しなくては。戻る途中、街なかを我が物顔で歩き回っている牛がどこかでくすねてきたバナナを口から下げてわたしたちのほうに向かってきた。わたしはインド人と動物のかかわりについていろいろと彼女に説明して聞かせた。

*

その後もわたしは暇を見ては両親には内緒でインドのバザールをうろついていた。ラホールに住んで四年経ったある日のことである。その時わたしは自分の召使のカディール・バクシュを連れてデリー門に通じるランダ・バザールを歩いていた。インド特有の原色の鮮やかな服、豊かな果物の屋台、タンドリー料理のさまざまなスパイスの香り、猿回しや蛇使いやオウム使いなどの芸人たち、遊んでいる褐色の肌をした裸の子供たち、道端で餌をあさっている牛や山羊や豚……そんな雑踏をぬってデリー門に近づいた時バクシュがわたしに声をかけた。「キプリーン・サーヒブ、気をつけて！　この門からは時々サソリが落ちてくるよ」

「忠告ありがとう。この間は笑ったよ。バクシュ、インドではいろいろな毒虫がいるから顔を刺されてひどい目に遭ったな。でもコブラ騒動は我ながら恥ずかしくなった」

「そうでしたね。サーヒブが寝室で悲鳴を上げるものですから、わたしが駆けつけると、穿こうとしたズボンの中にコブラが入り込んでいるとキプリーン・サーヒブが真っ青な顔で言いました。そこでそっとズボンを脱いでもらって、わたしが振ると中からベルトが出てきましたっけ」

滑稽な事件を思い出して笑っていると背後から中年の女性がわたしに向かっておずおずと声をかけてきた。

「突然で失礼ですがキプリーン・サーヒブという名前を聞いたものですから。もしかしてラディ？」

見覚えのない女だった。西洋のスカートに、サリーをまとっている。

「正式にはラドヤード・キプリングというのだが」

「わたしは懐かしいお名前を耳にしてつい声をおかけしたくなりました。坊っちゃんが小さい時に乳母をしていたメアリです」

歳は三十の半ばになろうか、目尻に皺があり、黒い髪からのぞく耳には飾りがついている。

しかし日焼けしているせいかインド人と見分けがつかないほどに肌が黒い。しかしその笑みを浮かべたやさしい目と胸にのぞく十字架がわたしの幼い頃の記憶を呼び覚ました。

「メアリか？　ボンベイで探したよ、おまえのことを。もう再会できないかとすっかり諦めていたのにこんなところで会えるなんて！」

　メアリは「めぇー、めぇー、黒い羊さん」にも登場させたわたしのボンベイ時代の乳母である。彼女はポルトガル人とインド人の混血であるが、熱心なカトリック教徒だった。月光の注ぐ戸口に座って子守歌に賛美歌を歌ってくれたあのメアリだ。

「メアリ、なんでここにいるんだ？」

「わたしは通信関係の仕事に就いているユーラシアンの男性と再婚してあちこち移動しました。子供にも恵まれました。三年前からラホール駅の北側のユーラシアン・コミュニティに住んでいます。ラディ、いや、キプリング坊っちゃんも立派になられて！」

「本当に奇遇だね。妹のアリスもいまはここで一緒に暮らしている」

「まあ、本当ですか？　よちよち歩きの可愛いアリス嬢ちゃんはあの時は三歳でしたわ。よく覚えていますす」

「一度、ビカネール、僕の屋敷の名前だが、そこにおいで」

「ロックウッドお父様にアリスお母様もお元気ですか？」

「父は昨年、チフスを罹ってからすっかり白髪が増えて歳を取ったし、母はいつもインドの暮らしには心から満足していないようだが、なんとか暮らしているよ」

「わたしのような混血の女にはサーヒブの偉い方たちの住む地区は近寄りがたいのです」

「それでは僕のほうからそのうちメアリのところへ行くよ」

わたしたちはそこで別れ、メアリはバザールの果物屋のほうへ去っていった。わたしとバクシュはデリー門をくぐるとすぐ右に折れて、城壁の下にある平屋が続く迷路のような路地に入り込んだ。銅細工師の長屋とキセル商横町のあいだにあるアヘン窟を見つけることはバクシュの案内なしでは不可能だったろう。わたしが「百の悲しみの門」と名づけたそのアヘン窟の探訪をここに記すことはしない。読者に直接その物語を読んでほしいからだ。

この作品の直接の語り手ゲイブラル・ミスキータは混血だ。乳を飲ませてくれたメアリがゴアに生まれたポルトガル人男性とインド人女性の混血であったせいか、わたしは昔から混血に関心を抱いていた。彼女は片言のポルトガル語と英語とヒンドゥー語を話した。だからわたしには多言語と混血の世界は自然なものとして受け止められた。インド社会を底辺から深く理解するには混血という立場は有利であり、ある意味で必要にして不可欠だ。一八世紀末まではイギリス人がインド女性を妻にしたり愛妾にすることは寛大に見られていた。しかし一九世紀、特にインド大反乱以降は非常に厳格な人種・民族理論に援護された隔離が行なわれるようになった。同時に混血は道徳的堕落の結果と見なされるか、純潔種としての白人性を汚すものと考えられるようになったのだ。イギリス人とインド人の境界に生きる混血は、ヨーロッパとアジアの混成、ユーラシアンというボーダーラインに生きる別種のコミュニティを形成するようになった。混血を介さずにいきなりインド社会に落ち込む落魄《らくはく》した白人もいる。彼らはアヘンや酒や女に淫した結果、アングロ・インディアン社会から脱落して無宿者となる。わたしは混血に対するのと同様にこのような世の中のしがらみから自由な無宿者の世界にもあこがれる。自分には経験の埒外にあるインドを彼らが深く知っているのではないかと思うからだ。わたしは混血社会を蔑視するアングロ・インディアンの視点から「人生のチャンス」という作品を書いたのだが、わたし自身の人種差別観がそこにあらわれていると批判されても困る。あそこには当時のインドにいたイギリス人たちが共有する混血への視点が描写されているだけなのだから。メアリとの偶然の再会によってわたしはいっそうユーラシアン社会への関心を深めた。インドは浄と不浄を両極点としたカースト社会であるが、それに劣らずアングロ・インディアンの集団も階層社会を形成していた。頂点は象徴的支配者である女王の代理である総督とそのカウンシル、ずっと下に薄給の下級官吏、さらにその下に警官、さらにその下に商業に携わる者たち、さらにその下に混血ユーラシアンや無宿者やあるいは改宗してヒンドゥー教徒になった者が位置する。わたしがつき合ったのはこれら下級の者たちだった。

人種主義的傲慢に冒されていたアングロ・インディアンはカースト社会制度に関係なくすべてのインド人に劣等の刻印を打った。つまり白人の最下層の者も人種的にはインド人の上に位置するということだ。わたしの仕事であるジャーナリズムは、以上のような階層性の中では中層と下層の中間に位置づけられていた。必然的にわたしの関心はボーダーラインにいる人々に寄せられていた。

わたしはバクシュと一緒に一服するためにインド菩提樹の木陰に座った。菩提樹の根元には小さな祠があって、中には女神像が納められている。なんという神像かは分からない。バクシュに訊いたが、ムスリムの彼はヒンドゥーの神像は汚くておどろおどろしくて見るのも嫌だと言う。

一服しながら人の往来を眺めていると父がミス・プラウデンと並んで歩いてきた。父は辺りの家屋を指差しながら熱心に彼女に話しかけている。こんなところにいるのを見られたら、また怒られそうだ。わたしは菩提樹の陰に隠れて観察していた。ふたりは煙草をふかしている。なんのためだろう? ミス・プラウデンは厳格なヴィクトリア朝の倫理観の持ち主で、女が外で煙草を吸うなんて、考えもしないはずだ。母といる時より父は若返っているように見える。普段若いイギリス女性と接する機会のない父はまたとないチャンスを楽しんでいる様子だった。

アヘンの話に戻ろう。冒頭で触れたように、わたしはバクシュがくれたアヘンチンキによって、初めてアヘンの味を知った。ラファエル前派の画家や世紀末の詩人たちがアヘンチンキを飲んでいることはロンドンにいた頃から知っていた。アヘンは適度に用いれば意識を覚醒させ、身体の疲労や痛みを和らげるだけで、なんら害はなく、煙草と変わらない。イギリス人が溺れている酒よりははるかに無害である。しかしすべては程度問題だ。東インド会社の時代からそして現在でもイギリスがインドでつくったアヘンを中国のみならず世界じゅうに売って暴利をむさぼってきたことはよく知られた事実だ。中国との二回のアヘン戦争だってそう昔のことではない。イギリスのインド統治には影の部分があることはわたしも先刻承知だ。だがイギリスのインド統治にはそのような影を覆い隠すほどの光、西洋文明の光をもたらす効果があるとわたしは信じていた。イギリスが撤退すれば近代的民族国家を経験したことのないインドは藩王国同士の闘鶏場つまりは戦場となるだろう。これは軽々しい予想ではないのである。インドの近代史を見れば分かることだ。

アヘンはわたしにとってインドへの入り口のひとつだった。一日十六時間、新聞社でしゃにむに働き、埋め草として短編と詩を書き、インド社会を探訪する……要するに勤勉なる西洋近代人として生活していた。すべてを自分の西洋的知性の支配下に置いて咀嚼することを目指してラホールで生きてきた。やわな精神は捨て、鎧を着たアルマジロのように生きようとしてきたのだ。しかしインドには自分の理解を越えるものが数多くある。未知の神秘に飛び込むために、アルマジロの甲羅に穴を開けて自分を外の空気にさらす時間も必要だと感じ始めたのだ。

ラホールの旧市街のアヘン窟を訪れた晩に、バクシュは腰のベルトから錫《すず》の煙草入れを外して渡してくれた。わたしは焦げ茶色のアヘンの丸薬を二粒手のひらに振り出し、自分でも知らぬ間に飲み込んでいた。

アヘンは精神いや魂を肉体から解き放ってくれる。幻覚も現れる。イギリスで培ってきた自我は霧散してハヌマーンのように空を飛び、ガネーシャのように鼠に乗り、クリシュナのように山を持ち上げることもできそうな気がしてくる。普段は無意識の闇に追いやっているフローラへの想いも甘美な苦痛に変わる。女性不信に陥っていたハルン・アル・ラシッドがシャハラザードに慰められるように、アヘンのもたらす夢想はわたしを慰撫してくれる。アヘンによる幻覚は、子供時代に経験し現在も経験する過度のストレスや抑圧、あるいは睡眠不足の結果生じる視覚的誤認ではない。この世界をまるごと変質させるカーマ《エロス》の働きに似ている。アヘンと性愛のもたらす陶酔は時間を越える。過去は現在となり、現在は過去となる。それのみならず未来も現在となり、過去となる。古代より生きるインドの神々と出会えるのもアヘンの幻覚のおかげであり、その幻覚の世界では現代と古代はひとつの時間となる。「橋を作る者たち」のフィンドレイソンがアヘンを飲んで見る幻想の中にインドの神々が登場するシーンを書くことにしよう。

＊

召使カディール・バクシュの独り言

キプリーン・サーヒブは夜遅くまで書き物をしている。今晩は両親の待つ家に帰りたいのだが、許可が出ない。仕方なく作品が仕上がるまで書斎に座っている。これがわたしの運命だ。書かれた原稿を床から一枚ずつ拾いあげて、箱に納める。文字の読めないわたしには、なにが書かれているかは分からない。しかし、これがサーヒブたちの読む西洋の本というものになって世に出るのもまもなくだろう。

三年間ずっとキプリーン・サーヒブに仕えてきた。ほかの使用人たちが苦情を言いに来たり、なにかと問題を起こすとわたしが処理してきた。わたしはこの家の召使頭だとサーヒブも見てくれている。毎月、キプリーン・サーヒブの月給を銀行に下ろしに行くのもわたしの仕事だ。靴紐からボタンまで、必要なものは忘れずに買っておく。もっとも少しばかりの手数料はいただいているけれど。そのほかにもアヘンを手に入れたり、煙草が切れないようにしたり、出かける時は服を用意したり、ポニーの世話をしたり……、要するにわたしはサーヒブの手足だけでなく頭脳でもある。それにしてもインド人のことをキプリーン・サーヒブはどうしてこんなによく知っているのか。わたしがいろいろ話を聞かせているからか？　もし、本になったら、わたしにも名誉の一端が与えられても不思議ではない。

*

キプリングの日記　一八八五年十一月二十二日

ＣＭＧの埋め草として「異教徒と結婚して」を書いた。インド人女性と結婚するイギリス人青年の物語である。この物語にはわたし自身を脚色した夢が反映されている。夢の中でフローラを殺すことによって過去を清算したつもりだったが、イギリスとインドに引き裂かれる男女の仲を繰り返し書いたことを考えてみると、まだ無意識の中でフローラへの想いが埋《うず》み火のように残っているのだろうか。フローラへの意趣返しとして書いたのかもしれない。それとシムラの奥のコトガルの村で見かけたギリシャ人と見紛う山岳部族の美女を作中に取り入れたかった。エピグラフにはパンジャーブの諺「わたしはあなたに死ぬほどに恋い焦がれているけれど、あなたは他の人に恋い焦がれている」を借用した。

フィル・ガロンは彼を愛しているアグネス・ライターをロンドンに残して、インドのダージリンの茶園に働きに行く。怠惰な自分を立て直し、ひと財産をつくって帰国したらアグネスと結婚するつもりだった。しかしアグネスは両親の懇願を受け入れてほかの男との結婚を決意する。アグネスからの手紙でそれを知ったフィルは現実にはめったに彼女のことを思い出すことなく新しい生活に打ち込んでいたのだが、「わたしの心は破れてしまった、だが君のことは一生忘れない」云々と長い返事を書き送った。アグネスは涙ながらにその手紙を机の引き出しにしまって、別の男と結婚する。その時代はほかに選択する道はなかった。フィルのほうはラージプート族のインド人少佐の娘ダンマヤと結婚する。アグネスのほうは時々、手紙を読み返しては、虎とコブラに囲まれて茶園で働いているフィルのことを偲んでいた。三年後にアグネスの夫は心疾患でボンベイで死ぬ。この時アグネスもインドまで夫につき添ってきていた。彼女は自由の身になったのを幸いとフィルを探し出すが、彼がすでにインド女性と結婚していることを知る。それだけの価値のない男を東洋と西洋のふたりの女が愛する軽い笑い話のようなものである。「異教徒と結婚して」(“Yorked with an Unbeliever”)の「不信心者」とはフィルなのかヒンドゥー教徒のダンマヤなのか、読者に考えさせるタイトルにしておいた。

夜遅くまで机に向かってこんなたわいもない話を書いていると知ったらバクシュは眠い目をこすって怒るだろうか。わたしは頭が冴えて眠れないのでもう少し、考えごとを続ける。インドの聖典『バガヴァッド・ギーター』は「万物が眠っている夜に、自己を制する聖者は目覚める」と説いているが、悩める俗物のわたしの夜のテーマは「宿命の女」である。

ロバート・ブキャナンによって「肉体派の詩」として攻撃されるロセッティの「レイディ・リリス」はわたしが生まれた三年後の一八六八年に描かれた。ここにはわたしの伯父のバーン＝ジョーンズに深い影響を与えた「宿命の女」の典型がある。その系譜はキーツにまでさかのぼるだろう。リリスとはエバより前のアダムの妻である。彼女は魔性の女で、美しい金髪と香しい唇で多くの若者を虜にし、その魂を奪ってしまうという。もうひとつの典型は「魂の永遠性」を表す霊的美の女性、ダンテにとってのベアトリーチェである。こちらもロセッティを介してイギリスの絵画と詩に定着した。どちらも女の愛という言葉で表せるが、前者は男を破滅させる愛、後者は魂の純化によって男を天上へと救いあげる愛だ。キリスト教世界が昔から培養してきた霊と肉の葛藤や対立が世紀末へと持ち越されたのだ。その典型がロセッティやその影響を受けた画家や詩人たちである。彼らの理想はエロスとアガペが一致した愛の成就であり、それは「宿命の女」が与えてくれるはずの至福と美の幻想だ。これはローマ・カトリックのマリア崇拝にもつながる。ラファエル前派の画家や世紀末の詩人たちはみなこの熱病にかかった。しかしこんな理想の愛が現代ヨーロッパにあるはずがない。そこで彼らは、あらまほしき愛の幻想を求め、中世や東洋に物欲しげな視線を投げかけた。事情はフランスでも同じだ。ギュスターヴ・モローの宝飾だけを身に纏ったヌードのサロメ、インドの神像のようなサロメに絶賛を送る『さかしま』の世界がある。マックス・ノルダウは医師の立場からヨーロッパに広まる退廃を診断し、後に『退化論』を書くことになるだろう。しかし診断の前にはまず症状ありきなのだ。日常の刺激に飽き、糜爛した神経と官能を夜の都会で脂粉の女との刹那的快楽に使い減らし、美のための美に陶酔する……これがロマン派の末裔の行き着いたどんづまりである。わたしと同年に生まれた初期のイェイツもその末裔につらなる危険があったが、彼はアイルランドをばねにもっと先へ進んだ詩人だ。しかしその彼もまた、宿命の女との関係は続いた。それはキャサリーン・ニ・フーリハンだ。いや、モード・ゴンだった。わたしには……誰がいる？

わたしの宿命の女はフローラだ。愛を喪失することは単に悲嘆を意味するばかりではない。自身の存在の目的すら断ち切られ、人間を支えている希望の火を消し去られることを意味する。このような絶望感はしばしば人を死の方に押しやる。愛の喪失の底知れぬ恐怖と不安と孤独感。だが、わたしが思い定めたフローラは宿命の女ではなかったと簡単には思い切れなかった。

かくいうわたしはインド幻想に取り憑かれていないと断言できるのか？　東洋幻想という西洋の病気に。インドにいてインドの現実とつき合いながら、その汚辱と醜悪と情欲と残酷に惹かれていることをケイ・ロビンソンに告げたけれど、東洋幻想は執拗にわたしたち西洋男性につきまとうようだ。牽引と反発の両義的魅力を纏った東洋。百戦錬磨の美女のように、男になびくように見せかけて、その実、相手を呑み込んでしまうインドの大地母神。東洋の魔性の女は西洋男性の幻想のステレオタイプ、もうひとつは人形のように従順であどけない日本の娘がもうひとつの幻想のステレオタイプ。エジプトから日本まで、世紀末の白人男性がつくり出したアジアの女性を巡る東洋幻想は、ヘンリー・ライダー・ハガードからピエール・ロティまでに浸透している。

わたしは植民地に赴任する軍人を養成するパブリック・スクールを卒業したけれど、素質的にも環境的にも世紀末の衰退と退廃の空気に染まる惧《おそ》れはあった。しかし偶然の運命、つまりはインドに来るという運命がわたしをそこからすくい上げた。インドという徹底的に異質の風土と文化は、東洋幻想に漬かることや退廃とか衰退に向かうことをわたしに許さない。またこれも偶然なのだが、新聞というメディア媒体の持つ没個性的報告書スタイルの文体によって、わたしは自分の体験・見聞から距離を置くすべを学ぶことができた。新聞記事の文体は自分の感情や主観性を殺すことを教えてくれる。言い換えると、薄っぺらな一人称の展覧会を開き、世界を自己に収斂させる文学ではなく、人間が生きる多様な状況へと自己を開く文学を書こうと心がけている。人間の内面に深く入り込んだり、心理のひだをこと細かに書くことは努めて避けたいのだ。世紀末詩人の特徴である魂の憧憬など歌うことはインドではできない。そして美というよりむしろわたしはグロテスクとアイロニーをねらいたい。わたしとは無数の他者であると後の世の詩人なら言うであろう、そのような視点からわたしは他者を書こうと決めている。そうだ。わたしにはロバート・ブラウニングという先達がいた。マスクを被って、声色を使えば、あらゆる時代のあらゆる土地のあらゆる人間になって、俗語や野卑な言葉も使えるし、陰謀も殺人も詩劇につくり替えられることを彼から学んだ。そろそろ眠気が襲ってきた。明日の仕事に備えてベッドに入ろう。

*

ラホールに来て三度目の猛暑期がやってきた。わたしは母と妹と共に再びシムラに向かった。

シムラ訪問は三回目だ。モールを中心にして八方に伸びる狭い道からバザールの迷路まで、つまりはシムラのすべての町を自分の庭のように歩きまわることができるようになった。インド人の動物との関係も分かってきた。彼らは多少の不都合や害には寛大で、生活圏から動物や鳥を追い出そうとはしない。これはインドが偉大な国だと思う理由のひとつだ。彼らはマングース、時にはコブラとも仲よく暮らしている。昨日、クラブで猿とマングースをペットにしているセシル・ケイという少佐と知り合いになった。暗号解読の専門家である彼は、その解読のために一年を通してシムラにいるそうだ。

わたしより十歳ほど年上だが、セシルはサンドハーストの陸軍養成学校を卒業した後、すぐにシムラに赴任した。その後、イギリスから許婚者を呼び寄せ、いまでは娘のモリーと息子のウィリアムにも恵まれ、家族四人で暮らしている。彼らの借りている家は谷をひとつ隔てた峰の中腹にあり、シムラの中でも特に自然に恵まれた環境にあった。いつも屋根の上には猿たちが遊びにきているしリスや小鳥たちが自由にベランダを出入りしていた。

ある日わたしは、彼の招待を受けて、ベランダでティーを飲んでいた。セシルはいつも軍服を着たままだ。部下の通信兵からいつ緊急の電信が入ったと連絡があっても職場に駆けつけられるようそうしているらしい。

「キプリングさん、わたしの知り合いの士官が、あなたは当地のラカール・バザールに出入りして取材していると噂していますよ」

ブルーの瞳、きりっと結んだ口許、禿げ始めた広い額は鋭い知性を感じさせる。彼は九つものインド現地語を習得しているとの噂だ。

「いや、迷惑な噂なんです。わたしはインド政府に雇われている人間ではないし、インド人と話せる程度の現地語はなんとかなるものだから、彼らの話を聞きたくなって。サドゥーたちと話していると彼らの考え方や地方の情報が得られますから」

事実、もしわたしがインド政庁の役人だったら、これほど気ままにインド人と交わることはできなかったであろう。なるべくインド人とは距離を置くというのが彼らの服務規程のようなものだったから。

「サドゥーたちは、わたしら白人の影が落ちただけで、穢れたと言って食べ物を捨ててしまうような連中なんですがね」

「こちらが立ったままで見下ろしているのでは、インド庶民と話はできません。服が汚れるのなんか構わずにしゃがんだり座ったりして彼らの目線と同じレベルで話し合うようにしています。振る舞われる焦がし米《チュナ》や甘菓子《ハルナ》もかならず食べます。わたしの父も実はラカール・バザールの木彫職人のところでスケッチをしているんですよ」

「そう言えば、わたしの子供たちも、使用人のシク教徒やムスリムの子供たちと兄弟のように遊んでいる。肌の色や言葉の違いなどぜんぜん気にしていない。わたしに隠れてあのバザールにも遊びに行っているようだし」

ベランダで遊んでいる長女のメアリー・マーガレット通称モリーはまだ七歳だが、まるまると肥って健康そうで愛くるしい眼差しの活発な女の子だった。彼女は屋敷の裏手の小屋に住むムスリムやヒンドゥーやシクや混血の召使の子供たちとも大変仲よく遊んでいる。子供たちが人種や階級の相違に意識的になるのは学校に通うようになってからだ。セシルは出来立ての甘いグラブ・ジャムンを持ってくると言って室内に入っていった。わたしはベランダから景色を眺めた。峰の中腹に建てられているために、イギリス人の好きなガーデンを広く取ることが難しい。その代わりシムラではベランダを広くつくる。足もとには谷底に向かって森が続いている。季節によっては白いヒマラヤ百合や黄色い花をつけるツル薔薇が斜面を覆う。またある時は、ラズベリーやストロベリーが赤い斑点のある灰緑色のカーペットを丘に広げる。子供たちはビスケットやパン屑を持って森に行き、木の根元に置いてくる。翌日にはそれらは消えている。モリーはインドの妖精が夜のうちに食べたのだと信じている。わたしは霧の濃い森を散歩していて、ぬっと現れたラングールの群れに遭遇した話をしてやり、森の妖精とは猿のことだと言ったがモリーは承服しない。

「妖精のリングがあったから妖精はいると思うわ」

「あれはイギリスやアイルランドの話だよ。インドにいるのはブータというタマリンドの木に宿るお化けだよ」

「キプリングさんはお化けに遭ったことある？」

「幽霊リキシャ」の話を幼いモリーに話しても仕方ないだろう。そこでわたしはインドの怪談話を自分の体験談につくり変えて話した。

「ある日の夕方、暗くなりかけた頃にラホールという街の通りを、わたしはひとりで歩いていたんだ。モンスーンが降り始める直前の蒸し暑い夕方でね、靄が視界をぼんやりさせていたよ。わたしはイギリスの煙草を売っている店を目指して歩いていた。ある横町に入ると、人気《ひとけ》がなくなった。ずうっと先まで、薄明りをつけた間口の狭いインド特有の店が並んでいる。向こうから若い女の人が歩いてきた。手には包みを抱えているようだった。遠くからでも赤いサリーを着て目を黒い墨で隈取っているのが分かったんだ。黒くて長いお下げ髪はジャスミンの花で飾られている。わたしは久しぶりにインドの美人を見られると思ってそのまま歩き続けた。でも少しも距離が縮まらない。変だなと思って、足を速めた。ようやく追いついたかと思って見ると女の人は、とある店の前で立ち止まって、再び歩き始めたんだ。なんと驚いたことに、その女の人は後ろ向きに歩いているんだ！　足が反対についている。どうりで体の前面は僕のほうに向かってくると思っていたが、実際は遠のいていたんだ。わたしは恐ろしくなって逃げ出したよ。帰宅してバクシュに、わたしの召使だよ、その話をすると、ああ、それはお産で子供を亡くした女の人の霊だと教えてくれたんだ。男の人を誘惑して、また子供を生みたがる怖い幽霊らしい」

　気づくとモリーの兄のウィリアムも凧揚げ遊びに飽きて、わたしの話を聞いていた。

「怖いー。ほかにも幽霊っているの？」

「今度また話してあげるよ。それにしても君らはいいなあ、こんなイギリスの気候に似たところに一年じゅういられるんだから。ラホールでは夏には四十五度にもなってネズミさえ死ぬんだぞ」

「そう思うよ。冬には雪が降るし、ソリ遊びだってできるんだ！」とウィリアムが答えた。ふたりともまるまるとして健康そのもの、目も瞳の奥まで透き通るように輝いている。わたしはセシルの家庭がうらやましかった。両親のもとで愛されて育った子供は、節くれ瘤《こぶ》やねじれもなく、すくすくと伸びる若樹のようだ。こんな子供たちのおかげでこの世は生き生きとしてくる。わたしと妹は両親の愛とか庇護が実感できないまま育った。だから人一倍、親子一緒の円満な家族にあこがれた。ボンベイのわたしの母親役は乳母であったが、イギリスでは母の代理は見つからなかった。

　モリーの縮れた愛くるしい髪に触れながら、わたしは約束した。

「今度会ったら、森の動物の話をしてあげよう」

　セシルがグラブ・ジャムンとジンジャー・エールを持ってベランダに戻ってきた。本来ならインド人召使にやらせる仕事だが、まめな彼はなんでも自分でさっさとやってしまう。

「今度シムラいちばんのパンジャーブ料理をごちそうしましょう。実はデラドゥーンの測量地図作成局にいるジョン・フレミング少佐がシムラに滞在していて、明日からわたしの家に泊まることになっているのですよ。彼はアフガニスタンに駐留した経験もあるし、水彩画が上手でね。だから地図作成局に出向させられたんです。君はアフガニスタンにも関心がありそうだから紹介しようと思っています」

「それは面白そうですね。わたしの知っている軍人、いや兵士といえばラホールのミャンマー駐屯地の兵卒ばかりだから、インドで別の経験をしてきた軍人に会えるのは楽しみです」

「それでは来週また来てください。その時にマングースのリッキーも紹介しますよ」

わたしは、おいしいインド菓子と紅茶とジンジャー・エールを楽しんでからセシル・ケイの家を出た。曲がりくねる坂道を上がるとスキャンダル・ポイントだ。ガーデンをイギリス風にしようとストックや薔薇を植えている家も多いが、周囲の風景にとけ込んでいないためにかえって、ここが異国であることを思い出させる。モールには「犬とインド人は立ち入り禁止」と書かれた立て看板がある。わたしはモールに面したスイス風の家屋に向かった。クレイグズ・ヴィラというその家を母と妹が借りて住んでいた。父はパリ万博の準備のためにイギリスに帰国していた。わたしは父の不在のあいだは妹の保護者の役目を負わねばならなかったのだが、彼女たちと一緒に住むのは気が進まずにウォーカー氏のケルヴィン・グループに宿泊していた。クレイグズ・ヴィラにはふたりの様子を見に行ったり喫煙に立ち寄るだけである。

母はわたしがＣＭＧに書いた詩や短編が人気を呼んで、キプリングという名前がインドじゅうに知られ始めたことを喜んでいた。ウィーラーの後釜としてアラーハーバードからラホールに転任してきたケイ・ロビンソンはわたしが創作を埋め草として新聞に発表することを奨励してくれた。当時、インクポットに突っ込んだペンを振り回して猛烈な勢いで作品を書くわたしは「ダルメシアン種の犬」のようだと言われていた。そうかもしれない。インクがわたしの白衣のあちこちに黒い斑点をつくっていた。

十九歳になる妹のトリックスはラホールでもシムラでも美人で知られていた。結婚の申し込みもすでに四、五件は断っていた。特にダファリン総督の長男の申し出を二度も断ったことによって総督とキプリング家のあいだに亀裂が入ったのは、わたしから見ても残念なことだった。ロビンソンもトリックスに求婚していた。しかし男女の関係は相性がものを言うことがある。妹は交際を丁重に断った。ロビンソンは妹への思いを切々と訴える手紙をわたしにも寄越し、なんとか仲を取り持ってくれと言ったが、わたしはにべもなくはねつけた。文学を語り合える年上の親友として大切な人間だったが、ロビンソンが義理の兄になることはなんとも承服しかねた。妹を取られてしまい、砂上の楼閣のような家族の方陣が、壊されるような気がしたからだ。

フクシャの赤い花で窓の下を飾ったスイス風のヴィラの玄関ドアをノックするとトリックスが迎えてくれた。ギリシャ・コスチュームを着て、アップにした髪にはバンドを留めている。背が高く首の長いトリックスは確かにいま咲いたばかりの花のような美しさがある。父に似た目鼻立ちだが瞳には憂いの翳がある。薔薇の花というよりは百合の花の風情だ。「昨晩はロバーツ総司令官の仮装パーティに招待されたの。だから今日もこんなギリシャの服を着ているのよ」

「そうか、似合うじゃないか。僕は招待されなかったから行かなかったよ」

「招待状はこちらに来ていたわ。さあ、居間でお母さんが待っているわ」

居間では母がスクラップ・ブックに新聞の切り抜きを貼っていた。

「ほら、父さんが『パイオニア』に寄せた記事やラディの書いた詩や短編がこんなに溜まったから整理しているの」

窓の外には下のバザールのインド人街の屋根とヒマラヤ杉が見える。

「先程までセシル・ケイという通信部の大佐の家にティーに招待されていたんだ。あそこの子供たちは本当に可愛いなあ」

「セシルさんの奥さんなら知っているわよ。素人劇団で『一昨日の恋』を上演した時にご一緒したから。インドでは子供たちがコレラやチフスで亡くなる悲劇が多いけれどシムラは比較的安心ね」

「その劇はミセス・ホークスビーが口の達者な女中の役を演《や》って評判だったよね」ミセス・ホークスビーはシムラ社交界を取り仕切る魅力的な人妻だった。わたしは彼女との交際を好み、女性についての指南を受けたいと切望していた。いや、それ以上の関係を持つことさえ望んでいたかもしれない。後日、わたしは自分の処女短編集である『高原平話集』の献辞に「インドでもっとも聡明な女性に捧げる」と書いた。

母はそれを自分のことだと思って喜んでいたが、本当の対象はミセス・ホークスビーだった。そんなわたしの隠密生活を知らない母は話を続けた。

「よく知っているのね！　彼女は社交界の花形だから？　ところでラディ、昨日の仮装パーティでロイヤル・アイリッシュ奇襲隊の士官たちが、真っ赤なコートに鬘《かつら》という姿で登場して、喝采を浴びていたわよ。それから地図作成関係の仕事をしているジョン・フレミング少佐という人にトリックスが交際を申し込まれたの」

「へー、偶然だな。実は先刻、セシルさんに、その人を紹介しようと言われてきたばかりなんだ」

「ハンサムな人だけれど会話は苦手のようだわ」

「軍人はペラペラ話したりしないのが普通だよ」

「兄さん、シムラで知り合った男性と結婚するとずっとインドで暮らすことになるのかしら」と妹が暗い表情で訊いた。

「普通の兵卒は五、六年でイギリスへ帰るけれど、士官となると退役までいる人も多いようだ。ロバーツ総司令官なんかインドで生まれてこのまま何十年もここにいることになるんじゃないか」

「トリックスが結婚してくれれば、親の務めも半分終わるんだけれど。ラディも筆一本で食べられるような作家になれば、みんなでイギリスで暮らせるのよ。ここで一生を終えるなんて想像するだけでも悲しくなるわ。アングロ・インディアンはインドが故郷とは思っていないし、いつかは祖国に帰るのだと思って生活してる。だから交際だって深いものにはならないもの」と母も暗い表情で言った。

「わたしたちは山の中腹を風に吹かれて飛んでいく塵みたいなもの。出会いと別れは、風の気紛れしだいね」と妹がつぶやいた。

「それはそうと、僕はアラーハーバードの『パイオニア』のほうに転勤になるかもしれない。そうなったら、家族の方陣もばらばらだ」

「『パイオニア』のほうが伝統のある新聞だから栄転ね。父さんもパリ万博に行く前にインド帝国名誉勲章をいただいたのよ。みんな一歩ずつ前進している、それだけでも満足しなくては……」と母が言った。

「ところで、トリックス、ロビンソンはまだ手紙を寄越すのか」

「ええ、お断りしたんだけれど、相変わらずわたしが好きだなんて書いてくるの」

フローラのことを思い出して、わたしは彼女に手紙を書き続けている自分が恥ずかしくなった。

「よし、今度会ったら僕から再度きっぱり諦めるように言ってやる」

「フレミングさんとの話のほうはスムーズに進むといいわね」

「兄さん、今晩はわたしたちと一緒に食事をする?」とトリックスが訊いた。結婚の話はなるべくしたくない様子だった。

「いや、今日はウォルター・ロレンスとヒューム氏の自宅のロスニー・カースルを訪ねることになっているんだ」

「そう言えば、ストリックランドという警官が訪ねてきたのを忘れていたわ」と母が言った。

「どんな用かな？」

「ちょっと待って、ラドヤード君に渡してほしいと言ってメモを残していったわ」

母はマントルピースの上から小さく折り畳んだ紙を持ってきた。

「兄さん、警察のお世話になるようなことをしたの？」とトリックスが心配そうに訊ねた。

「馬鹿な！　僕ほど品行方正なイギリス人はインドじゅう探してもいないぞ」わたしはおどけて見せてから、ストリックランドのメモを開いて読んでみた。

「お知らせしたいことがある。今日の午後四時、ラカール・バザールの木工職人のモハメド・カーンの店の前で待っている。ストリックランド」

この前、仕事の関係でラホールに出張してきたストリックランドに会ってから半年がすぎていた。結婚して息子にも恵まれ、だいぶ身体に肉がついてきた。彼は相変わらずインド人に変装して裏の世界の情報収集の任務に当たっているらしい。

現在のインドは平和な時代だ。マラータ戦争もサグ団もインド大反乱も過去の話。ロシアの脅威だけが問題だ。それ以外は散発的にサンタルやビール部族の反乱もあるがたいしたことではない。むしろイギリスのインド統治の最大の問題は大飢饉や災害である。アイルランドも同様だが、後進国の飢饉は多くの餓死者を出し、統治するイギリスの責任にされる。もうひとつはインド全土の面積の五分の二を占める藩王国の処遇と対処だ。

ヒューム氏との約束までには二時間もの余裕がある。わたしはラカール・バザールに出かけてみることにした。ストリックランドはムスリムに扮装していた。彼は臨機応変に変装できる能力を生かして、ムスリムの職人と世間話に興じていた。

「久しぶりだね、ラディ」彼とは愛称で呼び合うほどの親友になっていた。

「ストリックランド、君はだいぶ貫禄が出てきたね。奥さんと息子さんは元気かい？」

「ぴんぴんのマンゴーだ」ストリックランドは時々、ふざけたインド英語を使う。

「それはよかった。ところで今日の話はなんだい？」

「ここではまずい。インド人は英語が分からないふりをして聞き耳を立てていることもある。場所を変えよう」

モールを通ってフリーメイソン・ホールに行こうと思ったが、ムスリムに扮装したストリックランドはモールには立ち入り禁止だ。わたしたちはインド人のための旅籠《セライ》に向かった。「ラディ、君はデワースという中西部にあるヒンドゥーの藩王国を知っているか？」

「いや、聞いたことはあるが、インドには五百以上の藩王国があるからね」

「実は、わたしは先週からシムラのサマー・ヒルにあるデワース藩王の別荘に召使として潜入したんだ。そこでイギリス人秘書のモーガン・フォレスターという人物に会った」

「誰だい、それは」

「彼はケンブリッジ大を卒業してインド人の知人のつてを頼ってインドへやってきた。藩王に気に入られているらしい。彼はインドの服装ですごしている。祭りの時はドーティを穿き、赤や黒の粉末を顔に塗って参加しているとさ。インドの体験を手紙に書いてイギリスの縁者に送っている。将来はインドについての小説を書くつもりらしい。わたしは文学には関心がないからよく分からないが、彼は君の『東と西のバラッド』を批判していた。あんなに容易に東洋人と西洋人が友愛と信頼の関係をつくることなどあり得ないと言っていた。彼は自分の書く小説をインドとイギリスの小さな友愛の掛け橋にするつもりだったが、インドを知れば知るほどそれは不可能だと悟ったと言っている」

「わたしのライバルがひとり現れたということかな。わたしの書き続けているインドは帝国主義者の見たインドだと批判するだろうが、それは真理の半面にすぎない。インドを支配しているイギリス人は血も涙もない搾取者だという誤解がとけるにはきっと時間が必要だろうね」

「ラディ、君より彼の有利な点は、藩王国の内幕を知っていることだろう。彼はイギリス人とインド人の知己も多くて知識は豊かだ。藩王の秘書として総督に会うこともある。インド各地を旅行してインドの建築や美術にも詳しいぞ。なによりヒンドゥーの宇宙観や世界観を小説の中心に据えようと希有壮大な構想を持っている」

「わたしは形而上学というものには縁がない男だ。インドで実務にたずさわる白人とインド庶民の非喜劇に関心があるだけだ。ところでインド庶民の生活には詳しくなってきたが、藩王国には住んだことがない。インドの藩王国は独特の社会で、近代世界とはかけ離れた豪奢と腐敗と倒錯と残虐の世界だと聞いている。だが内実については何も知らない。少し教えてくれないか」

「藩王国のいちばんの問題は無能な藩王が失政を行ない、財政を破綻させることだ。次に世嗣問題にからむ陰謀や毒殺だ。君も知ってのとおり、インドの藩王国の宮廷にはゼナーナと呼ばれる婦人部屋があって、そこで藩王の寵愛を巡る複数の妻たちの諍いが起きる。次には彼女たちの息子の誰が王位を継ぐかを巡って争いが起きる。これはインドでも大昔からの問題であることは『ラーマーヤナ』を読めば分かるだろう？　フォレスターの話ではデワース藩王国でも、王の母君がゼナーナで絶大な力をふるっているらしい。藩王が母親に頭が上がらなかったりすると政治権力を握るのは彼女たちだ。世嗣を籠絡したり、あるいは都合の悪い世嗣候補の毒殺はよく耳にする」

シムラのセライは山腹を下る坂の途中につくられた狭いテントである。雑多な人種のインド人たちは旅の疲れを癒すために、煙草を吸ったり、チャイを飲みながら、雑談にふけっていた。ムスリムに扮しているストリックランドはためらいもなくテントに入っていき、チャイをふたつ注文した。わたしの分身のような彼の行動を見ていると頼もしくなる。

「フォレスターの話は面白いぞ。登場人物のアデラというイギリス人女性の結婚式の舞台をシムラにしたいので、取材に来たと言っている」

「それより、君はどうやってフォレスターと話をする機会を持てたんだい?」

「極秘にしてくれるなら話そう」

「むろんこの胸にしまっておくさ」

「実はインド警察の特命を受けて、デワース藩王国の内情を偵察するために今回も馬丁に扮して、雇われたんだ。ヒンドゥー語やウルドゥー語やパンジャーブ語を話すうえに英語も分かるわたしを重宝に思ってフォレスターは馬で外出するときは、わたしにお供を命じるようになった。ある日、サマー・ヒルの北西にある山岳部族の村に遠出をしたいとフォレスターが言うんだ。そこでわたしは喜んで『その村には知り合いがいます』と嘘をついて連れ出した。細い山道ではアラブ馬よりポニーのほうが安全だ。わたしは徒歩でお供をした。途中は切り立った崖道もあるし木の根が張り出した難路もある。二時間ほど経った頃だろうか。わたしたちはとある大樹の陰で休息することにした。そこで事故が起きたんだ。事故じゃない!とんでもない災難だった。スズメバチに襲われたんだ。インドのスズメバチはばかでかい、それに猛毒を持っている。腕を刺された。フォレスターは白い服にトーピー帽を被っていたからやられなかった。わたしは思わず『アウチ!』と叫んだ。フォレスターはギョッとしたようにわたしを見据えて『おまえはインド人ではないな!』と言った。わたしは痛みに耐えられずに思わず『そのとおりです』と答えてしまった。もう隠しても仕方ない。わたしは自分の素性を正直に話した。それがかえって彼の好意を勝ち得たらしい。それにしてもすごい毒だった。全身に悪寒が走って震えがとまらなかった。ほら、いまでも腕に腫れが残っている」

　たしかに色黒の腕の窪みに赤い痣と腫れが残っていた。

「それから、フォレスターと部族の村に行ったのかい？」

「いいや、行かなかった。そのまま渓流まで崖道を下って体を冷やした。フォレスターはよく介抱してくれた。日が暮れるまでにシムラに帰らなくてはならなかったが、時間はまだたっぷりあったから、珪岩の上に腰を下ろしてふたりでいろいろ話したんだ。わたしの話を聞いてうなずく時のラッキョウみたいな顔立ちがいまでも目に浮かぶよ」

「そのラッキョウというのはなんだ？」

「ラディはラッキョウを知らないだろうな。わたしは初任地が香港だったから中華街で漬物にしたラッキョウをよく食べたんだ。形はガーリックに似た匂いの強い根菜だ。フォレスターの頭部は逆さにしたラッキョウみたいなのさ」

「話を続けてくれ」

「渓流の向こう岸にひょろ長く黒い物が立ち上がっていた。フォレスターがあれは何かと訊くから『枯れ木でしょう』とわたしは答えた。『君はなるほどイギリス人だ。インド人なら毒蛇だと答えるかもしれない。彼らの見る物とわたしの見る物は絶えず食い違う。だからインドに住んでいると霞に包まれているような気持ちになる』とフォレスターは言った。その後に彼から聞いた話ではデワース藩王国の藩王にはミラ・バーイという二十三歳になる聡明で美しいヒンドゥーの后とのあいだにできた世嗣がいる。しかし一昨年、踊り子の一団を王宮に招いた藩王は、その中のひとりの女に一目ぼれをして側室に取り上げた。一年後に彼女も男子を産んだ。このジプシーの血が入った側室は性悪な女で、自分の子を世嗣にするために、まもなく正当な世嗣の食べ物に毒を……最初は大麻のようなものを使うらしい……入れ始めた。だがすべては露見した。侍女のひとりがマルカム・ダーリングに通報したんだ。ダーリングというのは、インド政府が藩王の後見人として派遣した文官さ。そこでわたしが密偵として送り込まれたというわけだ」

「なるほどインドの藩王国らしい話だ。そのうちわたしも小説のネタとして使わせてもらうかもしれないな」

「わたしの素性がフォレスターにばれてしまったからには、これ以上、デワースの藩王の別荘に伺候できるかどうか分からないが、また機会があったら情報を提供しよう」

わたしたちはチャイを飲み終えて、素焼きの器を地面に落とし足で踏みつけて土に戻してやった。そろそろヒューム氏との約束も気になりだした。セライの宿泊者たちは、夕餉の支度に取りかかり始めた。シムラでは牛糞は拾えない。だが周囲の森は無尽蔵に薪の供給をしてくれる。彼らは思い思いの場所に穴を掘って火を起こしていた。

「別れる前に、あとふたつ情報がある」

「まだ少し時間の余裕はある。聞かせてくれないか」

「この前会ったとき、ジャッコー・ヒルのハヌマーン寺院にわたしが見回りに行ったのを覚えているか？ヒマラヤ杉の陰から見張っているとケイ・ロビンソンが寺院の裏手から葉巻を手にして出てきた。彼は辺りを見回してから、ハヌマーン神像の額に葉巻の火を押しつけたんだ。あの像は木製だから焦げ跡がついた。修復したばかりなのに。わたしは木陰から飛び出して『やめろ！　そんな挑発行為をすると大変なことになるぞ！』と叫んだ。ロビンソンは『見たか！　獣のしるしだ。わたしがつけたんだ。みごとなものだろう』と得意気に言うのさ。たちまち寺院の中で朝の祈祷をしていた僧侶たちが騒ぎ出した。わたしはこれは大変なことになると思った。というのも、わたしは僧侶たちのことをよく知っている。彼らに呪いをかけられたら本当に恐ろしいことが起きるんだ」

「ロビンソンはフリート街で働いたこともあるインテリのジャーナリストだから、まさかそんなことはしないと思っていたが」

「いや、インテリほどインドの宗教を馬鹿にしているものさ。彼らは異教は迷信だと思っているからインドの神々は石と真鍮にすぎないと思い込んでいる」

「それなら、そのうち呪いで病気になるか天罰で死ぬか、どちらにしろ見物《みもの》だね」

「もうひとつの話はオーマン教授のことだ。君が彼に会いに行ったことはすでにつかんでいる。君は彼からムミヤイ・サーヒブの話を聞いたろう？　インド人をジャングルに誘導して脳味噌を取り出し、秘薬をつくる白人の話だ」

「聞いた。それがどうしたと言うんだい？」

「実はそのムミヤイ・サーヒブというのはオーマン自身のことなんだ」

「なんのためにそんなことをしているんだ？」

「君が知ってのとおり彼が研究しているのはインドの迷信やカルトだ。そこでインド人がどれくらい迷信にとらわれているか、自分でムミヤイというサーヒブに変装して調査しているのさ」

「はたして大学教授がそんなことをするものだろうか」

「インドでは文化人類学のフィールドワークはとても難しい。大反乱以降は特に白人とインド人の距離は広がった。ほとんど交流がない。わたしも同様だが、インド社会の実態を知るにはどうしても策略が必要なんだ。変装はその策略のひとつにすぎない。オーマンは昨年はヒンドゥーの乞食僧に化けて草原の真ん中に庵を結んでいた」

「なんのために？」

「さっき言ったようにインドの迷信を調べるためだよ。人が容易には近づけない草原の真ん中には泉が湧いていて、そこに彼は黒い人形を沈めておいた。たまたまそれを見つけた近隣の村人は、そこで西洋で言う黒魔術が行なわれていると信じた。人の生き肝を取って秘薬をつくる乞食僧がいると信じたんだ。彼らは草原を恐れて近づかなくなった。そればかりか、風の強い乾期に村人たちは草原に火を放ったんだ。オーマンは火に巻かれながら命からがら逃げ出したというわけさ」

本当なのか嘘なのか容易に判断のつかないストリックランドの話を聞きながら、わたしは自分の懐中時計を見た。ヒューム氏との約束の時間がいよいよせまっていた。

「ストリックランド、面白い情報に感謝するよ。しかし今日はこれくらいにして、またの機会にぜひ続きを聞かせてくれないか。インドのシャハラザードを自認しているわたしとしては、毎晩物語をつくらなければならない。それには情報が必要なんだ」

＊

わたしはストリックランドに別れを告げて、クライスト・チャーチの教会の脇からジャッコー・ヒルの坂道を上っていった。フォレスターという人物がヒンドゥー教をどれほど理解しているだろう。わたしはブッダの教えには実践的人生の知恵を認め、尊重もしたが、ヒンドゥー教は、どうもよく分からない。だから宗教としてのヒンドゥー教には不干渉主義の立場を取っていたし、オーマン教授のようにインドの宗教的混沌に飛び込む勇気などさらになかった。

A・O・ヒューム氏が将来、総督邸として政府に買い上げてもらう腹積もりで改造したロスニー・カースルはシムラでもっとも豪華な邸宅のひとつだ。温室やダンスルーム、晩餐会のホール、ビリヤードルームなど総督が住むに相応しい広さと偉容を備えている。ロスニー・カースルをすぎてそのまま登り続ければ、ジャッコー・ヒルの頂にあるヒンドゥー寺院にたどりつく。周辺は猿の天国だ。なぜならこの寺院はハヌマーン神を祀っているので、誰も危害は加えない、それどころか猿たちは供物の食べ物にも事欠かない。汗を拭きながら登っていくとヒマラヤ杉の木立ちから一匹の猿が飛び出してきて、わたしの眼鏡を奪った。かすんでぼんやりとしか見えない（わたしはひどい近眼なのだ）前方に向かって腕を振り上げた。猿は身軽に飛んで枝から枝へと逃げていく。わたしは不干渉主義をやめて猿に石つぶてを打つことにした。足もとにあった石を拾おうとすると、背後で笑い声がする。振り返ると丸い温顔の男がいた。ウォルター・ロレンスだった。政務次官補という地位にいながらも気さくで好感の持てる男だ。彼が所有するノース・バンクという家をキプリング家が借りたことから交際が始まった。

「ハヌマーン神にいたずらされているようだね」

「眼鏡がなくては歩くこともできない」

「君が供物を持ってこなかったのがいけないのだ」

そう言うとロレンスは上着のポケットからビスケットを取り出した。猿はそれを目敏く見つけると近寄ってきて、わたしの眼鏡をヒマラヤ杉の根方に放り出し、ビスケットを当然の権利のように受け取った。

「いやー、助かりました」わたしは眼鏡を拾い上げながら言った。

「ヒューム氏との約束は五時だったね。まだ時間があるから頂まで登ってみないか」

急勾配の坂道を汗を拭きながら二十分も登り続けただろうか。突然、目の前に巨大なヒマラヤ杉が現れ、その下に寺院があった。インドの寺院では僧侶は、時を構わず勤行に励み、神々への賛歌を唱えている。本殿に鎮座するハヌマーン神の額には赤い粉が塗りつけられている。こんな神々は単なる石か真鍮にすぎないと思いつつも、イギリス人は言葉にならぬ恐怖と侮蔑の念を抱く。ハヌマーン神像に煙草の火を押しつけるロビンソンの姿を想像して、彼が罰を受ける物語を書いたらさぞ面白いだろうと思い立ち、ストリックランドの報告をネタにして書いたのが「獣のしるし」だが、イギリスの読者にはショックを与えたようだ。

寺院のある頂上からはシムラの街が一望できる。クライスト・チャーチもペーターホフもバザールもすべてこの寺院のハヌマーン神に見下ろされている。イギリス人の恐れるこんもりした森、ヒマラヤ杉、オーク、シャクナゲの森の中から古代のインドが、近代西洋を象徴するシムラの街をぬかりなく見張っている、あるいははるかかなたの万年雪を頂くヒマラヤの山々からシヴァ神がパールヴァティ妃と共に、傍い進歩をインドにもたらすという口実のもとに、旨い汁を吸おうと悪銭苦闘しているヨーロッパ人を見下ろしている、そんな印象を受ける。足もとにせまる夕闇に包まれる中、葉巻をくゆらせながらロレンスは自分の経歴を語ってくれた。

彼は一八五七年にへレフォードで生まれた。わたしと同じようにインド大反乱後世代である。チェルトナム・コレッジを卒業後に受けたインド公務員試験で一番の成績を取った。それからオックスフォードのベイリオル・コレッジで二年間の訓練教育を受けた後、パンジャーブに赴任した。パキスタンのクラム渓谷それからラージプターナ地方での勤務を経て、去年から農政財務局の次官補となった。彼は中央政府で働くよりは僻地の藩王国にいることを好んだ。因習の残る古いインドのほうが肌に合うと彼は笑いながら言った。英語を使う西洋化したインド人といると不愉快になるのだそうだ。その後数年してカシミールに転任になった時には、彼はさぞ喜んだであろう。さらに後、彼はカーゾン総督の秘書を務め、インド政府の閣僚に名を連ねた。しかしわたしにとっての彼はいつまでも、ジャッコー・ヒルでインドへの想いを語った若きロレンスである。ロレンス退職後の一九二八年に回想録『我々の仕えたインド』の序文の原稿を頼まれた。

　猿たちもねぐらに散って静かになった山道を足もとに気をつけながら下っていくと、ロスニー・カースルには明かりが灯っていた。わたしたちが到着すると執事《キトマトガール》が玄関で待っていた。「ヒューム様がお待ち兼ねです」と彼がインド訛りの英語で言うと、英語を話すインド人が嫌いなロレンスは顔をしかめた。

　案内されたのはマホガニーの腰板、チーク材の床に分厚いペルシャ絨毯、大きな大理石の暖炉がひときわ目立つ立派な居間だった。天井には豪華なシャンデリア、壁のいたるところにはインドの鳥の剥製が飾られている。ここがヒマラヤ山地であることを忘れてしまうようなヨーロッパ風の部屋だ。ヒューム氏は禿げ始めた頭、立派な鼻筋、口を覆っている灰色の髭が目立つ紳士である。背筋がぴんと伸びているのは性格の剛直さを示しているのだろうか。氏は五十八歳のはずである。わたしが訪問した頃には政府の職を退いてインド国民会議を立ち上げようと奮闘していた。

この年代の人たちはインド大反乱を経験している。わたしなど問題にならないほどにインド体験も豊富だ。あらかじめ調べておいたヒューム氏の経歴を思い返してみた。

彼の父はケント州の改革派の国会議員であった。ヒュームはヘイリベリー・コレッジを卒業してから医学を学び、外科医の資格を取っている。北西州のエトワという土地でインド勤務をスタートしたが、まもなくその優秀さが認められて、地方長官に昇進した。インド大反乱の時はアーグラに女と子供を移送してから、協力的なインド人たちと騎馬隊を編成して戦った。その時の経験から彼は、インド人の反乱はイギリスの統治方法に原因があると感じるようになる。彼は「慈悲と忍耐」をその後の人生のモットーとして生きてきた。インド人の教育にも力を入れ、無料の初等教育を導入し、さらに『ロッカミトラ』（人民の友）というインド語の新聞を創刊した。女性教育、幼児殺害禁止、寡婦再婚禁止、犯罪者教育、酒類販売による税徴収反対、商業地区の開発、燃料のための植樹等々、実に多くの分野でインド社会の改革のために尽力してきた。片時もじっとしていないエネルギッシュな人物で、インド政府の政策にも歯に衣を着せない批判を行なった。イギリスの土地所有法の導入によって土地を担保として借金をする農民が金貸しや大地主の食い物になっていると批判した彼をインドのウィリアム・コベットと評価する人もいる。インドを性急にイギリス化しようという視野の狭い姿勢を攻撃し、インドの改良はインドの伝統や風土に合わせたものでなければならないという信念から行動する彼を政府は煙たくなって要職から追い払った。ヒュームは一八八二年、つまりわたしがインドへやってきた年に退職してシムラに住んでいた。翌年にはカルカッタ大学の卒業生たちに向けて公開書簡を送り、インド人によるインド人のための国民運動を呼びかけた。ＩＣＳの文官の中でも異色の人物に会えて、わたしもロレンスも興奮気味だった。

「ようこそ、今日は若い諸君と意見の交換ができて嬉しい」わたしたちに椅子を勧めながらヒューム氏は胸ポケットから葉巻を取り出した。

「こちらこそ、お招きいただいて光栄です。政務次官補のウォルター・ロレンスです」

「わたしは、ラドヤード・キプリングと申します。ＣＭＧの編集者です」

「ヒュームは変人だとシムラでも噂が流れているのは知っている。なにしろわたしは偏見なしにあらゆる種類の人たちと交際するのが好きでね。マダム・ヴラヴァツキーを呼んでここで交霊会を開いたり、シムラ神智学協会も創った。キプリング君の父君のロックウッドさんが、以前、交霊会に出席してマダム・ヴラヴァツキーを前代未聞のペテン師と呼んでいたのも知っている。わたしもその後、彼女の交霊はインチキだと思うようになった。しかしインドに対する彼女の関心と共感は本物だよ。失われたインドの太古の叡智に惹かれていた。イギリスのインド統治の光と影を彼女は知り尽くしている。植民地主義によって自信を失い、西洋文明の生存競争の原理の押しつけによって呻吟しているインド人の心の中に秘められた霊性に彼女は希望を見出そうとしていたんだ。彼女はイルバート法案もインド人の側に立ってよく理解していたと思う」

「イルバート法案はインド人判事にイギリス人いやヨーロッパ人を裁く権利を与えようという進歩的な考

えですが、まだ近代化が進んでいないインドでは、時期尚早ではないかという批判をよく聞きます」とロレンスが言った。

「まず反対の声を上げたのは、茶園やジュート栽培の経営者たちだ。彼らは非人道的なやり方でインド人労働者を搾取して、拷問、強姦、殺人までやっている。インド人の憎しみを買っているのを自覚しているから、インド人に裁かれれば、どんなことになるか、恐れているのさ」とヒューム氏は答えた。

「リポン総督が理想としたようにインドがイギリス並みに近代化してしまえば、わたしたちイギリス人がここにいる正当な理由はなくなる。インドを失うことは自分たちの職を失うことだとアングロ・インディアンの多くが考えているにちがいないのです。わたし自身もそう思いますが」とわたしは言った。

「キプリング君は正直だね。君たちの考えではインドは近代化しなくてはならない、が同時に近代化すれば、自分たちがインドにいる正当性がなくなるという矛盾を抱え込むことになる。しかしイギリスの法を持ち込めばインドが近代化すると短絡的に思い込むのは、インドの農民の置かれている現状を知らない者の戯れ言だ。大事なのはインドの農村に入り込んでまずは彼らと生活をともにして具体的に問題点を体で知ることだ。インドにはインドの因習や伝統に従った方法での近代化があるはずだというのがわたしの意見だ。『インドの農業改革』という本を書いたのはそのためなんだよ」

「わたしは個人的にはインドは変わらない、変わらないほうがよいと考える者のひとりです。悠久のインドとはよく聞く言葉ですが、少数のベネボラント・デスポット、つまり名君としての藩王の支配下で無数のヒンドゥーの庶民が、この世の生は仮の生と信じている信仰を貴重なものだと思います。多少の貧困はむしろ人間の魂を鍛えて輝かせる、こんなことを言ったら同僚から批判の矢を向けられそうですが、昔からインドには……」とロレンスが言いかけた時、食事ができた、ダイニングルームへ移動してくださいとインド人執事が告げに来た。

わたしたちは接客用の居間から大食堂に移動した。食事は完全な菜食だ。チャツネ、パンチャームリト、オクラのカレー、クシュメル、名前の分からない辛いピクルスと山盛りの米飯とチャパティ。わたしたちはさすがに右手ではなく、フォークとナイフで食べた。シムラは標高があるので水の沸点が低く、ぱさぱさの飯にはまだ芯が残っていた。ヒューム氏の口のまわりは顎まですっかり髭に覆われていたので、インドの菜食を食べるのは苦手のようだった。髭のあちこちに米粒やカレーをつけたまま話を続けた。

「ロレンス君とキプリング君は、ダルハウジー総督時代の第二次シク戦争の後に、パンジャーブ併合を進言したジョン・ロレンスを知っているはずだ。彼はパンジャーブ・スタイルという独特の政治スタイルを打ち立てたんだ。彼はインド大反乱の時に、デリー要塞攻撃にパンジャーブから駆けつけて武勲を立て、後に総督になった」

「むろん知っているどころか、崇拝しています」とわたしは応じた。

「イギリス統治の長い歴史を持つカルカッタ、ボンベイ、マドラスの三管区の法律が適応されない特別州としてパンジャーブの統治形態をつくったのはロレンス兄弟の手柄だ。インドに複雑な英国の近代法を適応して、個人の土地所有権を認めようという改革の弊害に異を唱えたのも彼らだ。農民の理解できない複雑な土地法を規定しても地主や金貸しが得するだけだ。土地を失った農民はやがて不満を募らせてインド政府に反乱を起こすだろう。だから新たに併合されたパンジャーブには簡潔で、現場の責任者の裁量権が与えられる大まかな法律がよいという考えだ。これにはわたしも大いに賛成だ。高度に知的で学問的な文書主義がベンガル州を毒しているのだから」

「一八六〇年になってジョン・スチュアート・ミルが称賛したインド刑法が施行されましたね」とロレンスは文官として当然の知識を披瀝した。

「そうだ。インド人と直接交わらずに法を整備すればインド統治はスムーズに進むと信じているのはベンガル中心の思想だ。それに対してジョン・ロレンスは現地の法や習俗や宗教には介入せずに灌漑運河橋などの公共事業によって農民のための政治をやれば、おのずからインド人はイギリス人についてくると信じていた。彼は行動の人だった。彼が嫌ったのは理論を詰め込んだ頭でっかちの人間だ。中央政庁のインテリ官僚と彼らが育てているベンガル・バブーさ。パンジャーブはインドでも特殊な地域なのだ。シク教徒を押え込み、ムスリムとヒンドゥーの勢力バランスを巧みに保ちながら、不満を解消して、反乱の芽を摘み取り、アフガンからの侵略奪略にも注意を払う必要がある。つまり、即断即決を必要とする状況に対応できるすぐれた行動人が必要とされる土地だ。だからこそパンジャーブは特別州として地方長官が徴税官と治安判事と裁判官を兼務することになっている。ミルのような理論家よりはカーライルの英雄崇拝思想女々しいベンガル・バブーではないのですか」とわたしは疑問をぶつけた。
「ベンガル・バブーと言えば、ヒュームさん、あなたがインド国民会議結成を呼びかけている相手は、
が人気なのも無理はない」

「征服した民族を虚弱だと決めつけるのは植民地主義者の常道だよ。T・B・マコーレーは穏やかな風土のせいで、ベンガル人はものぐさで、虚弱で、座り仕事を好むと言った。それが西洋の近代教育を受けたベンガル人が女々しいベンガル・バブーと言われるようになった始まりだろう。反対に、理想のイギリス・サーヒブは大胆でエネルギッシュで男らしくあるべきだという考えを生んだ。だが彼ら、ベンガル・バブーを統治機構からいつまでも締め出しておくわけにはいかない。長期的には彼らに行政や司法の要職に就いてもらってインドの自治を実現する方向にもっていく……これが我々の目的ではないのか、いつまでも永遠にインドを支配できるなんて、幻想だよ。放っておけば、インド人エリートたちの姿勢は協調から批判へ、そして最後には対決へと向かうのではないかとわたしは危惧している。昨年政府が提案したイルバート法案では、カルカッタ、マドラス、ボンベイの三管区以外の地方ではインド人判事が白人犯罪者を裁けるようにしてあった。ところがアングロ・インディアンたちが反対運動を起こしたので法案は流れてしまった。だからその代わりに、インドの知識層がインドの近代化と自治に向けて活動できる場を設けるためにわたしは国民会議を呼びかけているのだ」

わたしはヒューム氏の言うことには一理あると思ったが、インド人に自治能力があるとは思えなかった

し、簡単にインドが西洋並みの近代的国民国家になるなどというのは夢のまた夢であると考えていた。

一八五八年に東インド会社からイギリスの直接統治に変わったことは、一見、議会の監視のもとでインドの合理的官僚支配がうまく機能して、インドの平和と繁栄が保証されるかのように見えた。しかしヒューム氏の話を聞いているうちに、すべてが中央集権になって、インド各地の農民らの生活の実態が無視されるという矛盾が生じたことも分かった。インドではしばしば飢饉が起きる。インドの貧民を救うイギリス人たちの英雄的活躍を自画自賛的に「征服者ウィリアム」に描いたことが、少し恥ずかしくなった。飢饉の惨状の原因の多くはイギリス政庁の失政にあるということを見すごしていたからだ。イギリスからインドに持ち込んだ近代法治がもたらす矛盾に目を向けるべきだった。そんな反省をしてわたしとロレンスが黙って考え込んでいるとヒューム氏は話題を変えた。

「わたしのもうひとつのインドでの夢は、鳥の標本の収集と研究だ。すでにセイロンやビルマの鳥類も含めて十万種の標本や卵の収集をした。しかし神智学の教えにしたがって、肉食をやめると同時に生き物を殺すことの罪を感じてインドの鳥の収集もやめることにした。つい先日、わたしが留守の間に、研究記録の手稿をインド人召使が火つけ用の榾《ほた》として売ってしまってね。本当にがっかりだった。長年の苦労が水泡に帰すとはこのことだよ。わたしはおよそ八万種のコレクションを大英博物館に寄贈することにしたよ」

「ぜひ、その一部を拝見させてください」とロレンスは言った。

神智主義者とナチュラリストと改革の精神という相対するものがどうやって、ヒューム氏の中で融和しているのだろうと思いをめぐらせながら、わたしもふたりの後をついてロスニー・カースルの最奥につくられている博物収蔵室に入ると、そこは鳥類研究者には垂涎の的である膨大な鳥のコレクションの宝庫だった。鳥の剥製だけでなく卵や巣にいたるまでの徹底した収集にわたしは呆然とした。イギリスがもたらしたインド支配の戦略の中には、たとえ無意識であったとしても、知の支配がある。インドの言語、人種、地理、宗教だけではなく、植物から動物にいたるまで分類の体系をつくり命名する。名づけられないものは不安をもたらす。知識の体系と分類と命名からもれたものは、不気味なものとして、あるいは神秘としてイギリスを威嚇したり、畏怖させる。万物を宇宙の生々流転の視点から考える東洋的な思想では、人間も自然の一部である。しかしわたしたちの西洋の近代科学精神は、自然の外に立つ抽象的支点としての知を想定し、そこから万物を分類したり、分析する。ヒューム氏の収蔵室に、累々として並べられた死んだ鳥たちは、もはや飛ぶことも鳴くこともない。鈍い光を放つガラス玉に置き換えられた死んだ鳥の眼、あるいは瞑想しているかのように閉じた鳥の眼を眺めて声を失っているわたしの耳に聞こえたのは「来月、大英博物館から鳥類研究の専門家が調査に来ることになっている」というヒューム氏の説明だった。

帰途、暗くなった町を眺めながら、シムラのイギリス人は、自分たちが鳥たちの膨大な数の遺骸と一緒にヒマラヤの低山で暮らしているとは夢想だにしないだろうと思った。動物を愛するインドの神々は、収集と分類という西洋の博物学の犠牲になる鳥たちを哀れんでいるだろうか。他の生物は自分たちの食料のために存在する、あるいは博物学に代表されるような知識の体系のために存在する、そんな傲慢な西洋人の存在を許すのだろうか。ヒューム氏が鳥の標本の収集をやめて菜食主義者になったのは、自然の成り行きだったのだろう。

シムラの銀行家シェイムズ・ウォーカー氏の邸宅ケルヴィン・グルーブは住み心地のよいところだった。ジャッコー・ヒルの麓にあってモールを眺め下ろすことができる。どこへ行くにも便利な位置にあった。ウォーカー氏はなにごとにも寛大で温厚な紳士で、わたしの私生活には干渉しなかった。彼はアラーハーバードの『パイオニア』とラホールのCMGのふたつの英字新聞をジョージ・アレンと共同経営していた。シムラのアングロ・インディアン社会は狭い。職務、血縁、地縁、交際などの糸で皆が結ばれている。紐の一端を引くと他の端が動くのだ。わたしは情報通のストリックランドから誰と誰がインドのどこに転勤になるか、誰と誰がどんな姻戚関係にあるか、あるいは誰の夫人と誰が浮気をしているか等々の知識を得た。『パイオニア』の記者であるA・P・シネットはヒューム氏とともにマダム・ブラヴァツキーの心酔者となって、紙面でさかんにブラヴァツキー夫人を喧伝し、シムラ神智学協会の創立者のひとりに名を連ねた。協会はイギリス人とインド人の交流を進めることを目的のひとつとしていた。しかし新聞経営者のジョージ・アレン氏から見れば、これは都合の悪いことだった。なぜなら『パイオニア』は公官庁から情報をもらう政府寄りの新聞で、イギリスのインド支配に批判的な姿勢を持つ人物を警戒していたからである。結局、シネット記者は解雇となり、その後に就いたハワード・ヘンズマン、そしてやがてはわたしが『パイオニア』のシムラの駐在記者になる日がやってくるのだった。シネット氏の『オカルトの世界』と『神秘の仏教』は後に、ロンドンとダブリンで神智学ブームを引き起こし、わたしと同年齢のW・B・イェイツに大きな影響を与えるのだが、それはこの自伝小説の物語の範囲ではない。

次の週、わたしは再びセシル・ケイの家を訪問した。出迎えてくれたのはペットのマングースの紐を引いたモリーだった。

「キプリングさん、これがうちで飼っているマングースのリッキーよ。可愛いでしょう」実はわたしはマングースが苦手だった。コブラを相手に獰猛なネコ科の肉食獣に変身するのを見たことがあるからだ。

「よくなついているようだね。実際、コブラと戦うとどちらが強いのかな?」

「まだ戦うところは見たことないから分からないわ」

「見ないほうがモリーちゃんにはいいかもしれないな」

「キプリングさん、いつジャングルの動物の話をしてくれるの?」

子供は約束をよく覚えているものだ。裏切ってはいけない。

「あとで時間が取れたら、話してあげよう」

次に玄関に迎えに出てくれたのは、ケイ夫人だった。聡明そうな容貌、飾り気がないだけにいっそう好感の持てる身嗜み、温かな家庭のよき主婦の雰囲気が全身から伝わってきた。

「セシルはまだ帰宅していませんが、お茶の時間までにはフレミングさんを連れてくると思いますわ、どうぞ居間でくつろいでいてください」

「それではお言葉に甘えて、待たせていただきます」

天井の高い居間には暖炉があり、冬の寒さを連想させる。壁には夫人が描いた趣味の絵画が飾ってあった。ヒマラヤの山々を背景にしたシムラの町を空から俯瞰する視点で描かれている。山道を行くのはサドゥーの一行であろうか。雲のかかる峰や谷間を下る激流も描かれている。いつか見た中国の山水画の構図に似ている。わたしがフローラの死体を背負って歩いた夢の中の峰も描かれているような気がした。

モリーはベランダに出て、リッキーにボールを追わせて遊んでいる。夫人はティーのセットを持って居間に戻ってきた。

「そろそろウィリアムとモリーの教育を考えないといけないのです。ふたりともここの生活を楽しんでのびのび育っているのですが、やはりインドにとどまっていては、完全なイギリス人になれないのではと心配です。夫の収入では、ここの家計とイギリスでの教育費を同時にまかなうのは大変なので、わたしは子供たちとイギリスへ行こうかと考えていますのよ」

わたしは「完全なイギリス人」という言葉に反応しかけたが、ミータイという甘いインド菓子を紅茶で飲み込んで我慢した。

「わたしもボンベイで生まれて、教育はイギリスで受け、四年前にインドに帰ってきたのですが、親子ばらばらの生活は、幼い子供にはかならずしもよい結果を生まないような気がしますが」

「夫の家系も代々、インド勤務の家系なので、この子たちもイギリスでの教育を終えたらまたインドに帰ってくるでしょう」

「インドにはそういう家系が多いですね。アングロ・インディアンは特殊な社会を形成しています。インドに永住するわけではない、渡り鳥のような存在ですから。渡り鳥には渡り鳥独特の利点もありますがね。わたしは最近、イギリスしか知らない者たちにイギリスのなにが分かろうか、としきりに思います」

「そのとおりですわ。それはそうとわたしはCMGに載るあなたの短い物語を楽しみにしていますのよ。わたしたちの生活が再現されているだけではなくて、インドの人たちの生活も描かれていて面白いわ」

「近いうちにアラーハーバードの出版社からインド人だけを登場人物にした物語集を出そうと考えています。出版されたら一冊差し上げます」

「楽しみだわ。あら、セシルが帰宅したようです」

セシルは背の高い無表情な男を連れて居間に入ってきた。

「キプリングさん、こちらがジョン・フレミング少佐だ。フレミング少佐、こちらがラドヤード・キプリングさんだ」

握手をして、わたしたちは椅子に腰を下ろした。

「実は先日、仮装パーティで貴君の妹さんにお会いしました」

「わたしも妹から聞いています。シムラ滞在は楽しまれていますか？」

「いや、男ばかりの軍隊生活が長かったものですから、女性の多い華やかな社交は苦手でして」

「フレミング少佐は、アフガン戦役で功績をあげて、ロバーツ陸軍元帥から勲章をもらっている。むろん女王から下賜されたものだがね」とセシルが言った。

「去年、ロシアがアフガン北部のヘラートに侵攻しましたが、フレミング少佐はどう思われますか？我々がアフガンの首長にすえたアブドゥル・ラーマンは信頼できると思いますか？」わたしは質問した。

一八八五年の三月二十九日にわたしはカイバル峠の風雨にさらされて寒さに震えていたことを思い出していた。ダファリン総督とアブドゥル・ラーマンの会見の模様を取材するため特派員として派遣されたのだ。樹木がない月の砂漠のような荒涼とした山岳地帯が目に浮かんだ。

「北西フロンティアはインド帝国防衛の最前線ですから、是が非でもアフガンは我々が押さえておかなければなりません。ロシア人は西洋人でもない東洋人でもない不可解な心性を持っている。つまりはその行動を予測できないということです。アフガンの首長は以前からイギリスとの同盟強化を希望していますが、我々が冷淡であれば、ロシアと密約を結ぶかもしれません」フレミング少佐の言葉には軍の上司への報告書を読み上げているような硬さが見られた。

「ロシアはチベットにも偵察隊を送っていると聞いている。彼らが南下政策を諦めていないことは明白だと思うがね」とセシルが口を挟んだ。

ケイ夫人がビターズ入りのシェリー酒を持ってきた。食前酒に最適の飲み物だ。

「わたしはアルコールは飲みません」とフレミング少佐は言った。

彼はスコットランド出身らしい。わたしは内心、彼がごりごりの長老派でなければよいがと思った。この時点でこの男がトリックスの未来の夫になろうとはむろん予想できたはずもないが、なにか肌が合わないことを直感していたのかもしれない。

「カイバル峠のある地方のパシュトゥーン人は、同じイスラム教徒でもインドにいるムガル帝国時代の末裔である連中とは気質も風俗もまったく異なります。彼らを敵に回すと手強いですね。味方に引き入れれば、頼もしい兵士になることは大反乱の時に証明されていますが」フレミング少佐は体験に基づいた知識を披瀝した。

あの時、ダファリン総督はカイバル峠の直下につくられた野営のテントでアブドゥル・ラーマンの到着を待っていた。しかしなかなか首長は到着しない。偵察に行った将校の知らせでは、八百名もののお供の者と護衛の兵士を引きつれたラーマンは、故意に時間をかけてゆっくりと行進しているらしい。あちらにも面子があるのだ。総督も苛立ちの表情を見せている。わたしはしびれを切らして、みずから峠の方向に歩き出した。ラーマンの一行の様子を峠の上から眺めて記事にしてやろうと考えたからだ。だが峠の頂上近くは巨岩があちこちにあるために視界がきかない。現地でのわたしはカディール・バクシュに頼んで手に入れた山岳部族の民族衣装を着ていた。頭をすっぽり布で覆っておけば、アブもブユも避けられる。それに西洋服でトーピー帽を被っていては、山岳部族に警戒されて自由な取材ができないだろうと見込んでいたからだ。しかしわたしの変装は見破られたのか、岩陰から狙われた。撃ってくる相手の姿は見えない。わたしはパニック状態で、峠を駆け下りた。後で思えば、インドの民族衣装を着たのはその時が初めてだったが、インド社会の暗部に入り込むには、これにかぎると確信した。

「アフガニスタンはいくつもの部族が群雄割拠していて、統一されたことはないのです。あそこを完全に掌握することはイギリスにもロシアにも困難でしょう」フレミング少佐は、変わらず報告書を読むように話し続けていた。

「さあ、そろそろ政治の話は切りあげて、夕食を楽しもう」とセシルが言った。ケイ夫人の心尽くしの手料理が食卓に並んでいた。わたしたち客人二人とケイ夫妻と子供たち二人、全部で六人の食事に加わっていたのはスコットランド人の血を引く混血の女性家庭教師だった。普通は家庭教師ましてや混血の人間がイギリス人の家庭の食事に加わるなどということはあり得ない。しかし人種や階級や身分にこだわらないこの家族は、日頃から家庭教師のミス・ベジズを夕食に呼んだ。主食の骨付き肉が全員の皿に配られる頃には、わたしは飲み続けていたビールとカプリワインの酔いがだいぶ回っていた。

「フレミング少佐、暇な時はどんな本をお読みですか？　ジェイムズ・トッドの『ラジャスタン年代記』はお読みになりましたか？」とわたしは訊いた。この書はインドについての名著と言われている。

「いや、わたしは読書は苦手です。妹さんからキプリング家は大の読書好きだと聞いています」

「わたしはカルカッタの図書館でその本を読んだことがあります」とミス・ベジズが言った。

「普通の小説ならゆうに八冊分くらいの分厚い書物ですよ。読み通せましたか?」

「いえ、ラージャスターンの地理とラージプート族の歴史について書かれた第二章だけ読みました。それだけでもインドの歴史の奥深いことに感心しました」

「わたしは水彩画が趣味でして、仕事なので、インドの細密画には関心があります」

フレミング少佐が口を挟んだ。会話の流れを理解していない無神経さが気に入らなかった。わたしは彼の発言を無視してミス・ベジズと話し続けた。

「ラージプート族はスコットランド高地人のクランのように気位の高い、勇猛な戦士たちです。かつてはインドのヒンドゥー文化の担い手はラージプートの藩王でした」

「わたしもお金を貯めて一度ラージャスターンを旅してみたいわ」

「わたしは特派員として近いうちにあの地方に出かけられるのではないかと期待していますよ」

デザートはケイ夫人お手製のシャーベットだった。食後、セシルとフレミング少佐はホタルの飛び交うベランダで香りの強いインドの葉巻《チェルート》を楽しんでいた。わたしは食卓を離れてソファーに移り、ウィリアムとモリーを相手にインドのジャングルの話をした。インドの村の赤児が狼にさらわれてジャングルの中で育てられ、ジャングルの掟を学び、動物たちを相手に大活躍する物語である。虎や熊やニシキヘビ、もちろん猿も登場する。象もトンビも活躍する。動物が人間の言葉を話す物語は子供たちにはたまらなく魅力的らしい。わたしがニシキヘビのまねをしてシュー、シューと声を出すとウィリアムもモリーも目を丸くして聞き入っている。わたしが主人公の少年マウグリの仲間の話を終えるとモリーが言った。「マウグリは最後はどうなっちゃうのかしら？　ずっとジャングルで死ぬまで動物と暮らすの？　それとも人間のお嫁さんと結婚するの？」

「そうだね、最後は政府に雇われて森番になって、インドの女性と結婚して子供も生まれる……そんな終わり方がいいだろう？」

「そうね、そして自分の子供たちにもまたジャングルの話をしてあげるお父さんになるというのがいいわ」

このモリーが後にインドのロマンスを書く作家になることなどわたしには到底分かるはずもなかった。それはわたしの死後のことだったから。

「それからマングースも登場させてね」

「考えておくよ、モリー」とわたしは返事した。事実、それから数年後アメリカで書いた『ジャングル・ブック』の中に「リッキー・ティッキー・タビー」を入れて約束を果たした。

*

久しぶりに戻ったラホールは雨期が終わって一年でもっともすごしやすい季節だった。ラホールには灼熱地獄もあれば天国もある。こんな季節にシャリマール庭園を散策すれば、ムガル王の豪奢な気分も味わえる。薔薇の花が咲き乱れ、溜め池には青い蓮の花が連なり、カワセミ、インドサギ、インコが飛び回っている。

しかしわたしは一介の新聞編集者にすぎない。シャリマール庭園とは似ても似つかない監獄と工場を合わせたような雰囲気のオフィスで毎日をすごしていた。

新聞社のオフィスというのは取材、外電の整理、翻訳、記事の編集、校正、印刷だけが仕事ではない。この世の中に存在するあらゆる種類の人々をおびき寄せるのだ。とても足を踏み入れられないような村落の奥まったスラムで行なわれるキリスト教賞品授与式の記事を書いてほしいとインド婦人伝道会の女性たちが依頼にやってくる。時間を持て余している退役大佐がやってきて「年功序列か適材適所か」についての論説を連載させてほしいと言ってくる。不祥事をしでかした宣教師の追放を社説で取り上げてほしいと仲間の宣教師が言いにくる。特許の吊り大団扇動力機の仕様書を持って、記事にしてくれと頼みにくる者、タヒチから戻ったら利子をつけて支払うから広告を載せてくれとせがむ劇団の座長もやってくる。こんな雑多な人間たちを相手にしていると肝心の原稿が遅れて、係のインド人少年が「カーピ、チェイハーイェー」(原稿頂戴!)と訴えてくる。

仕事から解放され、ポニーにまたがり、ジャッカルの遠吠えを聞きながら家路につくのは真夜中に近い。その晩はビカネールにはまだ灯が点っていた。イギリスから戻った父が仕事を続けているのだろう。先年チフスにやられて一命を取り止めてから、父の髪と髭はさらに白くなった。インドは人を速く老いさせる。

母と妹はわたしより数週間遅れてシムラから戻ってきた。セシル・ケイの家で会ってからフレミング少佐は頻繁にクレイグズ・ヴィラにやってきて、熱心にトリックスに求婚した。わたしは反対した。すでに述べたように妹を幸福にできるタイプの男ではないと感じていたからだ。フレミング少佐に会ったことのある父も手紙に「退屈で頑迷な男だ。本好きのトリックスには相応しくない」と書いて寄越した。「そうは言っても、結婚はふたりの意思で決めるもの、しばらくつき合ってからトリックスに自分で決めさせたら」というのが母の意見だった。

それから数週間後にトリックスは婚約したが、心は揺らいでいたようだ。父と兄が反対する男性と結婚してもよいのだろうか、フレミングと結婚したら、彼が退役するまでインドにいなくてはならないだろう、わたしのような女にインドで子供を生み育てることができるのか、いろいろの悩みにトリックスは押しつぶされそうになっていた。

ふたりだけの時はわたしはトリックスを「わたしの乙女」と呼んでいた。シムラで、六月の末にわたしの乙女は、フレミング少佐の熱意に圧倒されて婚約をしたのだが、ある朝、まんじりともしない一晩をすごしたのか寝みだれた髪のまま生気のない顔で、わたしを散歩に誘った。谷の中腹のラズベリーが食べ頃だから、ふたりで行きましょうと乙女は言った。

まだ霧がうっすらと紗のようにシムラの町を覆っていた。わたしが以前行ったことのあるチョータ・シムラの人気のない墓地の脇の谷に向かって下った踏み跡があった。わたしの乙女はどうしてこんな山道を知っているのだろう。ひとり散歩に出て、人気《ひとけ》のない場所を見つけて涙を流していたのだろうか。あるいはフレミング少佐に誘われてこんな場所で口説かれたのか？　先日届いたマーガレットの手紙によれば、バーン＝ジョーンズおじさんはマーガレット自身をモデルに眠れる森の美女を主題にした『野薔薇』を描いているという。蕾はいつか花開く宿命にある。眠れる美女もいつかは処女から女に変身する日を待つ運命にあるのだろうか。わたしは男と女の宿命の違いを感じざるを得なかった。

朝露に足を濡らしながらわたしとトリックスが二十分ほどこんもりと茂った灌木の間をぬって谷底に下りていくと、日当たりのよい中腹の一カ所に灰緑色のカーペットのように野生のラズベリーが広がっていた。ふたりはしゃがみ込んでラズベリーを頬ばった。ホロウェイ家に預けられていた頃の幼い日々がよみがえる。あの頃は海岸に生えていたヒナゲシをふたりで摘んで遊んだ。

ラズベリーの茂みの合間には峰から風に飛ばされたマツボックリが落ちていた。ふたりはそれを拾っては投げつけ合った。ふざけ合っているうちに、自分たちは昔に戻ることはできないとわたしの乙女は泣いた。人生の岐路に立っている乙女には心を打ち明ける相手はわたししかいないのだ。だがわたしには慰めの言葉は見つからなかった。

赤紫に染まった指で涙をふきながらわたしの乙女は言った。「こんな美しい森の風景も悲しみを和らげてはくれない。兄さんはわたし以外に親しい人がいるの？」

トリックスは泣きくずれた。わたしも泣いていた。涙がかわいてから、ふたりは家に戻り、母には「ものすごく楽しい散歩だった」と言った。ミセス・ホロウェイの家に寄宿していた頃からふたりは他の人には言えない悩みを打ち明け合ってきたのだ。

　わたしたちの紫色に染まった唇と指先を見て母は笑った。

*

「わたしの乙女」トリックスはシムラで十歳年上のジョン・フレミングと結婚式を挙げた。その頃、わたしはインドを離れてアメリカを旅していた。だからこの小説ではもう、最後にちらりと顔を出す以外にトリックスは登場しない。それでも彼女の結婚生活はどうなったのかと気になる読者もいるだろう。「その後は幸せに暮らしました」と言ってほしいだろうか。ところがトリックスの人生は結婚後も安定しなかった。いや、悲劇的だったと言えるかもしれない。ここに簡単に報告しておくことにする。

　トリックスは夫とうまくいかなかった。ふたりとも夫婦として折り合うことを知らなかったようだ。それから十年、トリックスはインドに住んだが、フレミングの賜暇中はイギリスに帰国してわたしや両親と暮らした。父は健康を害して一八九四年には職を辞し、ウィルトシャーのティズベリーに家を買って母と隠棲していた。父は『キム』の挿絵を製作したり、知人の子供たちに絵を指導したり、旅行を楽しんだ。

　一八九八年の秋にトリックスは精神を病んだ。離人症や拒食症となり、無表情で口をきかず、心霊術やオカルトに関心を示した。自動書記に打ち込み、家族や夫に内緒で心霊研究会のメンバーになった。

一九〇一年には回復してフレミングとインドのカルカッタで暮らしたが、一九〇八年には彼女はひとりでイギリスに帰国した。それからは母と娘の失われた幼年時代を取り戻すかのようにアリスは娘の世話をし、娘は母に甘えた。しかし一九一〇年の十一月、母が死んだ。それを契機にトリックスの症状は再び治療と療養が必要なほどに悪化し、翌年には完全な精神異常と診断された。その後およそ十年は回復と悪化を繰り返し、各地への転地療養と専門医による治療に明け暮れた。彼女はその間にも小説や詩や回想録を書き続けた（自動書記は残っていない）。

わたしとフレミング（彼は一九一〇年に退職してエディンバラに住んでいた）がトリックスの治療方法や転地先のことでしばしば意見を異にして対立したことは正直に言っておいたほうがよいだろう。しかしフレミングが献身的に妻の面倒を見たことはわたしも認めなければならない。

わたしが母アリスの死後、青春期の書簡やメモの類をすべて焼却したことに（その中には彼女の原稿や日記も含まれていた）妹は怒った。破棄された文書の中には、自分にすべての遺産を残すという父の遺言も含まれていたと彼女は主張している。

わたしには莫大な印税収入があった。家を買えるほどの金を新車の購入に使った。父の遺産は二分し、妹の取り分は投資して、その利息のみフレミングに送ってやった。

キプリング家とフレミング家は仲が悪かった。その責任の一端はわたしにもある。その間に挟まれて、精神的に病んだトリックスは悩んだことだろう。

後世判明したことだが、彼女の精神の病はホルモンの不調によるものだったらしい。ホルモン療法がなかった時代の生んだ不幸だったとも言える。しかし本当にそれだけが原因だろうか。子供の頃に他家に預けられ、安定した両親の愛情を注がれなかったアングロ・インディアンの特殊な家族事情がトリックスの精神異常の根底にあったのではないか。幼児期の「基本的信頼」の欠如が自己認識形成を妨げたのではないか。無意識に押し込められた抑圧は、後に彼女の意思と無関係に手が動いて文字を書かせる自動書記として現れたというのがわたしの解釈だ。

作者とは自分ではないものの声を伝えるケーブルにすぎないとわたしは信じていた。デーモンに憑れて書くとは同じことの言い換えにすぎない。しかし完全に無意識に自己の主体をゆだねて書く自動書記と、無意識を言語の操作によってコントロールしながら書くことには大きな相違がある。トリックスは後者の言語能力がわたしほど豊かではなかった。

五十歳台の半ばをすぎると彼女は健康を取り戻し夫婦円満に暮らした。子供が生まれなかったのは彼女の悲しみのひとつだったが、晩年までフレミングと仲よく連れ添ったのは嬉しいことだ。わたしも年を取るにつれて義理の弟に思いやりを示せるようになった。フレミングに先立たれた後もトリックスは陽気で元気な老婆としてすごし、スコットランドのボーダーズ州の町ケルソーに慈善基金のためのギフト用品の店を開いた。彼女がエディンバラ動物園の象にヒンドゥースターニー語で話しかけていたという噂を墓の向こう側から聞いたわたしは、再び、ふたりですごしたボンベイの幼い日々やサウスシーでの苦難の日々を思い出さずにはいられない。

*

一八八七年の十一月、二週間の猶予をもってわたしはアラーハーバードの『パイオニア』に転任を命じられた。そこでは、日刊新聞と同時に発刊が予定されている『ウィークリー・ニューズ』を担当することになった。社主のジョージ・アレンはその紙面に自由に作品を載せてよいと言ってくれたのだ。

わたしがアラーハーバードに転任になることを伝えるとバクシュは「キプリーン・サーヒブに捨てられたらわたしはどうすればいいのですか？　ラホールでは簡単に仕事は見つかりません」と涙ながらに訴えた。アラーハーバードはヒンドゥー教徒の多い都市なので、痒い処にも手の届くムスリムの召使はなかなか見つからないかもしれない。「おまえさえよければ、一緒に行かないか」とわたしは答えた。正直を言うとわたしはバクシュ無しには暮らせなくなっていた。出かける時は腕と脚を通せばいいように洋服を差し出し、帰宅すると室内着に着替えさせてくれる。まだ目が覚めないうちに寝床で髭を剃ってくれる。こんな贅沢に慣れてしまうとイギリスに帰ってからの独身生活が心配だった。

ＣＭＧの仕事の引継ぎは簡単だった。後任のヘンズマンはカルカッタの英字新聞での編集経験があり、なによりも上司のケイ・ロビンソンは抜群の腕を持つ新聞記者・編集者だったからである。わたしは残務整理をしながらアラーハーバードの地理や歴史を調べた。

わたしの短編をシリーズにする鉄道叢書も順調な売れ行きを示し、印税によってわたしの懐具合も格段によくなっていた。カルカッタで出版された『お役所小唄』はイギリスでも書評に取り上げられ、この頃からわたしはインドに骨を埋めることより、イギリスで筆一本で身を立てられる可能性を考え貯金を始めた。

ラホールを発つ前にどうしても実行しておきたかったのは、乳母のメアリの住む欧印混血《ユーラシアン》コミュニティへの訪問だった。ランダ・バザールでメアリに会ってからほぼ一年がすぎようとしていた。いまを逃すとメアリには再会できそうもない。

ラホールの白人居住地区にあるメイヨー・ロードを北に向かうと大街道と交わる交差点に出る。その少し手前にメアリの住むコミュニティがある。ペシャワールからカルカッタまでのびる一五〇〇マイルの大街道はイギリスのインド支配の生命線である。しかしそれ以上にインド大陸それ自体の大動脈だ。あらゆるカーストあらゆる民族、すべてのインドの物資がこの大街道を通る。この大動脈の中でヨーロッパ人とインド人の血が混じり合う。混血は一七世紀以来のことだ。ヨーロッパとアジアが彼らの中で混じり合う。肌の色、服飾、言葉、食事を含むあらゆる風習が混じり合うのだ。ユーラシアンこそインドが生んだインドの人々だ。

しかし支配者と被支配者の棲み分けを重視するこの時代、ユーラシアン社会を内部から知ることは難しい。彼らは白人でもなく黒人でもない夜鳥《ぬえ》であると思われている。侮蔑の対象であると同時に穢れた危険な存在とも思われている。アングロ・インディアン同士は相手の中にインド人の血が一滴でも流れてはいまいかと互いに疑心暗鬼になっている。つまり相手が境界線上の人々《ボーダーライン・フォーク》と呼ばれるユーラシアンではないかと。そうと知らずに結婚してしまえば、自分の子孫はユーラシアンになってしまうという不安だ。先に書いた「誘拐されて」はそれをテーマにした喜劇である。

メアリの住むコミュニティ自体が奇しくもヨーロッパ人の名前(メイヨーはかつての総督)を持つ道路とインド大街道の交わる場所にあった。彼らはカルカッタでもデリーでも、白人居住地区からもインド人社会からも離れたコミュニティに住んでいる。

わたし自身、口さがない連中に、混血だと言われていたので、むしろ彼らに親近感を覚える。だがまずなにより、ボンベイですごした幼い日々、わたしを可愛がってくれたポルトガル系混血のメアリの乳房のぬくもりを懐かしく思い出していた。コミュニティに近づくと、麦藁帽子を被り、オリーヴ色の頬とくるりとした目が可愛らしい子供たちが遊んでいる。靴下を履いている少女もいる。葉巻を吸っている若者たちがたむろしている。インド人の地区とは違うことが一目で分かる。祈祷書を手にしてチャペルに向かう男女や、マーケットに行くために買い物籠を手にした主婦を見て、今日が日曜日であることをあらためて思い出した。

通りかかったひとりの少女に訊ねるとメアリの家はすぐに分かった。こじんまりした長屋、イギリスで言えば、セミ・ディタッチの一軒だった。

「メアリ、居るかい？　ラディだ。突然訪ねてきてごめん」

開け放してある戸口から大きな声で呼びかけると、洗濯物を抱えたメアリが現れた。インド更紗でつくったスカートに白のブラウスがよく似合っている。彼女の背後から栗色の髪の女の子が恐る恐るわたしを見ていた。透き通る琥珀のような肌がきれいだ。

「あら、まあ、よくここが分かりましたね。どうぞお入りください」

「せっかくの休息日に訪ねてきて迷惑ではなかったろうか」

「いいえ、今日はミカエルも仕事が休みです。どうぞ入ってください」

メアリの言葉はいわゆるチーチー英語と言われているインド訛りの英語ではない。長くイギリス人の家庭の乳母をやっていたせいで、発音はイギリス人に近い。

玄関から居間に案内されると同時に彼女の夫のミカエル・ド・クルーズが寝室から出てきた。突然誰が現れたのかと訝しげな様子を見せた。メアリがわたしを紹介すると彼の表情が和らいだ。耳を掻きながら笑うと褐色の顔から白い歯が飛び出した。

「どうぞお座りください。よくいらっしゃいました」ミカエルは小柄な男だった。

「メアリ、そう奥さんを呼ばせていただいていいならですが、メアリはわたしの子供の頃の母親のような存在でした」とわたしは言った。

「メアリからバザールであなたに偶然遭ったという話は聞きました。あのラディ坊やが立派な紳士《バッカ・サーヒブ》になったと喜んでいましたよ」

栗色の髪の少女がチャイを持ってきた。彼女はカップをテーブルに置くと逃げるように台所に戻った。

「あの子は恥ずかしがり屋でしてね。ほかに子供は二人います。わたしどもは子供を誇りに思っています」

彼らの子供たちの中では、混血の両親の血がさらに複雑に混じり合い、ほとんど人種による血の差異など意味をなさなくなるだろう。そもそもわたしのキプリング姓の祖先も北欧からやってきてヨークシャーの住民と混血したにちがいない。文化も言語も人間も純粋種などというものはなく、それはフィクションにすぎないのだ。

ミカエルの英語にはヒンドゥー語が混じり、アングロ・インディアンがチーチー英語と言って馬鹿にしている訛りがある。メアリもポルトガル語の混じった混成英語で、時々、ウルドゥー語が混じる。話しているうちに気がついたのだが、ミカエルの右目は茶色で、左目は灰色だった。インドがアメリカとは比べものにならないほどの人種のるつぼであることをわたしは思い出した。ヨーロッパ人、ユダヤ人、ペルシャ人、アルメニア人、中国人、ロシア人は言うまでもなく、日本人もいる。カルカッタやボンベイやマドラスのような大都会は人種の見本市だ。インドではすべての人種の血が混じり合っている。そしてインド人はこの世の初めからインドにいる。イギリス人は単なる来訪者だ。混血児こそインドがつくり出した正真正銘のインドの産物だ。わたしの頭の中を見通していたかのようにミカエルが続けた。

「混血を隠して、白人になりすましている連中もいるのですが、わたしは混血であることを誇りに思っていますよ、キプリングさん。妻を代弁して言いますが、インドでのポルトガル系混血は一六世紀からゴアで始まっています。その頃のポルトガル人はインドを故郷と考えて定住したんです。イギリス人だって、昔はカルカッタをつくったチャーノック氏のように寡婦殉死《サティ》から救ったヒンドゥー女性と結婚していたんです。インド人や混血に対して、こう言うと失礼ですが、イギリス人が高慢ちきな態度で見下すようになったのは最近のことです」

「あなた、キプリングさんに向かって説教はやめたら？　せっかくおいでになったんだからそんな話はやめて、もっと楽しくすごしましょう」とメアリが口を挟んだ。

「しかし、あなたたち混血の人には鉄道と通信の仕事しかないというのは、気の毒だね」

「そんなことはありません。鉄道と通信はインドの生命線そのものです。給料は安いですが、わたしらは誇りに思っています」とミカエルは答えた。

白人のサーヒブであるわたしを前にして、気負っているのか、ミカエルはしきりに「誇りに思う」を連発した。わたしたちインド在住のイギリス人は、インド人に「雲上人」と呼ばれて崇め奉られているけれど、よくよく考えれば、インドに奉仕するように仕向けられているのかもしれない。心底、インドでの自分の任務を誇りに思うイギリス人はひと握りのエリートにすぎないだろう。むろん欲得ずくでインドに来たイギリス人も多いが、彼らの存在など大海の一滴にすぎない。後世、批判されるほどにイギリス人は恵まれた境遇にはなかった。酷暑に疫病に孤独。しかもインド人たちの好奇の目に囲まれた囚人のような立場だとも言える。白人の責務の背後には白人の墓場が立っている。わたしはシムラの侘びしい墓地の風景を思い出していた。

メアリはポルトガル菓子のパオン・デ・ローをつくってくれた。ポルトガル人の祖母から教わったのだという。急いで洋服に着替え、靴下も履いている子供たちと一緒に台所で菓子と紅茶をご馳走になりながら、わたしはメアリとボンベイ時代の思い出を語り合った。というよりは幼児だったわたしの曖昧な記憶をメアリが補ってくれたと言うほうが正しい。

「ラディ坊っちゃんがニワトリに追いかけられて泣いた時、ロックウッドさんがつくった歌を覚えていますよ。ボンベイにちっちゃな子供がおりました／その子はメンドリさんから逃げました／みんなは言った『君はまだ赤ちゃんだね』／その子の答えはうん、そうかもしれない／でも僕はボンベイのメンドリが大嫌い！　こんな歌でした。そう、坊っちゃんは召使のミータから虎の話を聞くのが好きでしたよ」

「よくは覚えていないが、わたしはイギリスに向かうことが理解できずに、船に乗れば虎の王子様のいるナーシクに行けるのだと思っていた」

「ご両親はあなたと妹さんと別れるのがそれはそれはおつらかったようですよ。なにしろ六歳と三歳の幼子たちですからね。他人に預けるのは自分の身が切られるような思いだったはずです。わたしもこの子たちと別れて暮らすなんて思いも寄りません」メアリはそう言って、三人の子供たちを見回した。真ん中の五歳になる男の子は、絶えず、姉の髪を引っぱったり、妹の菓子に手を伸ばしたりしている。きっとわたしもこんなふうに腕白だったにちがいない。セシル・ケイの一家を見て、幸福な家族はいいものだなと思ったが、メアリの家族にも同じ思いを抱いた。不幸な家庭はそれぞれ千差万別だけれど、幸福な家庭というのは似た顔をしているとどこかで聞いたのを思い出す。

わたしもやがては結婚して、家庭を持ちたい、できることならフローラと……ふたりのあいだにできる子供のことはまだ想像もできなかったが……そんな思いを抱きながら、わたしはメアリとミカエルそして子供たちに別れの挨拶をした。

ビカネールに帰る道すがら、そのうち、インドに生まれたある少年を主人公にした小説を書こうと決めた。主人公をわたしのようなインド生まれのイギリス人の子供にするか、インド人の子供にするかに迷いはなかった。混血児がもっともわたしのテーマに相応しいと直感したからだ。インドとイギリスという二つの祖国を持つ少年、いや正確に言えば、アイルランド人の血を引くボーダーラインの少年を想像した。『キム』の第八章のエピグラフは、この時頭に浮かんだ詩句をそのまま引用したものだ。「我を育てし二つの祖国はありがたし――／我を養いし滋養の糧はさらなり――／だが我が頭に二面を与えし／アラーの恩恵にまさるものなし」

わたしは自分の中にふたりの自分がいるのを早くから自覚していた。一八八二年にインドに到着してまもなく「二つの生」という詩を書いていた。「ひとつの人生は奇妙な灼熱の日々に満ち／なにものも抑えられない激烈な愛、野望、狂気の罪／もうひとつの人生は常道の道／しっかりと踏み外すことなく歩む道……」

一九四二年にジョージ・オーウェルという男が、キプリングは盲目的愛国心をあおる帝国主義者、一貫した保守主義者、人種差別主義者、半分未開人であると書いたことを知っている。イギリスのインド支配の基礎はなによりも経済的収奪であることをキプリングは知らなかったとオーウェルは批判するが、カルカッタのアヘン製造場を訪ねているわたしにはそんなことは先刻承知であった。そしてキプリングの詩は大衆に人気のある野卑な俗謡であると書いたことも知っている。彼はついでに、粗野なキプリングでさえ、もっと粗野なインド在住のアングロ・インディアンから見ればハイブラウだったと余計なこともつけ加えている。イギリスしか知らない者にイギリスが分かるはずがない、ましてやインドが分かるはずがないと反論したいところだが、オーウェルはビルマにいたことがあるから（当時、ビルマはイギリスのインド統治に組み込まれていた）その点は承知の上での批判にちがいない。彼の批判は痛いところを突いている。実はわたしは自分が帝国主義者であることは自覚している。なにより世界の平和や進歩のためには帝国が必要だと信じていた。しかしオーウェルの慧眼が見落としているのは、わたしとインドの関係である。わたしがインドともっと複雑な関係を結んでいたことは、この小説の読者にはお分かりであろう。

もしイギリスに生まれ、イギリスで教育を受け、イギリスに職を得ていたなら、ラドヤード・キプリングは存在しなかった。たぶんわたしは帝国の詩人ではなく、マイナーな世紀末詩人のひとりになっていたであろう。だからわたしという人間の存在は、インドに生まれ、インドに職を得たという歴史的偶然である。唯一の確固とした固有の自己と思っているものは、実は歴史の産物であり、同時にそれは矛盾を内含する複数の自己から成り立っている。後世、このような認識を持った才能ある小説家、おそらくサルマン・ルシュディという名の小説家がインドを書いてくれると思う。それまではわたしのインドについて書き続けるほかないと自分に言い聞かせながらビカネールの門をくぐった。むろん迎えに出たカラスに頭をつつかれたのは言うまでもない。人間は頭脳のみにて生きるにあらず、そろそろ腹の減り具合も考えろと忠告に来たのだ。

＊

メアリを訪問してから数日後、ビカネールの自室で、自分の書いた記事の切り抜きの整理やアラーハーバードに持っていく本の荷造りをしていた。そんな作業の合間にわたしはなんだか自分の脳髄がずっと小さくなって、コップに浮かぶボールのように揺れている気がした。ラホールもシムラもわたしの追憶の中で無益な興奮に満ちた騒がしい夢のようなものに変わってしまった。これはすでに経験済みのことだが、「夜が頭に入る」か、熱病の再発、あるいはわたしの中の「激烈な愛、野望、狂気の罪」が目を覚ます予兆だった。

翌日、わたしは額の奥に不快な空虚感を覚えた。真昼の名残の熱暑がこもる寝室でバクシュからもらったアヘンを服用した。三服目を吸い終える頃には幻覚の中で太陽と月が交互に回転を始めた。やがてわたしは昼とも夜ともつかない朧な時間の中で、頭上に射すかすかな光を意識した。それは白いやわらかな光だった。光はいくつかの青白く輝く線となってわたしの心臓のほうに降りてきた。不思議なやすらぎを覚えながらわたしは自分が地中に横たわっていることを知った。アヘンを飲んで自分は死んでしまったのだ、いま感じているのは死後も残る五感のいたずらだろうか。わたしは自分の心臓に近づいてくる光は植物の幼根だと直感した。まもなくして幼根はわたしの心臓に侵入してきた。

わたしは夢の中で見たヒマラヤに向かう峰で死に、フローラによって埋められていたのだ。まもなくわたしの墓の上に伸びた茎に一輪の真っ赤な花が空に向かって開いた。すると火炎樹の森の中を軽やかな足取りで近づいてくる者がいた。辺りに散り敷かれた花びらを踏む素足からアンクレットの鈴の音が聞こえてきた。足首の金の環《アンクレット》は草露にぬれて輝いている。インドの踊り子だろうか。サリーを纏い、ヴェールを被っている女の顔は見えない。

女は墓に屈み込んで、わたしの心臓の血が染み込んだ花を手折り、自分の髪に挿した。その時、わたしには女がフローラであることが分かった。インド女性の服装をしていても、まぎれもなくフローラの顔だった。黒い睫にグレーの瞳、アイボリーの肌に赤い唇がなによりの証拠だ。

フローラが髪に花を挿した時、近くの梢から一羽のインド小夜鳴鳥《ケール》が歌い始めた。

「高殿に独り立ちて北を臨む／ふり仰ぐ空の稲妻は／汝が行く路の輝きか／帰り来よ、わがもとへ／さもなくば我死しなんとす」

どこかで聞いたことのある「ハル・ダイアルの恋歌」の一節だった。歌はわたしを別の場所に運んでいった。そこはラホールの市街を深く入り込んだアミール・ナハトの路地だ。サリー姿のフローラはわたしのほうを振り返りながら路地の奥に入っていった。路地には陽は射し込まず、青いぬかるみに牛が横たわっていた。その一角にある木造家屋のドアが半開きになっている。フローラの姿はそこで消えた。

ドアの内からチンリンと楽の音が響いた。強い薫香の匂い、熟した果実のような、甘く鼻孔を刺激する香りが漂っている。楽の音と香りに惹かれて戸口にふらふらと歩み寄ると内側から痩せた手が伸びてわたしを中に引き入れた。ひとりの老婆がそこに立っていた。皺だらけの顔、灰色になった髪が壁にかけた紙灯の明かりに浮かんでいる。老婆はウルドゥー語で「どうぞもっと中にお入りください、サーヒブ」と言った。わたしは手探りしながら用心深く進み、老婆の後から這うようにして階段を上っていった。段の途中まで来た時、上から純白のカーディを着てシヴァ派の印を額につけた男が降りてきた。相手は視線を逸らしていたが、わたしはそれがオーマン教授であることをすぐに見抜いた。わたしたちは言葉を交わすこともなく擦れ違った。

部屋の床は磨きのかかった漆喰で白く輝いていた。壁には彫刻の施された木製の格子窓がはめられ、ぺルシャ絨毯の上にはずんぐりしたふわふわのクッションがあちこちに置かれている。シタールも弾き手を待つかのように大きめの専用クッションの上に置かれ、銀の水キセルもある。しかしフローラの姿はどこにもない。

わたしは老婆に言われるままに格子窓の際にすえられている寝台に腰を下ろした。

「ラルーンを呼んで来ますからね、サーヒブ、きっと満足なさいますよ」

「フローラを呼んでくれ」とわたしは言った。

老婆は声を立てて笑った。

「フローラなんて娘はいませんよ。ここはインドですからね。ラルーンはラホール一のコーティザンです」

なぜか老婆は「コーティザン」という言葉だけは英語で言った。ここには西洋人も出入りするのだろうか。

わたしが同意を示すようにうなずくと老婆は部屋を出て行った。ひとりになるとわたしは部屋をあらためて見回した。壁かけ灯火の下の細い脚の丸い卓の上にはキンマの葉やアヘン喫煙のための小道具が置かれていた。かつてソーホーやシムラで訪れた売春窟とはまったく異なる洗練された趣味の部屋だ。

麝香の匂いとともにひとりの若い女が部屋に入ってきた。後ろ手に扉を閉めると彼女は額に両手を当て身を低く屈めて挨拶した。グレーの絹の羅《うすもの》の下には一糸もまとっていない。まだあどけなさの残る顔の下の胸は均整の取れた豊かさを示していた。青灰色の皮帯がしなやかな腰の丸みを引き立てている。皮帯にはあの赤い花が留めてあった。足の爪は赤く染められていた。

黒い瞳に黒い髪、口は小さく、手足も小さい。その小さな口が「あなたは西洋のフローラとかいう女を探しているようですが、そんな女のことは忘れてくださいね」と言った。「いままでのあなたの生活すべてを、ここでは忘れておしまいになって」

ラルーンはシタールを手に取ると不思議な旋律を奏で、「孔雀よ、もう一度鳴いておくれ」と歌った。聞いているうちに時と空間が融けて一体となり、わたしという人間も消えかかった。イギリス人であり、CMGの編集者であり、キプリング家の長男であり、トリックスの兄、インドのサーヒブ、フローラを追い求める男……それらすべてが消えかかっていた。

歌い終わったラルーンはわたしが座っている寝台に来て、しなやかな手つきで煙草と麻糸をきざみ、アヘンを混ぜて巻紙に包んだ。

「さあ、これを召し上がって。ゆっくり深く息をして……、なにをそんなに考えてばかりいらっしゃるの？　お忘れになって、ここには時間も昼も夜もないじゃありませんか」

アヘン入りの紙巻き煙草をゆっくり吸うとすべてのものの輪郭が消えていった。ラルーンの三日月形の眉の下の深い泉のような瞳に吸い込まれていくように、自分というものも消えていった。残ったのは言葉の響きだけだった。

「わたしなんにも信じていないわ。恋から生まれる快楽のほかは」

「恋からは快楽も生まれるが苦悩も生まれると思うが……」

「ひとりの相手に執着するから苦悩が生まれる……恋という神々が人間に与えてくれる小さな永遠に恋すればいいのよ」

「でもそんなのはむなしい青春の幻想ではないのか？　その後の人生のほうが長いのだから」

「なにも求めず、いまとここだけに永遠を見ることができる人は幸せ。人生のすべてを自分の道具にしよう、すべては自分のために存在すると思う人は心の落ち着きを無くしてしまうものよ。そんな人の過去は後悔、未来は不安と決まっているわ」

　ラルーンはインドのコーティザンとしてのあらゆる教養を身につけていた。性愛についても同じだった。彼女の姿態は絶えず変化した。わたしはインドの森の女精ヤクシーを見た。また楽の音に合わせて空を舞うアプサラースを見た。インドの宿命の女は男から光を奪うことなく、また男を破滅させることなく、みずから自在に変身すると同時に男をも変身させる。わたしはラルーンによってオーマン教授が言った「宇宙との接触」を取り戻したような気がした。これは仏教で言う人天交接というものに近い境地なのかもしれない。聖者ヨガナンダの言葉が脳裏に浮かんだ。

この身、宇宙に融け
宇宙、音なき音声に融ける
音声、まったき光に融け

光、終わりなき歓喜にやどる

インドではラルーンと同じ職業の女でも夫を持たないわけにはいかない。西洋人には理解しがたいことだが、ラルーンの夫はナツメの木ということになっている。官能の温かいしとねに包まれながらわたしは、彼女の魂の中には西洋人には想像もつかぬような深いジャングルがあると感じた。幾重もの熱帯の植物たちが織り成している神秘の魂と官能。単純で素朴なのはわたしたち西洋人だ。インド人はその魂の中に計り知れない歴史と神話を秘めている。わたしは再びアヘンを含んだ煙草を深く吸い込んだ。ますます意識が薄らぐのに、ラルーンの愛撫によって感覚だけは澄みきっている。

「わたしきれいじゃなくて？」とラルーンが唐突に訊いた。

「うん、きれいだ。僕がいままで見た女の中でいちばんきれいだ」

「嘘、西洋の青白い肌の娘のほうがきれいだわ。あなたのフローラはどうだったの？」

「僕はフローラに恋をしていたが、彼女の肌は見たことも触れたこともない」

「そんなもの恋と言えないわ。カーマの矢に射ぬかれない恋なんて恋とは言えないわ」

「そうかもしれないな。子供の戯れなのかもしれない」

ラルーンのすべてを享受しているという感覚、全身全霊をいまこの時に捧げ尽くすことのできる悦楽に、わたしは別の生命に生まれ変わったような気がした。ラルーンの指がわたしの顔を頬から顎のほうへと撫でているのを感じながら、わたしは完全に自分を失った。

だがこれもアヘンのもたらす陶酔がわたしの判断力を鈍らせた結果だったのかもしれない。というのも、次に意識を回復すると、わたしは見知らぬ路地にひとり立って『ルバイヤート』の一節を口ずさんでいたからだ。

「川の岸に生え出たあの草の葉は
美女の脣から芽を吹いた溜め息か。
ひと茎の草でも蔑んではならぬ、
その古《かみ》の乙女の身から咲いた花。」

わたしの声を聞いて、白い壁の窪みに隠れていた男がつかつかと寄ってきた。

「キプリーン・サーヒブ、なにをつぶやいているのです?」

「わたしはどこにいるのかな、バクシュ」

「サーヒブが真夜中にひとりでアナルカリ・バザールのほうに向かったものですから、ずっと後をつけて来たのです」

「いまは夜明けなのかそれとも黄昏なのか」

わたしはハルン・アル・ラシッドのようなけだるい声で訊ねた。

「まもなく朝陽が昇ります。さあ、帰りましょう」

バザールのある広場ではすでに水運《ビシュティー》びが革袋に井戸の水を入れていた。屋台で揚げ物の油を鍋に入れている少年もいる。オウムの群れがねぐらにしているタマリンドの樹から飛び立って、かまびすしく鳴き始め、野良犬の家族が昨夜の残飯をあさって溝の中を歩いている。アヘンの効き目は切れかかっていたが、バクシュに手を引かれるようにしてバザールを抜け、メイヨー・ロードの方角へと向かった時、前方に純白のカーディを着たオーマン教授が素足で歩いているような気がした。そして尾行するかのようにストリックランドがその後を追っていた。しかしわたしの朦朧とした目は薄明の中でふたりの姿を見失ってしまった。

たいがいのインドの大都市ではヒンドゥー教徒になったりムスリムになって原住民と変わらない生活をしている零落した白人がいる。インドで道を踏み外したこのような白人をアングロ・インディアンは蛇蝎のごとくに嫌うか、道端の犬のように無視する。だがわたしは混血児に向けるのと同様の関心を持って彼らを見ていた。インドで師《グル》に出会うとすれば、現地人のありのままの生活に精通したオックスフォード出身のオーマン教授のような人だ。異邦に追放されて流浪の人生を送る学者詩人のみが知る人生の神髄……そんなものがこの世にあるとすれば……インドでわたしが書き残すべきテーマに相応しい。「知られざる世界の記録として」を書いたとき、わたしの胸に去来したのはそんな思いだった。

*

母アリスの日記

ラディはアラーハーバードに転任になる。トリックスも正式にフレミング少佐と結婚するだろう。家族の方陣もこれで壊れてしまうのが悲しい。幼い頃に一緒にいられなかった償いとして、わたしなりに幸せな家庭を築こうと努力してきたのに、あっという間に六年がすぎて、またロックウッドとふたりだけの生活に戻ってしまう。あとは彼が退職して一緒にイギリスに帰れる日をただ待つばかり。

妹のジョージアナの娘のマーガレットも婚約したという。みんな年頃になったものだわ。夫のバーン＝ジョーンズが次々とモデルの女性と問題を起こすのでジョージアナも心労が絶えないようだけれど。

ラディはアラーハーバードの『ウィークリー・ニューズ』に載る予定の短編の原稿をわたしに読んでくれと言う。「路傍のコメディ」というタイトルの不倫物語。カシマというヒル・ステーションが舞台だけれど明らかにシムラだと分かる。それに夫をないがしろにしてカレル大尉と浮気をするボウルト夫人は、ミセス・ホークスビーがモデルだと誰にも明白。こんなものを新聞に載せてはいけないとラディに忠告した。

あの子はミセス・ホークスビーに気があるらしい。シムラではわたしに内緒で彼女に会っていたらしい。狭い社交界の噂はわたしの耳にも届く。

ラディは人に復讐する悪い癖がある。子供の頃の心の傷がそうさせるのかしら。

ミセス・ホークスビーが自分を冷たく拒絶して、別の男性（グリフィン）と浮気しているのを知っていて、こんな当てつけの短編を書いたのにちがいない。かつて娘を差しおいて社交界の花になろうとする母親を詩に書いた。あの詩もわたしへの仕返しだったのかもしれない。

わたし自身、若い頃はメソジストの説教師の父に反発した。けれどこの年になると自分が父と同じ説教をラディに向かってしているのに気づいてハッとすることも多い。ラディがわたしをけむたく思うのも無理はないのかもしれない。

*

わたしは二週間後に両親、職場の仲間、友人たち、そしてわたしの分身であるストリックランドに別れを告げ、カディール・バクシュを伴い汽車に乗ってアラーハーバードに向かった。アラーハーバードはラホールとカルカッタのちょうど中間に位置する由緒ある古い都市だ。ヒンドゥーにとって大切な聖地である。宇宙の創造神ブラフマーが世界をつくって最初に馬祠祭《アシュヴァメーダ》を行なった都市であるため、アクバルが城を築く前はプラヤーガつまり「供犠のための祭場」と呼ばれていた。ガンジスとヤムナの交わる地点には、目には見えないもう一つの神話の川サラスヴァティーが合流している。この聖なる都市にはインドじゅうから巡礼やサドゥーが集まってくる。わたしは到着してすぐにプラヤーガを見物に出かけた。ほとんど全裸のサドゥーの群れを見るのは初めてで、インドについては経験を積んだつもりのわたしも到底その光景を文字では表現できない。『パイオニア』の社屋に戻る途中、ガンジスに向かうひとりの異様なインド人と擦れ違った。その半裸の男は首から干からびた牛の尻尾を下げていた。わたしは男を呼びとめて、そのわけを訊ねてみると、聞き取りにくいベンガル語でつぶやくように説明してくれた。彼は西ベンガルのある村の陶工だったが、過って牛を殺してしまった。そのためにバラモンから呪いを受けて、罪の浄化のためにガンジスに沐浴することを科せられた。そこではるばる乞食旅を続けてようやくアラーハーバードにたどり着いたところだという。

地から湧くように無数の人間がいて、無数の物語が生まれてくるインドはわたしの創作の霊感の源だ。わたしの中にもインドに呼応する無数の人間がいた。わたしはインドという鏡に自分を映したのではない。インドを自分に映したのだ。独立後のインドには、失われた神聖性や精神性を求めて自分探しをする西洋人がたくさん渡ったが、彼らの多くは「想像のインド」と現実のインドのギャップに打ちのめされて帰国する。彼らの言う「本当のインド」とは本当の自分というありもしないものを映す虚妄の鏡にすぎない。彼らの中でも最悪の者はインドを憎むようになる。それはインドが西洋のもっとも最悪の特徴を持っているからだ。残酷、情欲、貪欲、汚辱、虚言。インドが西洋人の望む精神性や清浄を与えてくれないのはインドのせいではない。一八〇一年にアラーハーバードは正式に東インド会社の支配下に入った。一八五七年、反乱鎮圧の援軍として駆けつけたハヴロック将軍は街じゅうの樹に下がる「新鮮な果物」を見た。それらはニール連隊長が報復として処刑したインド人の死体だった。六千人ものムスリムが処刑されたため、その後、アラーハーバードはヒンドゥーが多数を占める街となったのだ。

反乱後に再開発された都市は、大街道とそれに平行している鉄道によって二分された。わたしがこの街に着いた年に大学が創立された。同じ年、ここで後のインド初代首相ジャワハラール・ネールの種がその母の子宮に宿されたことなどむろんわたしの知るところではない。わたしの雇用主であるジョージ・アレンは政府の有力者とコネを持つ進取の気性に富む男だった。『パイオニア』は新聞社と印刷所を合わせると六百人をも雇用する大企業だ。さらに彼はカーンプルに皮革工場も所有している。しかしこの都市の事大主義の文官たちとわたしは肌が合わなかった。荒削りのパンジャーブの気風が懐かしい。『パイオニア』の編集室ではわたしは評判がよくなかった。「ほとんど仕事をしない、目つきの悪い若造」と評されていたのは知っている。わたしが白眼視されながらもいじめられなかったのは、わたしの才能を高く買っていた経営者のアレンの威光のおかげだった。

わたしはまず手始めに、母の反対を無視して、「路傍のコメディ」を『ウィークリー・ニューズ』に載せた。母の言うとおりわたしは年上の人妻に好意を寄せる癖がある。それは性的関係を求めているからではなく母性愛を求めているからだと自分に言い聞かせている。わたしはイギリスに帰国を決めたミセス・ホークスビーに手紙を書き、新しい恋に落ちた、今度の相手はミセス・ヒルというアメリカ夫人だとわざわざ知らせた。

ミセス・ヒルと出会ったのは、アレンが開いた晩餐会の席上だった。この時初めてわたしはアメリカ女性とイギリス女性の違いを知った。ミセス・ヒルの率直で積極的、男性に対して物怖じせず、物事に対して開かれた姿勢は、女らしさを装ってその陰に隠れたり、その場では意見を言わずに後で間接的修辞で皮肉を言う、あるいはアンダーステイトメントによって真意を表す、曲がりくねった迷路を心に持つイギリス女性とは対照的だった。アメリカ女性は「人形の家」の外で育つせいだろうか、そしてなによりも彼女がアングロ・インディアンの一員でないことがわたしには好ましい。それにホイットマンやマーク・トウェインも読んでいたわたしは、アメリカ人気質、アメリカ英語にも関心があった。ミセス・ヒルのファースト・ネームはエドモニアだが、みなテッドと男性名で呼んでいた。夫はアレックという名のアラーハーバード大学の自然科学の教授だった。夫婦そろってわたしと親しく交際してくれ、アラーハーバードでは彼らの広いバンガロー「ベルヴェデーレ」に住まわせてくれた。一年後にインドを去ってビルマ、シンガポール、香港、日本、アメリカを経由してイギリスに帰国する時もわたしと行動を共にしたのはヒル夫妻だった。その後、わたしは特別休暇もかねて特派員としてラージプターナやベンガルに取材旅行に出かけたが、自分でもあきれるほど数多くの手紙をミセス・ヒルに宛てて書いた。わたしの幼児体験をテーマにした「めぇー、めぇー、黒い羊さん」を最初に試読してもらったのも、オーテリス、マルヴェニー、リアロイドの三兵士の物語を何篇か読んで、ヨークシャー訛りやコックニーは分からないとわたしに忠告してくれたのもミセス・ヒルだった。

＊

キャロライン・テイラー（妹）へのミセス・ヒルの書簡

一八八七年十二月十五日

ペンシルヴェニアの気候はどうですか？　まだ冬のさなかでしょうね。こちらインドはもっとも過ごしやすい季節ですが、乾燥が続いています。雪景色が懐かしいです。

アラーハーバードでは『パイオニア』に連載されたインド西部の藩王国探訪のレポートが話題を呼んでいます。これを書いた記者はどんな人なのか知りたいと思っていたところ、偶然、昨日のディナー・パーティで会えました。

会話が盛り上がったところで、あれがラドヤード・キプリングだよ、とアレックが指差したほうを見ると、分厚い眼鏡をかけた年齢不詳の男性がものすごい勢いでパートナーのアレン夫人に話しかけていたの。背の低い、黒い髯を生やした男性だった。わたしの視線に気づいたキプリングさんは、食事が終わるとわたしのところにやってきて自己紹介したわ。とてもアメリカに関心があるみたい。次の日のバドミントン・パーティにさっそく招待したら、「アラーハーバードミントンですか、すてきですね」とキプリングさん。まったく言葉遊びが上手なの。話題も豊富で人を飽きさせない。ただしバドミントンはまったくダメ。

一八八八年一月四日

キプリングさんにわたしたちのバンガローの部屋を提供したのだけど、先日、ちょっとした事件があったの。とても耐えられないような悪臭がバンガローに立ち込めて、窓を開けても悪臭は消えない。屋根葺き職人を呼んで、天井裏を調べさせたら、なんとリスの死骸が見つかったの。キプリングさんは、しめた！作品のヒントができた！と叫んだわ。数日後に彼は「イムレイの帰還」という短編を書き上げた。少し怖い話です。イムレイという地方役人が失踪し、その後、彼のバンガローを借りたストリックランドという警官が屋根裏で喉を切られた彼の死体を見つける。犯人はインド人の使用人。自分の子供にイムレイが邪眼の呪いをかけたと勘違いして、殺人を犯すの。キプリングさんはインド人の邪眼についての迷信をオーマン教授という人から教わったと言っているわ。天井を覆う布が破れて死体がテーブルの上に落下するシーンには背筋が寒くなったわ。それと犯人のムスリムの召使が、絞首刑より毒蛇にかまれて死ぬことを選ぶのも、彼らの名誉を重んじる精神を表していて、さすがインド人をよく知っているキプリングさんらしい。

キプリングさんの短編に登場するイギリス人の名前はとても変わっているのだけど、「モロウビー・

ジュークス」なんて、本当に実在する名前なのかご本人に訊いてみると、「繰り返して発音してみれば、分かりますよ」と言うの。ツマロウ・ウィ・ウィルビー・デュークスの「明日にはわたしたちが公爵になるだろう」を繰り返し口にしていると、なるほど「モロウビー・ジュークス」になるのよ！　やはり言葉の天才！

その後、キプリングさんはシムラに行ったけれど、毎日かならず手紙をくれます。手紙の中には「遠いところにいるある女性に恋をしているのだが、手紙をくれない。自分は悲嘆にくれている」とか「乙女心の真意を知るにはどうしたらよいのか、教えてください」とか、恋の悩みが書いてあるの。わたしはキプリングさんの相手の女性を知らないから、よいアドバイスはできないわ。当然よね？

＊

三月の下旬にミセス・ヒルは脳性マラリアで倒れた。その後数カ月経っても、高熱のために妄言を口にしている。さらに悪いことにアラーハーバードでは天然痘の流行が始まっていた。

公私ともに悪いことは続くもので、わたしは心身共に瀬戸際に追い込まれて自殺したいような気持ちになっていた。無意識の夢の中に住み続けているフローラへの断ち切れない想い、将来の進路への期待と不安、思うように取れない休暇、いまや心を打ち明けられるただひとりの女性であるヒル夫人の病気、それらに追い討ちをかけたのはインド国民会議を巡る訴訟事件だった。一八八八年の十二月、アラーハーバードで第三回インド国民会議が開かれ、インド全土から千二百人もの参加者があった。『パイオニア』は、イギリスのインド支配を正当化するために、国民会議に対して反対のキャンペーンを張った。会議を傍聴して、匿名で載せたわたしの記事は「目撃者による国民会議の研究」という見出しにしたが、会議は茶番劇だ、彼らはインドを代表していない等々の攻撃的な内容だった。そこでとどめておけばよかったのだが、参加者の中に「茶色の中佐」を含む混血の人たちがいると批判し、これが個人攻撃と受け止められたのだ。「茶色の中佐」が衆知の人物だったからだ。

「茶色の中佐」ことヒアセイ中佐はインド大反乱の時に活躍したジョン・ヒアセイ司令官がインド人女性との間にもうけた私生児だった。メアリ一家のことを思えば、わたしはユーラシアンに対してもっと共感を寄せるべきだったかもしれない。だがインドの知識人《バブー》たちに肩入れして、インドの自治を求めるような混血は許せないとその時は考えたのだ。

記事を読んだヒアセイ中佐は『パイオニア』の編集室に乗り込んできて、記事を書いた（と彼が思い込んだ）編集者のチェズニーに殴りかかった。そこに居合わせた者たちは中佐を取り押さえて外に放り出した。中佐は後日、名誉棄損でチェズニーを訴えた。ジョージ・アレンは記事を書いたのは自分だと嘘の証言をし、さらに暴力を振るったかどで中佐を逆に訴えたが、ここで両者は訴えを取り下げた。わたしは自分の書いた記事によってこのような不祥事を招いたことで、社主のアレンにも編集者のチェズニーにも顔向けできないようないたたまれない気持ちであった。

この頃、そろそろインドを離れて、イギリスで運試しをしたいと思い始めていた。この事件は、そんなわたしの決心の後押しをしてくれた。一八八九年の三月三日、わたしは、療養を兼ねて一時帰国をするヒル夫妻と一緒にカルカッタからブリティッシュ・インディアの汽船に乗って、最初の寄港地ラングーンに向かった。マンダレイでは美しいビルマの娘たちに心を揺さぶられた。イギリスのリヴァプールに到着するまで短期間滞在した日本もアメリカも興味深い国だったが、それぞれの国の訪問記録は『キプリングの日本』と『アメリカン・ノーツ』としてまとめられているから、この物語では触れずにおこう。ただひとつ、横浜の本屋に、アメリカで出版された海賊版の『高原平話集』が並んでいたこと、それを見て自分の名が英語圏で知られ始めているという自信が湧いてきたことだけは覚えている。

＊

わたしがロンドンのヴィラ・ストリート十九番地のエンバンクメント・チェンバーズのフラットに落ち着いたのは一八八九年の十月だった。そこはテムズ川とストランド・ストリートに挟まれた、あやしげな街区であったが、売春婦や酔っ払いが多いのはむしろ歓迎だった。『パイオニア』のロンドン支社も近くにあって、インドに送る記事の打ち合わせにも便利だった。もうひとつよかったのは、庶民の空気を知るのに最適なガッティズ・ミュージック・ホールが隣のチャリング・クロス駅の中に組み込まれていたことだ。わたしはミュージック・ホールの熱狂をインドの『パイオニア』に書き送った。高尚な芸術として詩や小説を論じる世紀末の文人とは違って、わたしは心底、庶民派だった。彼らの「玄武岩のような基盤の真実」がミュージック・ホールにはあった。わたしがインドで一兵卒たちに感じた共感を、ロンドンではミュージック・ホールに集う庶民や兵士に見出したのだ。しかしヴィラ・ストリートを選んだいちばんの理由は、財布の底が見えてきたことだった。インドを発つ前にインド鉄道叢書で出した六冊の版権をウィーラーに売って二〇〇ポンドをもらい、それまでの貯金と合わせて四五〇ポンドを懐にして出発したのだが、ロンドンに着く頃には残りはわずかになっていた。自分の腕一本で食べていける見通しがつくまで、安い宿と食べ物でやっていくしかない。その当時わたしはソーセージとマッシュポテト以外は口にできなかった。インドにいた頃の食べ物が懐かしい。

まもなくわたしはアンドルー・ラングに誘われてサヴィル・クラブのメンバーとなり、トマス・ハーディやウォルター・ベザントなどの著名な作家たちに紹介された。また『ナショナル・オブザーヴァー』のW・E・ヘンリーの尽力で『兵舎のバラッド』を出版し、これがわたしの名を一躍イギリスじゅうに知らしめることとなった。要するにわたしは東洋から戻った新星として文学界に名をあげたのである。ひとつだけ書いておきたいのは、わたしはロンドンに帰還して初めて、自分の名声を知ると同時に、インドを再発見したということだ。つまり、わたしの内なるインドを縁取るのは大英帝国であり、インドは王冠を飾る宝石のひとつにすぎなかったということだ。わたしはインドから大英帝国のほうへと足を踏み出した。

それでも、わたしの分身であるストリックランドとオーマン教授はしばらくわたしの内部に生き続けた。だが結局、わたしは生まれ故郷のインドの土に還ることはなかった。わたしにとってイギリスは異国のひとつだったが、アメリカに短期間定住した後に、イギリスはわたしの終の棲家となったのだ。

わたしは世紀末の文人たち、特にオスカー・ワイルドとその仲間のデカダン詩人たちとも交流した。だが次第に肌が合わないことが明白になっていった。一八八九年の十二月には、『パイオニア』に寄稿した戯れ歌の中で審美主義の連中を皮肉ってやった。「ヴェルヴェットの襟巻きをした／長髪の族《やから》ともつき合った／彼らの話題は芸術の目的や理論や意図／祝福された彼らのめでたい魂について／女連中を相手にモーモー、クークーと鳴いている」。

翌年、ワイルド氏は「『高原平話集』のページをめくっていると、椰子の木の下に座り、野卑な光を当てて人生を見ているような気持ちになる」とか「キプリング氏はイギリスで最初の、二流ものの権威である」と応じてくれた。

いつの間にか、ラファエル前派の申し子である世紀末のデカダン詩人や作家とは対立する「ヘンリー・レガッタ」が形成され、わたしがその旗手となった。むろんヘンリー・レガッタとはW・E・ヘンリーを中心としたスティーヴンソンやハガードら冒険作家たちのことである。同時にわたしはすぐにディケンズのような長編小説を書くものと期待されていた。わたしはインドをテーマにした短編を矢継ぎ早に発表して文壇の寵児になっていた。さらに次々と、インド勤務を経験した兵卒たちの俗謡をつくった。日本にも昭和の五年に石田一松が作詞・作曲した「わたしのラバ〔恋人〕さん酋長の娘、色は黒いが南洋じゃ美人」などという、南洋帰りの男の俗な歌がある。わたしの歌もロンドンに帰還した兵卒の口を借りてビルマ娘を懐かしむ、ミュージック・ホールにぴったりの「マンダレイ」という俗語の歌だ。

俺はうんざりだよ、ざらざらの舗石で靴底をへらすのは、
いまいましいイギリスの小ぬか雨が南洋の熱病を呼び覚ますのは。
たとえチェルシーからストランドまで五十人もの婢女を連れ歩き
惚れた腫れたとはしゃいでも、彼女らになにが分かろうか？
　牛肉面に汚い手……
彼女らになにが分かるって？
俺にはもっときれいな緑の国にもっとすてきな別嬪がいるのさ。

こんな、気ままな俗謡をつくっていたわたしは、まもなくフローラと再会して手酷い経験をすることになるとは、夢想だにしていなかった。

ソーセージとポテトだけの粗末な食事、異国に来たようなロンドンの喧騒、立て続けに舞い込む仕事、わたしのインスピレーションの源泉となっていたインドとの離別……苦悩が心の中で渦を巻いていた。忘れもしない一八九〇年の二月七日、気持ちを鎮めるために、流れる水を求めて本能的にテムズ川の築堤へと向かった。アラーハーバードのガンジス川を思い起こさせるように、ウェストミンスター橋の下を水が勢いよく流れている。

川面を眺めながら進むべき道について考えていたが、いつの間にか、群れをなして通りすぎる通勤者たちの顔を観察していた。これほどたくさんの死者たちが陰鬱な顔で朝の霧の中から現れてウェストミンスター橋を渡ってくるとは思いもかけなかった。インドでは死者は灰となって川を流れ下るが、ロンドンでは生きたままの死者が橋の上を通る。トムソンの「恐ろしい夜の街」の一句が口をついて出る。「陰鬱の友たちよ、暗い、暗い、暗い／箱舟もなく黒い洪水の中でもがいている／神なき夜をさ迷える幽霊たちよ……」次にインドの聖者の声が脳裏で応える。光、終わりなき歓喜に宿る、とその声は言う。わたしはロンドンとインドの両方の闇と光にしばらく思いをはせていた。

風が霧を吹き払った。蒸気船の黒煙がわたしの顔にかかり、一瞬、目が見えなくなった。くるりと向きを変えてフラットに帰ろうとすると、目の前にフローラが立っていた。八年ぶりに会うフローラは少女から女になっていたけれど、そのボーイッシュな身体、グレーの瞳、ひき締まった口もとと顎、薄い真紅の唇を見間違うことはなかった。彼女は青いドレスをぴったりと身にまとっていた。

「もしかしてフローラじゃないか」わたしは思わず子供っぽい声を出していた。

「あら、誰かと思ったらラディじゃないの」

その声を聞いたとたん、脈拍が速くなり、口が渇いた。ふたりは並んで築堤を歩き始めた。

「いったいどこから現れたのかしら」

八年間見続けた夢の中のフローラと現実に目の前にいるフローラの二重の像にとまどって、声を失っていたわたしは漠然と東のほうを指差した。

「インドから？」

「いや、インドから戻ったのは半年前だ。いまはすぐそこのチャリング・クロス駅の近くに住んでいる。君のほうはなにをしているんだい？」

「スレイド美術学校を卒業したばかり。自分で懸命に描いているの」

「ひとり暮らし？」

「女の友だちと一緒よ。その人も絵の勉強をしているわ。もうすぐふたりでパリに行く予定なの」

「絵を一生の仕事にしたいのかい？」

「そんなに早く歩いたら歩調が合わないわ」

「ごめん」

フローラの足もとを見ると、青いストッキングがドレスの下からわずかに覗いていた。

「あなたとは昔から歩調が合わないわ」

わたしは自分でも真意の分からぬ言葉を口にしていた。

「フローラ、インドへ一緒に行こう」

「数年前、インドの山奥を歩いている夢を見たわ。真っ赤な花の咲いている森でわたしがあなたに殺される夢。とても変な夢だったからいまでも覚えているわ。それにしてもあなたの言うことはいつも唐突ね。インドで絵は描けるのかしら？」

「インドに行けば、原色の美しい花が咲き乱れていて、あらゆる表情を見せてくれる。巨大な赤い城がある。赤い砂岩の城で、そこにはムガルの王の豪壮な廟があって、灰色のリスたちが走り回っている。墓には微妙な網目模様の大理石に、宝石象眼の尾を広げた孔雀が彫られている。夕方になれば、光線が柔らかく変わって、タージ・マハルは蛋白色から黄金色へと変わるんだ。描く材料はいくらでもあるさ。フローラ、行こう！　インドへ行けば、君にも色彩というものが、どういうものか分かるだろう。愛というものがなんであるか分かるだろう。一緒に仕事をしよう！　君は絵をやり続けたいんだろう？」

わたしはフローラを前に東洋幻想を繰りひろげていた。ただし夢とも現《うつつ》ともつかないラルーンとの思い出だけは胸に秘めておいた。

「もちろんよ。最近は少しずつだけど売れるようになったわ。ラディ、もし万一、あなたとインドへ行くとしても、あなたに対してこのままの気持ちでいたとしたらどうなるか、考えてみて」

「でも、兄妹みたいな気持ちではないんだろう？　そんなことは八年前にも言わなかった」

「わたしには兄弟はいないからそんな気持ちは分からないわ」

「僕は君を愛しているんだ、この八年間ずっと君を想い続けていたんだ」

「話してもわたしの気持ちはあなたには分からないでしょう。とても恐ろしくて言えないわ」

「そのうちもっとゆっくり話したい。君の住所を教えてくれないか。また会いたいんだ」

「マーブル・アーチの近くに住んでるの。また会いましょう。あら辻馬車が来たわ、あれに乗らなくちゃ」

　フローラは小走りに辻馬車に向かって走っていった。フローラを乗せた辻馬車はすぐに霧に呑まれて見えなくなった。霧はますます濃くなった。当時のわたしは、汽車に乗れば、霧のロンドンから、懐かしい太陽の光に巡り会える郊外に逃れることができることを知らなかった。

　フローラとのあまりにも偶然の再会に呆然として狭い部屋に戻ると、食器棚のところに行き、コップに半分ほどウイスキーを注ぐと生のまま一気に飲みほした。どういうわけか、フローラに会って昔の自分に戻ってしまったような気がした。インドでの経験は霧に呑み込まれ、八年前の幼い自分がそこにいた。部屋が以前と同じように見えるのが、不思議なくらいだった。壁にはインドの職人を描いた父のエッチングが掛かり、文具が乱雑にのっている机が窓際にあった。

　霧はそれから数日間、すっぽりと街を包んでいた。わたしは五日間、窓際の机に向かい、鏡の代わりをしている窓ガラスに映る自分の顔を見つめていた。六日目の朝になって、ようやく霧が晴れた時、窓の外を眺めると、バーの女給が住み込んでいるパブの真向かいにひとりの男が立っていた。次の瞬間、男の胸がコマドリのように鈍い赤に染まった。彼は喉をかき切って、頽れた。しばらくして手押しの救急車が到着した。それは人生の悲惨なドラマの一場面であったろうが、赤い血の色ばかりが強く印象に残っただけだった。まさしくそこにはトムソンの「恐ろしい夜の街」が実在していた。

フローラの「また会いましょう」という言葉に後押しされるかのように、わたしは次の週の日曜日にマーブル・アーチに近いポートマン・ストリートにあるフローラの自宅兼アトリエを訪ねた。

チョッキのポケットから幾度も懐中時計を取り出して時間を確かめ、オックスフォード・ストリートの馬糞を避けながら教えられた住所に向かった。

玄関ドアのノッカーを鳴らすと、しばらくして内から女の声がした。フローラの声ではない。「フローラ、来客よ！」それから再び間があってから、ドアが開いた。

「ラディ、いまちょうど新作が完成したところなの。早く入って」

フローラのブラウスには絵の具が飛び散っていた。

「それでは、入らせてもらうよ」

背の高いアパートの二階のフローラのフラットは、狭い居間のほかは寝室とアトリエだけだった。玄関ドアを閉めると街の喧騒が嘘のように遠のいた。懐かしい油絵具の匂いがする。わたしは幼い頃はボンベイの美術学校と接続した家に住み、また子供の頃から画家の伯父バーン＝ジョーンズのアトリエに出入りしていたので、テレピン油やキャンバスの匂いに親しんでいた。

わたしがアトリエに入るのと入れ違いに赤毛の女が出てきた。

「フローラ、いまから買い物に行ってくるわ」

女はわたしを見て、うなずいただけで挨拶もなしにコートを羽織ると、玄関を出る前にフローラの頰に軽く接吻をした。

フローラが完成させた「化粧」というタイトルの絵は、鏡の前に座る自画像であった。しかし、その絵は感情と色彩はあるが確固とした信念に欠けていた。デッサンがまだ未熟なのだろう。そのことを率直に指摘するとフローラは言った。

「先生のカミュにも同じことを言われたわ。正直に言ってくれていいわ」

「正直に言えと言うから言うが、君の絵にはなぜそれを描かなければならなかったのかという必然性のようなものが感じられないんだ」

「なんだって、それをしなければならないというような特別な理由のあるものなんか、この世の中にはないわ。わたしは成功を望んでいるだけなの」

「君の絵はまだアマチュアのレベルより少し上という程度だ」

「あなたに陰で笑われるよりは、正直に言ってもらったほうがいいわ。でも、少しばかり成功して、作品が売れるようになることを望むのは間違っていて?」

わたしは自分がデーモンに取り憑かれて作品を書く時の体験を話していた。

「それは分かるわ」

「製作の技術をしっかり身につけて、あとは外からやってくる想念を大事にする。画廊のことを考えたり、評判を気にしたり、成功を焦るのは禁物だ。僕の場合も、静かに落ち着いて全力を傾けた時にようやく想念のほうが僕を動かしてくれるんだ。世間が自分の作品に注目してくれるんだとか、自分の作品で世界を向上させるんだとか、そんな生意気な考えは捨てたほうがいい」

「あなたのインドを描いた短編や詩はいま、評判を呼んでる。それくらいはわたしだって知ってるわ。わたしもそれくらいの評判が欲しいのよ。しばらくしたらカミュのいるパリに行ってもっと勉強したいの」

「ひとりでかい?」

「いいえ、あの赤毛の女性と一緒によ。あの人も絵を描いているの」

わたしは改めてフローラの「化粧」を凝視した。はじめは気づかなかったが、よく見ると絵の中に描かれているのはフローラだけではなかった。フローラの背後に立つ女の顔はフローラの陰になっているが、その赤毛の髪だけはフローラの髪に重なるように淡く描かれていた。わたしはなんとも言えない戦慄を覚えた。なぜ自画像の背後に赤毛の女を描かなくてはならないのだろう。それから一時間近く、わたしはフローラと人生論と芸術論を交わした。

買い物を終えた赤毛の女が戻ってきた。彼女は食料品の入った包みを台所に置くとアトリエにやってきた。彼女がわたしを見た時、その瞳が緑色であることが分かった。

「さあ、ディナーの支度までまだ時間があるからデッサンの練習をするわ。キプリングさん、すみませんがモデルになってくれませんか?」と女は言い、わたしは渋々承諾した。

わたしを椅子に座らせて、彼女は画帖を開き、デッサンを始めた。その緑の瞳で見つめられるたびに、わたしは自分の魂が吸い取られていくような恐れを感じた。彼女はわたしの頭部をスケッチしながらフローラとパリへ行く予定について話し合っていた。

*

その後、わたしはふたりを追ってパリに行った。そこでフローラに最後の求婚をしたがきっぱりと断られた。パリから戻った直後にわたしは『消えた光』を書き始めた。長編を書くのは初めての挑戦だった。現実のわたしのフローラとの失恋の経験と小説執筆は同時進行した。むろん現実にあったとおりを小説にしたわけではない。

自分の境遇をスーダンで活躍する戦争画家のディック・ヘルダーに託した。書き上げたのはこんな筋の小説だ。

ディック・ヘルダーはスーダンの戦場からロンドンへ還ってくる。彼は自分の名声とそれがもたらす収入は自分の才能に対する当然の報酬だと考えていた。彼の画壇とジャーナリズム界での成功は、初恋の相手メイジーとの再会と同時にやってきた。メイジーも画家として名をあげたいと望んでいる。彼女はディックの助言を歓迎するが、その愛は受け入れようとしない。彼女は同居する年上の赤毛の女とパリに絵の勉強に行ってしまう。やがて戦場で受けた刀傷が原因でディックは完全に失明する。その知らせを聞いたメイジーはパリから急遽帰国してディックと正式に婚約する。

読者はこのハッピー・エンドに納得するだろうか。わたし自身も疑問だった。一八九一年の一月からアメリカの『リッピンコット』に連載した最初の版はこのようなハッピー・エンドで終わっていた。しかし同年十月にロンドンのマクミランから出版した単行本では三章を書き加え、最後の場面でディックはエジプトの砂漠の戦場に戻り、敵に狙撃され、親友のトーペンハウに抱かれて死ぬという結末にした。もう少し詳しい粗筋を書いておくことにしたい。

小説はディックとメイジーが海辺で拳銃をもてあそぶ場面で始まる。彼らはミセス・ジェネットの家に預けられている孤児である。メイジーは長い髪とグレーの瞳を持っている。彼女はペットの山羊を連れている。浜辺の遊びからメイジーは過ってディックの顔の近くで拳銃を暴発させてしまい、それがのちの彼の視力喪失の原因となる。まもなくメイジーが寄宿を離れてパリに絵の勉強をしに行く話をすると、ディックはそこで自分の恋心を打ち明けて、初めてのキスをしてもらう。

次の場面ではディックは戦争画家としてスーダンの戦場にいる。彼は芸術家であると同時に行動の男として「同じ釜の飯を食った男同士のみが知っている友愛」に浸っている。ゴードン将軍の死は大英帝国にとって大きな恥辱であり、イギリスはスーダンの奪回を画策している時代である。

ディックは才能を認められた画家としてロンドンへ行く。しかし金がなくて毎日、ソーセージとマッシュポテトのみの生活をしている中、彼は偶然メイジーに再会する。ディックはメイジーをプリント・ショップに連れて行く。そのショーウィンドウに飾られた彼の絵は人々の関心を集めており、画家として野心に燃えるメイジーはうらやましく思う。彼女は不屈の闘志で成功を勝ち取ろうとするタイプの女性だった。ディックは彼女に愛を告白するが、彼女が欲しいのは彼の助言だけであった。

メイジーはロンドンで同居する赤毛の女とパリへと去る。ディックと同居する盟友のトーペンハウは売春婦のベッシーを街で拾ってくる。ベッシーがトーペンハウに取り入ろうとしているのを知ったディックはトーペンハウを追い出す。ディックは次第に視力を失いつつあった。彼はベッシーをモデルにして「メランコリア」という絵を描き出す。それはメイジーがパリで描いている画題と同じだった。しかし、汚れをとることを口実にしてベッシーはディックの「メランコリア」を目茶苦茶にしてしまうが、彼はそれを知る前に完全に失明する。トーペンハウはディックを哀れみ、破壊された「メランコリア」のことは隠している。彼は「傷を負って死にかけている男に戦友がときにするように」ディックの額に軽く接吻する。トーペンハウはパリからメイジーを連れ戻すが、破壊されたディックの絵を見せられ、彼女は走り去る。彼女はひとり自室でディックに対する自分の酷薄を悔いるが、いまとなっては女としてそして画家としての自分の失敗は取り戻せない。

トーペンハウと仲間は、ディックをひとり残してスーダン奪回の戦役に加わる。ロンドンで家主と外出したディックは、ベッシーと遭遇する。彼女は彼の部屋に行って、自分が「メランコリア」を破壊したことをディックに告白する。ディックは最後の冒険に出かける。彼はエジプトを経由してスーダンの戦場にたどりつく。そして敵の狙撃に遭い、トーペンハウの腕の中で絶命する。

出版直後の評判は悪かった。「失敗した本」と酷評された。笑ってしまうほどに滑稽で幼稚なロマンス小説と呼ばれた。また『ピーター・パン』の作者であるジェイムズ・バリには「メイジーはまったくつまらないヒロイン」と言われ、エドマンド・ゴスにはメイジーは「無味乾燥な砂漠の中のオアシスのような細部」と言われたが、全体としては駄作という意味だろう。ヘンリー・ジェイムズには「才能はみごとだが、残虐性のほうが根強い」と批判された。たぶんトーペンハウが戦場でアラブ人の片目を指でくりぬく場面を指しているのだろう。わたしの死後にもアンガス・ウィルソンから「女性嫌悪と英雄崇拝と自己憐憫のごたまぜ」と皮肉を言われた。国民の代表としての良心を小説にしたディケンズを引き継ぐ「公の声」をわたしに期待した読者や批評家は失望したにちがいない。

自作の小説の弁護をするつもりは毛頭ないが、これ以外に書きようのない必然性を持って書かれた小説とだけは言える。それは芸術としての小説の必然ではなく、わたしにとっての必然という意味だ。これを書かなくては一歩も前に進めないという意味での必然と言い換えてもよい。この小説はわたしの「ファンタスマゴリア(去来する幻影)」を書き留めたものなのである。

わたしがイギリスに帰国した時のロンドンは男らしさを奪う金銭崇拝の都市だった。ラファエル前派が過去のものとなり、耽美主義からデカダンスへと変化しつつあった。女性は家庭の天使から新しい女《ニュー・ウーマン》へと変身しようとしていた。帝国の危機が叫ばれ、衰退論がはやっていた。トマス・ハーディは『森林地の人々』を発表したばかり。ギッシングは『地下の人々』を、イェイツは『アシーンの放浪』を出した。ワイルドは『ドリアン・グレイの肖像』を書いていた。スティーヴンソンは南太平洋に出かけようとしていた。ブラウニングはこの年に死に、テニスンは死にかけていた。わたしに宿命の女のイメージを植えつけたバーン=ジョーンズは相変わらず、「家庭の天使」の資格十分の妻を犠牲にして他の女性の美と謎に惹きつけられていた。彼は娘のマーガレット(インド時代にわたしと文通したあの懐かしいイギリスのお茶目)をモデルに象徴主義的な『野薔薇』を仕上げていた。

フローラという「宿命の女」に取り憑かれると同時にわたしはインド統治の最前線で生きる文官や兵士に共感した。その典型は男の絆の世界を書いた「東と西のバラッド」だが、それは女のセクシュアリティに対抗するホモソーシャルな世界だ。わたしがインドに行く直前、ロンドンの夜の街を彷徨していた頃に生まれたある女性は後年作家になったが、彼女は「キプリング氏の大文字の言葉の羅列を読んでいると「男同士のオージー」を立ち聞きしたようで赤面する」と書いているが、大文字の形は勃起する男性性とでもいうのだろうか。

『ナショナル・オブザーヴァー』の編集者、W・E・ヘンリーについてはすでに言及した。G・A・ヘンティやわたしの生涯の盟友ライダー・ハガードそれにスティーヴンソンとわたしが構成する「ヘンリー・レガッタ」は、ハーティ（知性と感性に欠ける元気なやつら？）と括られることもある。現実主義的で、無意識的帝国主義者で、女性を理想化して遠ざける……つまりは「朋友同盟《ポン》」。

アラーハーバードから送られた鉄道叢書や『高原平話集』に収めた「百の悲しみの門」、「領分を越えて」、「知られざる世界の記録として」などを読んで、イギリス人はインドのエキゾティシズムに浸り、文学通はイエロー・ブックと同時に「キプリング・リキュール」を楽しんだ。ラホールはデカダンスの街として認識され、麻薬や売春、インドの性愛や魔術が、わたしによってイギリスに輸入されたのだ。地下世界、裏社会、殺人、懈怠、退廃と快楽《けらく》、東洋の怪奇などデカダンの嗜好に合いそうな話題が満載だったのだ。それまで退屈でマイナーな地方文学しか存在しないと考えられていたインドはたちまちのうちに脚光を浴びた。スエズ運河よりもわたしの文学のほうがインドをイギリスに近づけたのは本当だ。わたしの予想以上にイギリスは帝国のかなたから生まれるすぐれた文学を待望していた。日々耳に入る政治や戦争のニュースではなく、植民地で人々がどのように暮らしているかを知りたがっていた。そこに才能のある（エヘン！）わたしが登場したのだ。成功は予想以上だった。文学が現実を模倣するのではなく現実が文学を模倣することが証明されたのは、レナード・ウルフが後に「キプリングがアングロ・インディアンをモデルに登場人物をつくったのか、あるいはわたしたちが彼の物語の登場人物に合わせて人格を形成したのか、どちらとも決めかねた」と書いたとおりだ。しかしこれが、先のワイルド氏の主張を補強してしまうのは残念だ。

女々しいデカダンにカウンターパンチを見舞う者というわたしのイメージは、半分はわたしが演出したものであり、半分はイギリス社会がつくったものである。しかし現実には誤解もある。もしわたしが従兄弟のスタンリー・ボールドウィンのようにハロー校に行ってケンブリッジを卒業していたら、デカダンのひとりになっていたかもしれない。わたしはビアズリーともバーン＝ジョーンズを介して知り合いになっており、後に彼が『イエロー・ブック』の美術主幹の地位を追われた時にも支援した。なによりもわたしの『ジャスト・ソー・ストーリーズ』の線描挿絵を見れば分かるとおり、作風はビアズリーそっくりである。またラファエル前派の影響を色濃くとどめていたW・B・イェイツたちのライマーズ・クラブにわたしが出入りしていた可能性だって高い。繰り返しになるが、わたしの中にはインドで脚色され増幅されたデカダンの素質があったのだから。しかしそれは次第に影をひそめ、わたしの中の俗なるデカダン、つまりは女性忌避と男性性賛美の帝国主義がジンゴイズムと共鳴して強調されていくことになる。

リスペクタブルな中産階級から見れば、ワイルドとその取り巻きの退廃的審美嗜好もデカダンなら、ミュージック・ホールに出入りする俗な兵士の生活もデカダンである。ワイルドの倒錯や人工性を追求する洗練された知的デカダンもいれば、わたしのような野卑なデカダン――つまり戦争と酒とタバコと買春の世界――もいる。

一八九〇年にはオスカー・ワイルドだってヘンリーの友人として、彼の自宅で開かれる集まりに出席していた。ヘンリー自身の論文もアーサー・シモンズの企画した『文学におけるデカダンス運動』に収録される予定だった。だが九〇年代が過ぎるにつれて、デカダンス派とヘンリー・レガッタの二極化が進んだ。そのきっかけは一八九〇年に『リッピンコット』に連載された『ドリアン・グレイの肖像』をヘンリーが酷評したことにある。そこから二派の総領の仲違いが始まり、取り巻きも対立へと向かったのだ。さらに一八九五年のワイルドの逮捕は二派の分裂を決定的にした。そんな中で、わたしの俗なデカダンはやがてジンゴイズムと結びついて、帝国主義の熱気を煽り立てる旗ふり役と見られるようになったのだ。『消えた光』を自分の恋愛と同時進行で書いていた当時、それは予見できなかった。

くすんだ禁欲と偽善の国イギリスの、中産階級のお上品ぶりを憎悪するのは、バーン゠ジョーンズも同じだったはずだ。伯父は一八七〇年に『フィリスとデモフーン』を水彩画展に発表したが、フィリスのモデルが愛人のメアリ・ザンバコであったこと、デモフーンに男性器が描かれていたことで、作品を引っ込めることを余儀なくされた。「女の美は、自然のハリケーンや海のうねりと同じで抗しがたいもの」と信じていた伯父は、すでに触れたように「宿命の女」に生涯取り憑かれていた。いや、そうでなければ、彼の絵画は生まれなかった。わたしのフローラとの恋もそこに遠因を持っている。だがフローラに失恋してからのわたしは「宿命の女」とは縁を切った。フローラに振られた反動だろうか？　正直に言って、それもある。「男よりも恐ろしい存在は女である」とわたしは肝に銘じた。わたしは女性を遠ざけ、審美的文学理論を軽蔑し、アバンギャルドを無視して男たちの世界の賛美者、保守派になった。わたしは次第に硬派の旗色を鮮明にし、ヘンリーにボクシング練習用のサンドバッグをプレゼントした。そこには審美派の作家やジャーナリストたち、W・T・ステッド、サミュエル・クロケット、リチャード・ルガリヤンの名が書かれていた。

＊

パリでフローラから最後の拒絶にあった後にロンドンに戻り、熱に浮かされたように『消えた光』の執筆に取りかかったわたしは、二度目の人生の危機にあった。幼児期に両親の愛から切り離されたのが一度目、ミセス・ホロウェイの虐待によって極度の近眼となり、失明の危機にあったことは「めぇー、めぇー、黒い羊さん」に書いたとおりだが、今度は思春期の危機だ。「犬は自分のへどに戻り、豚は自分のぬた場に戻る」というのがその当時のいつわらざる心境だった。

今回も失明の危機にあった。メイジーが過って放った拳銃と戦場で受けた刀傷によってディックは光を失う。フローラの拒絶によってわたしは、男性性を喪失しかかった。わたしは男性性の回復のために失明したディックを再びスーダンへと送り返した。最後にトーペンハウの腕に抱かれて死ぬディックはピエタ像のようだ。しかし聖母マリアに抱かれたキリストの死には人間の罪をあがなう崇高さがあるが、ディックの死はホモエロティックな自己憐憫の匂いに満ちているだけではないかと読者は思うだろう。ディックつまりはわたしが礫刑に処せられたのは、宿命の女によってである。というよりはインドにいる間に新しい女に変身していた宿命の女の変わり身の早さにわたしがついていけなかったのだ。フローラはメイベル・プライスという三つ年上の女と暮らしていた。この女をわたしは「赤毛の女」として『消えた光』に登場させた。

宿命の女の系譜はトルバドゥールの広めた宮廷愛の伝統から、キーツの「つれなき手弱女《たわやめ》」のようなロマン派の女性像を経て、ダンテの影響を受けたロセッティによって赤毛の女として定着した。ロセッティと弟子のバーン=ジョーンズが苛みつつ魅了する女「宿命の女」のイメージを絵画によって広めたのである。強い意志を感じさせる鋭い瞳、キッと結んだ口もと、力強い顎と太い首、彫りの深い横顔は、ロセッティがはやらせた赤毛の宿命の女に共通した特徴である。そう、別の見方をすれば、彼女たちは男性的でもあり、あるいは両性具有的でもある。『消えた光』の中のメイジーは男性的であり、両性具有的でもある。

フローラの肖像画に彼女自身と重なるように赤毛の女が描かれていたのは、フローラ自身が赤毛の女であると同時に「新しい女」であることの暗示だと、いま、はっきりと認識できる。フローラと赤毛の女が同性愛者であることも。『消えた光』でもディックがメイジーにキスすると赤毛の女は嫉妬の目で見るのだ。メイジーも赤毛の女も高等教育を受けており、自立を目指し、男性画家のモデルになるよりは自らが男性を描こうとする。わたしをスケッチしていた時の赤毛の女の嫉妬するような緑の瞳から放たれた鋭い視線を忘れることはできない。

ラファエル前派の伯父たちから受けた影響をインドに持ち込み、自分の頭の中につくり上げた宿命の女フローラに恋をしている間にイギリスの女たちは変身していた。宿命の女からニュー・ウーマンへと。わたしが結婚と庇護の相手と考えていたフローラはか弱き性ではなくなっていたのだ。

しかし女にはみなひどい目に遭ったものだ！ アーネスト・ダウスンのアデレイド（愛称ミッシー）、アーサー・シモンズの踊り子リディア、イェイツのモード・ゴン。わたしだけが苦悩したわけではないと知るだけでも慰められる。イギリスのような狭隘な島国に閉じ込められて、東洋幻想の味つけもなしに、スー・ブライドヘッドに翻弄されるジュードや売春婦上がりの女と結婚して苦労したギッシングがわたしには哀れでならない。しかし他人を哀れんでいる場合ではない。わたし自身がフローラによって倒立した振り子のように翻弄されたのだから。その後、わたしは二度と若い男女の恋愛をテーマにした作品は書かなかった。それでも執拗にわたしの内に棲みついた「宿命の女」が後に「ミセス・バサースト」に化身したことは読者は先刻ご存じだろう。

男たちが勝手に女性の幻想的イメージをつくっているうちに、現実の彼女たちは時代の先を走っていた。性差は曖昧となり、女が「自転車に乗り、煙草を吸い、クリケットをする」時代になっていた。それをわたしの敗北というなら、その言葉を甘受しよう。敗北したわたし、あるいはディック（ともにフィクションの登場人物なのだから区別はするまい）は男の友愛がもっとも理想的な形をとる植民地へ向かった。女性への幻滅がわたしを帝国主義に引きつけたといえば嘘になる。しかし少なくとも女性と男性の性差が明白で、それぞれの性が果たすべき役割が明確な帝国の最前線である植民地には、退廃、倒錯、人工性、審美主義とは正反対のものがある。

『消えた光』の出版から一年も経たないうちに、わたしはアメリカ人のキャロライン・バレスティアと結婚した。彼女は、わたしと懇意になり、共著で『ナウラーカ』を出したウォルコット・バレスティアの姉で、わたしより三つ年上の姉さん女房だった。結婚式にはヘンリー・ジェイムズも出席して花嫁の父の代理をしてくれた。まもなく長女ジョゼフィーンが生まれ、わたしはアメリカに移り住んだ。それからは立て続けに短編集『人生のハンディキャップ』や『ジャングル・ブック』、『多くの計らいごと』を出版する多産の時代だった。一八九六年には次女のエルシーが生まれ、翌年には長男のジョンが生まれたが、一八九九年には肺炎で六歳のジョゼフィーンを失った。その時の悲しみはここでは語れないほど深い。わたしの祖国とも言えるインドは静かなる回顧の時間を必要とした。インドはわたしの中で十年の熟成を待っていた。一九〇〇年には『キム』の連載が始まるのだ。だから一九〇〇年でこの物語を閉じたいと思う。

ただひとつ最後に読者に報告しておきたいことがある。自伝『私事若干』ではフローラにひとことも触れていない。しかしわたしは物語をつくって再びフローラを殺したのだ。ヒマラヤに近いインドの北部山地で一度フローラを殺す夢を見た。しかしあの時、殺されたのはわたしだったのだ。夢が現実を予告することはよく知られている。その後、再びわたしがフローラのことを話題にしたのは一九〇二年のことだった。

この年にわたしはトリックス（いまではミセス・フレミング）に訊ねた。

「トリックス、フローラのこと覚えているかい？」

「もちろんよ、忘れるわけないわ」

「三カ月前に死んだよ。肺を悪くしてね。彼女は身体を大切にしなかったからね」

この会話を記録した伝記作家のロード・バーケンヘッドはわたしと同様、フローラを殺してしまった。だがフローラは生きていた。死体を墓から掘り出して解剖する検死官のように、バーケンヘッドに続く伝記作家たちはフローラを探し出した。その作家たちの名はハリー・リケッツとアンドルー・ライセットという。

わたしの死から二年経った一九三八年の一月三十一日、奇しくも七十三歳の誕生日の日にフローレンス・ヴァイオレット・ガラードという画家がフランシス・エガートンという女性に看取られて亡くなった。生涯独身を通した彼女についてタイムズ紙は死亡記事を載せている。彼女はパリ・サロン展で定期的に作品を発表する、肖像と風景を得意とする画家であった。チェルシーに住み、たくさんの猫を飼っている動物好きの老婆として有名だった彼女は『ファンタスマゴリア』という挿絵入りの本を書いたという。その本はいまでも大英図書館に眠っている。タイムズ紙の記事は彼女の「たくましい体格と男のような服装」に言及している。

リケッツはさらにフローレンスが所有していた一九二七年版の『消えた光』の見返しに書かれている感想を発見した。それだけが唯一残されているフローラの声である。いやメイジーの声であると言ったほうがよいかもしれない。メイジーと署名されていたのだから。

*

フローラ・ガラードの『消えた光』の感想メモ

「この変わった、暗い小説をたまたま読んだ人がいたとすれば、ここに登場する人物たちほど愚かで不快な人たちが実在するのかといぶかしく思うでしょう。他人が自分を見るように自分を見ることは本当に難しい。でもこの小説にはずいぶん歪曲されたところがあるように思えます。全体の筋も現実にあったこととかけ離れています。ゆがんだ鏡にグロテスクに映っているゆがんだ像を見ているような気持ちになります。

彼の詩「青い薔薇」を例にあげれば、ディックは自分の視界がぼんやりしているせいで、見落としていますが、現実には、わたしが青い薔薇を彼に求めたのではなく、彼のほうがわたしに求めたのです。些細だけれど明白なことが見逃されています。

わたしが彼と目を合わせたのはただ一度、次のように彼が自作の詩を読んでくれたときだけでした。

恋人を喜ばせようと僕は摘んだ
赤い薔薇と白い薔薇を。
恋人はどちらの花束も受け取らない……
彼女は青い薔薇を摘んできてねと言った。

わたしは世界の半分をさまよった、
青い薔薇が咲く土地を探して。
そんなわたしの探求に応えるのは
世界の半分のあざけりと笑い声だけ。

彼女が自分の望むものを手に入れるのは
墓の向こう側に行ったときだろう。
ああ、しかしなんとむなしい探求の旅であったことか
最高なのは赤と白の薔薇なのに！

メイジー」

メイジーあるいはフローラはわたしが『消えた光』の第七章のプロローグとして置いた「青い薔薇」をそのまま引用している。青い薔薇はかなえられない望みの暗喩だ。ふたりが合わせ鏡のように同じものを心に映していると信じたわたしの錯覚を彼女は指摘している。わたしは彼女の性向や希望、人生観を無視して性急に「宿命の女」の像を彼女に読み込んでしまったのだろう。彼女からすればいい迷惑だったということになる。しかしわたしは女性を対象にした内省は苦手な男だ。その後、全詩集に収めてある「青い薔薇」にわたしは第三連として次の四行を差し挟んだ。

冬の季節に僕は帰国した。
でも愚かな恋人は死んでいた。
彼女が臨終の際に求めたのは
死神の腕の薔薇だった。

やはりわたしはフローラの、いやメイジーの死を望んでいたのだろう。作家としてのわたしの罪は、紙の上で簡単に登場人物を殺せることだ。ワイルドの「人は誰も自分の愛するものを殺す」という箴言は特に言葉をあやつるすべての作家にあてはまるのだろうか。

言葉による殺人ではない、もっと深刻な殺人もある。わたしは自分の家族を持ち、ベイツマンという邸宅をサセックスにかまえて、成功の絶頂にあると思ったが再び自分の愛するものを殺した。それは一九一四年に戦場に送った息子のジョンが戦死したこと。帝国の守護者としてのわたしの信念がそうさせた。しかしこれによってわたしは人生の残りをかけても支払えないほどの魂の負債を抱えることになった……だがこのことについて語るには別の物語を必要とするだろう。

ここまで語ってきたとき、なにか変な感じがしてきた。わたしは辺りを見回し、寝室のアンティークの家具やインドから持ってきた地図、天井のむき出しの梁を見たが、どうも変だった。窓のカーテンやマホガニーの枠の彫刻を眺めても同じことだった。どうもなにかいるべき場所にいない、そんな感じがますます強くなった。アヘンの服用はイギリスに戻って以来やめているから、この奇妙な心理状態はアヘンのせいではない。ベッドに横になって自分の全身の感覚を点検した。口の中に奇妙な味がして、身体には疲労感と皮膚の不快感があった。部屋の中は薄暗かった。すべてのものが二重映しに見えるような不思議な感覚があった。

このまま眠りにつくとまたあのインドの山奥の森をさまよう奇妙な夢を見るだろうか。そして再びフローラを殺そうとするだろうか。無理をして頭を枕から上げて再び部屋を眺め回した。ぼんやりとした四角く青白い輪郭のものがさらに白っぽくなった。窓だった。

わたしはよろめくように立ち上がって窓に近づき、カーテンを引いた。外にはまったく見たことのない風景が広がっていた。夜空はたたなづく綿毛のような雲に覆われていたが、すでに曙光が射し始め、四角いマッチ箱のようなコンクリートの建物が一面に立ち並んでいる。緑の帯は河川にそって伸びる堤防のようだ。遠くの丘陵からはひときわ高い円錐形の美しい山が長く裾を引くようにそびえ立っていた。初めて見る山だったが、なぜかそれが富士山という名の山であると分かった。

「いったいなぜここにいるんだろう」わたしは声を出して言ってみた……ところがそれは自分の声ではなかった。別人の声だった。かすれたか細い声で、発音もあいまいだ。

次に片方の手でもう一方の手を触ってみた。皮膚はたるんで皺だらけ、年寄りの骨張った手だった。ほとんど無意識のように指を口に入れてみた。歯の欠けた歯茎は弾力を失っていた。その時わたしは自分の姿をどうしても見たいという矢も楯もたまらぬ気持ちになった。インドの地図が貼ってあるはずの壁からは地図が消えて、代わりに白い枠の姿見があった。わたしはそちらに向かってよたよたと近づいていき、恐る恐る鏡面を覗いた。

そこに映っていたのは、落ちくぼんだ頬、ほつれた白髪交じりの髪、しなびた唇の老人だった。口髭があることと眼鏡をかけていることを除いて、壮年のわたしには似ても似つかない英文学者の顔だった。いや、すでにわたしはキプリングではなく、英文学者だった。身体だけではない。思考も記憶も感情もすでに橋本教授に戻っていた。

いつ、どのようにマラリア原虫によって転移されたキプリングの人格が消えていったのか、その過程は謎である。彼のDNAが突然変異を起こして死滅したのか、あるいは日本の英文学者に残る縄文人のDNAが反乱を起こしてキプリングのDNAを駆逐したのか……それも謎のままである。

＊

数週間後、ある広告会社から橋本に連絡が入った。本来は洋酒、ビール、清涼飲料水の製造で知られるが最近はバイオや植物の品種改良に進出しているある企業が、ついに青い薔薇の量産に成功した、ついてはキプリングの詩「青い薔薇」をキャッチコピーとして使用したいというのである。宣伝を委託された広告会社の担当者がサイトで検索すると、古今東西の情報の中からキプリングの「青い薔薇」がヒットしたのだという。不思議なこともあるものだ。ちょうど「青い薔薇」の日本語訳を原稿用紙に書き留めている時に電話があったのだ。わたし、橋本はさっそく担当者と会うことにした。

数日後、研究室に来訪した女性担当者の話では、青い薔薇は人類の永年の実現不可能な夢の花だった。世界中のブリーダーが挑戦したがことごとく失敗してきた。しかしついに栽培と量産に成功した。青い薔薇がまもなく日本中の花屋の店頭を飾るであろう……とのことであった。

わたしはなぜキプリングの詩が関係するのかと質問した。担当の女性の答えは、この薔薇を買うのは恋人か妻の誕生日のプレゼントのためであろう、だからメッセージ用のグリーティング・カードに詩を印刷したいというものであった。

そこでわたしは四連にわたる「青い薔薇」を読んで聞かせた。彼女の顔に失望の色が浮かんだ。当然である。これは失恋の詩であり、ある意味で恋人の死を望んでいる詩である。キプリングはなぜこんな悲しい詩を書いたのですか?と問いかけた彼女にわたしは「これを読んでくれれば分かるでしょう」とこの小説を差し出した。

彼女は、わたしの目の前で声を出して読み始めた。

「明日の新聞の発行に間に合わせようと回転する輪転機の轟音が響いてくる。夜中をすぎても室内は三十度ある。日中、屋外に出ると眼鏡のフレームが高熱を帯びてこめかみが火傷をするほどの四十二度を越える酷暑である。…………

終

第Ⅱ部　キプリングを巡るインドの旅

虎とイギリス人の物語

擬態としての支配者——ホミ・バーバの擬態論を補遺する

二〇〇七年四月一日、わたしはアジャンタ石窟を見下ろす展望台に立っていた。乾期で渓谷に水はほとんどない。しかし渓谷の東端にはわずかに水の流れる滝がある。雨期にはアジャンタの台地を流れ下る水が滔々と渦を巻いているにちがいない。渓谷の上には灌木がわずかに生えている。茶褐色のデカン高原のテーブル山地を連ねた大地が樹木の背後に一望できる。一八一九年四月、ここにひとりのイギリス軍人が虎を追ってやって来た。彼は東インド会社のマドラス騎兵隊のジョン・スミス中佐だった。数名の部下の隊員と（たぶんインド人の勢子を連れて）虎狩りを楽しんでいた。彼がここにきたのは乾期の四月二十八日だ。気温は四十二度ある。緑が燃えるように茂る雨期では虎は追えなかったろう。スミス中佐が追っていた虎は渓谷の対岸の茂みに消えた。そこで、いったん渓谷に降りてから対岸に上ってみると、虎が逃げ込んだ洞窟があった。それが現在のアジャンタの第十窟である。その壁面には、まだ判読できるジョン・スミスのサインが残っている。当時は、崖の全面を樹木や草が覆っていたにちがいない。千年以上も忘れられていた石窟で、地元のインド人も虎を恐れて近づかなかったと言われている。わたしは額の汗を拭って、およそ一九〇年前に虎の消えた向こう岸をもう一度スミス中佐の目で眺めた。

イギリスはクリケット、テニス、競馬など多種のスポーツをインドに持ち込んだが、特にハンティングはイギリス人の趣味となり、彼らは猪を馬で追って槍で突く狩りを楽しんだ。戦時以外は無聊の日々を送っていたイギリスの兵士には狩りは最高の暇潰しでもあった。中でも虎は彼らの熱狂的ハンティングの対象だったが、スミス中佐のアジャンタでの虎狩りからわずか十四年後に別の軍人は「農地の拡大とイギリス人の狩猟熱がほとんど虎を絶滅させかけている」と書き留めている。インドを訪れたイギリスの王族や総督も虎狩りをするのが習わしで、仕留めた虎の死骸を前にして得意満面で写真におさまっているカーゾン総督（George Nathaniel Curzon 一八五九―一九二五）の姿は、インドの支配者の象徴である。数百もの虎の皮を木の桁から吊して乾燥させている写真もある。絶滅に近い状態に虎を追い込んだイギリス人が世界遺産として残ったインド美術の至宝、アジャンタ石窟を発見したというのも歴史の皮肉というものだ。

挿絵入り新聞のパンチには「イギリス領インドへのロシアの脅威」と題した挿絵がある。真ん中にブリタニアが槍を手に勇ましい姿で前方を睨むように立っている。彼女の左手にいるライオンは言うまでもなくイギリスを表し、右側の虎はインドを表している。彼らが注視する前方には熊（ロシア）がいるにちがいない。イギリスでいつから虎がインドを表象するようになったのか、定かではないが、虎の皮を敷き物にする贅沢は相当昔にさかのぼるアングロ・インディアンの風習だった。キプリングも『ジャングル・ブック』に虎のシーア・カーンをマウグリの敵として登場させている。マウグリのジャングル支配に敵対するインドの抵抗の象徴がシーア・カーンと解釈できる。ニコラス・コートニーは『虎――自由のシンボル』で「インドからイギリスに還流した虎の物語は興奮を呼ぶものであると当時に、例外なく虎を敵対視した……それ以降、虎は悪魔や邪悪の体現者として嫌悪されるのが一般的となった」と書いている。そのような敵対者＝悪者としての虎のイメージの定着の証拠は、一七九九年の第四次マイソール戦勝を記念してイギリスが作ったメダルに、虎（ティプー・スルタン）を打ち倒すライオン（英国の国章）の図が描かれていることに見られる。それが後年の『ジャングル・ブック』にも現れる虎＝敵対者のイメージの元祖であろう。

二〇〇七年三月二十七日、わたしはティプーが戦死したセリンガパタムにある彼の離宮を訪れた。左右対称のヨーロッパ風の庭園の中に緑の瀟洒な木造建築がある。インドの混沌とした風景の中に一部分切り取ったようにヨーロッパが出現した観がある。離宮にはティプーの衣装やその他の遺品、武器、戦闘の様子を描いた絵が展示されている。彼がフランスの援助を得て開発したというロケットがあると聞いて、期待していたが、思ったよりもずっと小さな鉄の筒のようなものであった。説明書きにはイギリスは彼の遺児の王子たちを厚く遇してイギリスへ送ったと書かれている。しかしインターネットの情報によれば、十二名の王子はカルカッタの牢獄に入れられたとある。現在、彼らの貧窮している子孫が祖先の遺産相続の権利を主張しているらしい。またヨーロッパに渡った子孫のうち、ヌール・イナヤット・カーンという女性はフランスで情報活動をしてナチスの犠牲になったという。

一七五七年のプラッシーでの勝利の後、他のヨーロッパ諸国の勢力をインドから駆逐して一国支配を実現しようとしていたイギリスにとって、対抗する現地の勢力は、パンジャーブのシク教徒、西のマラータ同盟、南のマイソールだった。イギリスは一八世紀末から一九世紀にかけてこれら対抗勢力に数次の戦争を仕掛けて征服していった。当時マイソールはウォディヤール家の支配下にあったが、将軍のハイダル・アリ（Haider Ali 一七二二–八二）が実権を握っていた。その息子のティプーは父の死後に自ら国王に即位して対イギリス戦争を続けた。本国がナポレオンの脅威に戦々恐々としていたイギリスは彼を恐れた。植民地インドまでもがフランスの脅威にさらされるのではないかという不安があったのだ。イギリスは巧みにマラータ諸侯やニザーム政権を籠絡して、マイソールに戦争を仕掛けた。ティプーはフランスの援助を仰ぎ、その技術の導入に意を注いだ。だが先に述べたように、一七九九年の戦争で奮闘空しく戦死した。彼は当時のインドにあって世界的視野と教養をそなえた希有な人物だった。現在でもティプーはマラータ同盟の英雄シヴァージーとならんでインドの英雄として扱われている。第二次マイソール戦争でティプーと戦ったイギリス軍の将軍にスコットランド出身のヘクター・マンロー（Sir Hector Munro 一七二六–一八〇五）がいる。一七九二年に彼の息子のヒュー・マンローは、フーグリ河口のサーガル島で鹿狩りをしている時にベンガル虎に襲われて死んだ。ティプーは王座にも兵服にも武器にも宮殿の装飾にも虎のエンブレムを用いていた。彼はヒュー・マンローの悲劇を聞いて、虎に喉笛を噛まれるイギリス兵のオルガン仕掛けの人形をつくった。クランクを回すと人の悲鳴と虎の唸り声が聞こえる仕組みになっている。ティプーのイギリスへの意趣返しである。この自動人形《オートマトン》は現在、ロンドンのV&A博物館に展示されている。反抗的インド=虎という意味の連鎖がイギリスに定着したのはマイソール戦争以降だと思われる。

虎は有史以前からインドの固有種であるが、ムガル王朝までは表舞台には登場していない。インドの古典文学では虎ではなくライオンが主役であったが、虎は一六世紀以降、ムガルの王たちの狩りの対象となった。象を使う彼らのおおがかりな虎狩りの様子が細密画にも描かれている。一八世紀になるとヒンドゥーのラージプートたちもムガルの王たちのまねをして虎狩りをするようになった。神話や宗教の世界では、ベンガルの低地帯で虎は神として崇拝されている。シヴァ神は虎の皮を纏うか、敷き物にし、ドゥルガー女神は虎に乗っている。また村の守り神としての祖霊女神が虎に乗る石像がグジャラート州に見られる。蛇は人の命を奪うが、同時に豊穣をもたらす神として崇められるが、虎も同じだ。サタジット・ムーケルジーによれば、インド人は家畜とも野獣ともうまく共存してきたし、虎を自分たちの環境の一部と見なしてきた。インドのヒンドゥーや仏教には輪廻転生という考えがあるから、人間と虎は輪廻の中では区別はないし、そもそも人と動物の間に生死において区別はない。東洋の宗教では「わたしは何者であるか」という問いに対して「わたしは前世において虎であった」という答えもあり得る。虎が語る虎の半生記であるナラヤンの『マルグディに来た虎』の世界も中島敦の『山月記』の虎も我々にはなじみやすい。イギリス人は虎を単にインドの野生動物のひとつ、狩りの対象としてとらえ、狩りの獲物を「ビッグ・ゲーム」というが、ゲームには駆け引き、競技、娯楽という意味もあり、彼らにとっては生き物というよりも銃の的にすぎない。

虎とビール族という山岳部族とイギリスの若い軍人が登場するキプリングの短編に「先祖の墓」がある。粗筋はこうである。イギリスのデヴォン州の出身であるジョン・チンの家系は、何世代にもわたってインドで軍人（僻地では行政官もかねている）としてすごした。チン家のインド勤務の初代であるハンフリー・チンは一七九九年のセリンガパタムの戦いに参加して、マイソールの虎と言われたティプー・スルタンと戦っている。その子孫であるジョン・チンはインドで生まれた。彼の父親はインド大反乱に参加しているので、ジョンは一八六〇年前後に生まれたと推定できる。十五年間のイギリスでの教育を終えてジョンはインドに戻った（このあたりはキプリング自身の経歴に似ている）。下士官として帰ってきたジョンを歓待したのは、ジョンの父親の代からチン家に仕えてきたグプタというビール族の老人であった。ビール族はジョンが祖父の生まれ変わりであると信じている。その証拠にジョンはチン家の遺伝である痣を持っていた。ビール族は、彼らに「法と正義」を教えたジョンの祖父を畏怖していた。一方、彼らはジョンの祖父の亡霊が、彼らの原住地であるサトプラ山地のジャングルにある自分の墓の近くに虎に乗って出没することに恐れをなしていた。祖父の生まれ変わりであるジョンも同時に「彼らの土地の守護霊のごとく崇められる」。ジョンは彼らの迷信と自分への崇拝の念を利用して、彼らに天然痘のワクチンの接種を試みる。ビール族はワクチンの接種を非常に恐れ、反乱を計画していたが、ジョンがひとりで墓の近くに棲む虎を仕留め、祖父の亡霊を鎮めると、おとなしくジョンの命令にしたがい、接種を競って受けるようになった。しかもワクチンの接種をしに来たヒンドゥーの医務官はビール族に襲われて逃亡してしまったので、ジョンみずから刀のようなメスを振るって彼らに接種する……という話である。虎（インド）を乗りこなしてジャングルを彷徨するジョンの祖父の亡霊は、言うまでもなく支配者の魂の具現である。インドでの長年の勤務の経験を持つ作家のフィリップ・メイスンは、作品に出てくるジョンの祖父の墓碑銘とほとんど同じ墓碑を発見した。それは一八世紀末に、略奪や殺戮を繰り返していたチョータ・ナーグプルの山岳部族に農業の方法や商売を教えて開化したオーガスタス・クリーヴランドという治安判事の墓碑銘である。彼は死後、地方神として祀られているとメイスンは報告している。ここで思い出すのは『インドへの道』のミセス・ムアである。彼女が去った後にチャンドラポアの村人は彼女の祠をつくって、捧げ物をしている。インドでは、人々がありがたいと思うもの、崇拝するもの、畏怖するものはたちまち神格化される。メイスンは村の寺院の壁にトップハットを被ったイギリス人の絵が、クリシュナやハヌマーンと並んで描かれているとも報告している。素朴なインドの村人の目には、イギリス人は数多く見られるインド内の異民族の一種に見えた……つまりポストコロニアルの時代の区分である「イギリス人＝支配者」と「インド人＝被支配者」という視点はインド人全員が共有していたものではないと言うことができる。次に何世代にもわたってインドに勤務してきた家系についてメイスンが調べた結果、ウトラム家の存在が分かった。初代のジェイムズ・ウトラム(一八〇三―六三)はビール族の歩兵連隊をつくり上げた人物である。彼は豹と素手で戦い、騎士の鑑とされていた。キプリングはこれらのインドに縁のある家系をモデルにしている。この「先祖の墓」の冒頭で「大海原を列をなして渡るイルカのように何世代にもわたってインドに奉仕してきた」家系として挙げられているブラウデンとリヴェット＝カーナックの血筋を引くアングロ・インディアンとキプリング一家は知り合いだった。キプリングがインドを文明化しようとして命を懸けて働いたアングロ・インディアンの武勇を顕彰するためにこの短編を書いたことは間違いない。ジョンがビール族に崇拝される起因のひとつは、加藤清正のように虎にひとりで立ち向かって仕留めるその勇気である。あまりにもカッコよすぎる！というのがわたしの率直な感想である。祖父の代からインドの統治者としての素質と資格に恵まれた家系の若者が、虎を仕留めることによって、迷信深いビール族に天然痘のワクチンを接種することに成功する。それだけでもなんだが教訓臭い。しかもジョンの忠実な下僕である(キプリングは白人の幼児を神様扱いしてくれるインド人の召使が大好きだ)「グプタが心底願っているのは、ジョンが早く結婚して、その神秘な力を息子に継ぐことである。チン家の血筋が絶えたなら、小柄なビール族たちは歯止めが無くなって、サトプラの山に再び紛争が生まれるだろうから」と物語は締めくくられる。おそらく現代の読者の大半は「いい気なものだ！インド支配を正当化するために優秀なイギリス人の血筋を持ち出す、帝国主義イデオロギーの宣伝者キプリングめ！と思うにちがいない。だがこう言って切り捨てる前にもう一歩、ジョン・チンとビール族と虎の世界に踏み込んでみよう。というのは、ベリアッパも指摘するように、一九世紀のインド支配の現実を書いているのがこの作品だからである。

この短編を例にして、イギリスの帝国主義に見られる「騎士道精神、高貴さ、勇気」などを支えた(他のヨーロッパ諸国では消滅した)もうひとつのイギリスの伝統にハナ・アーレントは『全体主義の起源』で言及している。「それは竜退治の伝統とでも名づけたくなるような伝統である。恐れを知らぬ天晴《あっぱ》れな騎士が竜との戦いに打ち勝つべく遠い御伽の国へと意気揚々と出かけていくという物語は、イギリスでは学校のお話や子供の夢枕にはまだ現れていたのである」。その具体例としてアーレントは「先祖の墓」を紹介している。そこには「帝国主義の公式の歴史にばかり捉われている人々が想像する以上の真実が潜んでいる」からである。アーレントによれば、ジョンのような少年の夢を持ち続けることのできる、血統書付きの冒険家=騎士に、インドは最高の「竜退治の御伽の国」を提供してくれる。

帝国主義時代のイギリスからこの作品を見る視点は、アーレントの論考が意を尽くしているので、彼女の視点とずれた観点から、論じてみたい。まず主人公のジョン・チン(John Chinn)という名前に注目しよう。まずジョンというのは東インド会社の俗称である。インドでは、東インド会社は通称ジョン・カンパニーと呼ばれていた。キプリングはジョン・チンの武勇伝を、ICSの官僚組織によるインド統治が始まる一八五八年以前の、個人の冒険が許されたインドに結びつけたかったと考えられる。次にチンという姓はイギリスにはない。作品中、「インド中央にはビール族、メーア族、チン族が住んでいる。彼らはいずれもそっくりで見分けがつかない」、「チン家の者は、痩せて背が低く、色黒であった」とある。チン族というのはビルマとインドにまたがる山地に住むモンゴロイド系の山岳部族の名でもある。ジョンがビール族の間で活躍するのと同じ時代に彼らはイギリスの支配下に入った。キプリング自身、実はその体躯と容貌からモンゴロイドの血が入っているのではないかと噂された時代があった。インドの山岳部族と紛らわしいジョン・チンという命名には、キプリングのインドへの思い入れがある。チン家のように半分土着化したアングロ・インディアンの家系は、インドの新参の部族と見なされている。イギリス人だが、インド人の風習や言語を理解し、容貌もインド人と紛らわしいキャラクターの想像はキプリングの得意とするところで、その典型が、インドの少年と見分けがつかないアイルランド人の血を引くキムである。彼らは境界に生きる両生類のような人間として設定されている。つまりジョンは自分が教化しようとしているビール族と見分けがつかない身体と容貌を持っている。キプリングが理想としたアングロ・インディアンとは、イギリスとインドのどちらの文化にも往来できる両生類的人間である。したがってジョンを単純にイギリス人と見なすことはできない。彼はアングロ・インディアンという別のカテゴリーで理解されるべきだ。キプリングの理想とするアングロ・インディアンは、インドの部族民の中に落ち込んでしまってはならない。'go native' してはならない。理念的には植民地主義は文明化の使命に基づいている。言い換えると「差異の法則」に基づいている。被支配者は支配者と様々な次元で同一ないし同等であってはならない。どうしても前者は後者に劣っている、野蛮である必要がある。したがってインド人と同じ地平に落ちてしまったイギリス人ないしアングロ・インディアンは文明化の使命を放棄したことになる。彼らは文明圏に属する選ばれた人種である。その証拠は白い肌である。白い肌は尊称のサーヒブと呼ばれる第一の資格なのだ。しかしなかばインド化したアングロ・インディアンの典型であるジョンは色黒だが、その代わり彼には先祖伝来の生まれつきの「マーク＝痣」が与えられている。この痣は、滅私の精神でインドに奉仕してきたチン家の男たちの誇りであり、「白人の責務」を果たした者たちの印だ。これにはビール族にも認知されるキプリング親子の姿が重なって見えないだろうか。ここで思い出すのはジョージ・オーウェルの『ビルマの日々』の主人公フローリーの痣が外の世界から隠すべき汚点であることだ。キプリングのインド統治に対する矜持とオーウェルのビルマ統治に対する罪悪感の相違をもっともよく対比できるのは、この痣なのである。

ジョン・チンの名前、身体、生活は極めてビール族に近いが、完全にビール族と同じ地平に立っているわけではない。ジョンが祖先から受け継いだ「ビール族と違うが同じ／同じだが違う」という擬態は、ホミ・バーバの言う抵抗戦略としてインド人が白人をまねる擬態と反対の力学を持っている。擬態としてのインド人が支配者であるイギリス人を模倣することによって英国性を脅かすというバーバの擬態論は、キプリングの語り手や登場人物にあてはめることができる。彼らはジョンのようにビール族を模倣することによってビール族の不安を解消し、統治と近代化に成功するのである。ポストコロニアル批評家は、統治者も擬態を帯びるということを忘れている。統治者の擬態はキムの雑種性と共通点を持っている。T・

B・マコーレーのインド人の英語教育のための一八三五年の提言「血と肌の色はインド人だが、嗜好、意見、道徳、知性の点ではイギリス人である階層をつくる」を応用すれば、「肌の色と血はイギリスあるいはアイルランド人だが、嗜好、意見、道徳、知性の点ではかぎりなくインド人に近い立場にいる」キムのような存在は、イギリスのインド統治に最適ということである。

*

次にインドの山岳部族について補足する。本書の「インドの西部劇」の章で「武人種族」について述べるが、ここでは「ヒル・トライブ(hill tribe)=山岳部族」と言われるインドの部族について触れておきたい。彼らはしばしば「犯罪者部族」とも規定されていた。イギリスがインド支配において、インド社会を規定する基本的属性と見なしたのはカーストである。しかし彼らの想定したカーストの枠にどうしても収まらない集団に遭遇した。一例はタグ(Thag)のような犯罪者集団であった。カーストを「生まれ」と「職業」つまりジャーティ(jati)と同一視したイギリス側は、彼らに服《まつろ》わぬ犯罪者集団を「生まれながらの犯罪者集団」と決めつけた。インドの山岳部に住む多数の部族はサンタル族のようにしばしば反乱を起こした。しかし反乱というのはイギリス側の視点であって、ヒンドゥーに土地を奪われた彼らから見れば、反乱ではなくて正義の戦いである。日本でのアイヌの立場を考えれば分かる。部族問題はインドの困難で複雑な内政問題であり、ここではむろんビール族(「ビール」とはドラヴィダ語で「弓」の意味)に限定して続ける。「先祖の墓」に登場するビール族のように、部族の者たちは平地の村でしばしば略奪行為を行なった。イギリス政府は彼らの多くを一八七一年の法律によって「クリミナル・トライブ」と規定した。インド局〔Permanent Under-Secretary of State India Office 一八五八—一九四七、ロンドンのインド統治機関〕の税務長官であったT・W・ホルダーネスの『インドの諸民族とその問題』(一九一二)によれば、北インドを支配したラージプート族はアーリア人の典型である(この時代の人種の分類はおそらく現在は間違いとされている)。彼らは支配カーストであり、少数集団である。彼らにとって農耕、その他の労働に従事することは恥なのだ。農業と商工業はドラヴィダ人とその混血子孫が行なっている。さらにその下に位置づけられ、山地やジャングルに住むビール族が純粋のドラヴィダ人である。続いてホルダーネスが紹介している、インド北西州副総督であったアルフレッド・ライアル(一八三五—一九一一)の『アジア研究』の中のビール族についての報告によれば、ビール族は最近、ヒンドゥーの村を襲って、ブラーフマンたちを殺し、牛を略奪した。逮捕されて尋問を受けたビール族の族長は「牛は焼いてその場で食べた。人を殺して血を流したことには血で償う」と答えたという。この点からもビール族はヒンドゥー社会の埒外に存在する最古のドラヴィダ系の血筋の部族だと推定できる。ライアルの報告と「先祖の墓」のビール族についての記述は酷似しているので、キプリングがライアルの『アジア研究』を参照した可能性は大きい。

ここであらためて「先祖の墓」のビール族についての記述を確認してみよう。まず語り手はビール族のヒンドゥー社会に対する犯罪行為・略奪は、彼らが被ってきた長年の抑圧と虐殺のせいだと認め、次に彼らの歴史はアーリア人の侵入以前にさかのぼるインドのもっとも古い原住民《アーディヴァーシー》にあると認めてもいる。伊藤武の『語るインド』によれば、ヴィンディア山地では新石器時代の岩壁絵が残されており、これは狩猟に生きるビール族の祖先の作品ではないかと見られている。ビール族の最古の土着性を尊重するラージプートの王たちも、即位に当たって儀式的にビール人の血を額に塗ってもらう。初代のジョン・チンがつくったビール族歩兵連隊はインド大反乱の時にイギリスに味方した。平地に下りて低カーストのヒンドゥーになったビール族もいるが、サトプラ山地に籠ったままの未開のビール人もいた。彼らは時に平地に降りて略奪を行なった。二代目のジョンがやってきたのは、このような状況下である。イギリス人の目には「ジャングルに棲む虎」のように野蛮に見えたビール人を教化することこそ、ジョンの使命であり、血筋が命じることだった。ジョンはイギリスから戻ってインドの兵舎に着いた時、忘れていたはずのビール語が口から無意識に漏れていた。色が黒くて痩せているビール人にそっくりのジョンは、インドの二匹の虎を相手にする。第一に本物の虎を。次にビール族という人間の虎を手懐けなければならない。それにはチン家の血筋の神格化と現実的な行動力と勇気がものをいう。可能なかぎり原住民に溶け込んで交わることは重要である。ジョンは動物の虎を仕留めた祝いの宴会で麻薬入りの酒を飲み干す。ここにもキプリング自身の体験が反映している。キプリングのインド人への接近はジョンのそれと類似しているのだ。「ネズミを食べる低カースト」の彼らと食事を共にする勇気が必要なのだ。しかしジョンは一線を越えて、彼らと完全に同一化することはない。なぜならジョンは彼らにワクチンを接種して彼らの文明の発展を促進する使命を帯びた支配民族に属するからである。ワクチンの接種に失敗して逃げ出したヒンドゥーの医務官は、けっしてインドの支配者にはなれないのだというメッセージがここにはある。ジョンは麻薬の入った酒を飲んで現地の女と寝る「現地化した」マッキントッシュではない。ジョンは生きながらにしてビール族の神格化された王となった希有な事例である（神格化された王になることに失敗する「王を気取る男」とは対照的だ）。ここには、アングロ・インディアンのインドでの夢が反映されている。しかしビール族の近代化という大義名分は、本当はキプリングにとってどうでもいいことなのだ。彼は時代の好みに合わせてインド統治の理念を利用し、イギリス人読者にサービスしたのである。もっと注目すべき点は、「先祖の墓」のジョン・チンが太古のインド原住民族の擬態を身につけて、インド人とゲームを楽しんでいることである。そこにはキムと共通する「世界の友だち」の擬態の姿が見える。

インドの軽井沢　シムラ

英領インドの夏の政庁

ヒマラヤ山麓のトレッキングを楽しむ人を除いて、インド旅行者もめったに行かないのがシムラである。デリーから見てほぼ北方に位置するカシミールの手前にあるインドの山岳地帯の州、ヒマチャル・プラデシュの州都である、と言ってもなかなか分かってもらえないだろう。デリーから急行列車に三時間乗るとチャンディーガル〔ハリヤナ州の州都〕の駅に着く。そこから車でつづら折りの山道を四、五時間行くか、あるいはカルカから狭軌の山岳鉄道で七時間行くと標高二二〇〇メートルのシムラの町に着く。シムラは遠くチベットに続く山道の、ある峰のひとつに広がった町である。晴れた日には遠く雪を頂くヒマラヤの峰々が望める。冬季には一、二メートルの雪も降る。自然はすばらしい。わたしが行った三月の末にはシャクナゲの巨樹が森を赤く染めていた。日本では忘れかけられているイギリスの作家、ラドヤード・キプリングがほぼ百年前に若き新聞記者としてここで休暇をすごした時に、ガイドとロバを雇ってチベットへと通じる山道を十日間トレッキングした記録を読むと、シムラの奥の山岳がインドの桃源郷のように思えてくる。

インド統治時代にイギリスがつくった避暑地ヒル・ステーションは八十近くあると言われている。主にインドの熱暑と、コレラ、チフス、ペスト、マラリアなどの風土病を逃れるのが目的でつくられた。なかでももっとも標高が低いのはボンベイの東五〇マイルに位置するマセランで七〇〇メートル、高尾山より少し高いくらいである。しかしイギリス人が好んだのは二〇〇〇メートル以上の高地だった。気温が低いのとマラリア蚊がいないことによる。もっとも好まれたのはヒマラヤ山の支脈であった。利用するヒル・ステーションは職種や階層によってそれぞれ異なっていた。シムラのように政府関係者や軍人たちの集まる町もあれば宣教師専用、鉄道員専用のヒル・ステーションもあった。言うまでもなくインド軍の病傷兵のサナトリウムもつくられた。しかしインドで初めてつくられたシムラは次第に避暑地としての性格を変貌させてゆく。一八八八年にスコットランド人の宣教師によって開かれた軽井沢がその後も西洋文化の香りのする避暑地のままとどまったのに対して、シムラはイギリス文化の香りのする避暑地とインド統治の中心地を兼ねることとなった。ネパールとの戦争に勝利しインド北方の防衛を固めたイギリスは現在のヒマチャル・プラデシュ州辺りの山岳部を支配下に治めた。シムラはその偵察に活躍したボス中尉が一八一九年に小屋を建てたことに始まり、その後、一八二〇年代にサナトリウムができる。シムラが脚光を浴びるのはインド大反乱(一八五七—五九)以降である。そしてジョン・ロレンスがインド総督だった一八六四年からインド独立までの一九四七年まで、正式に夏期の政庁となった。総督一行は毎年、江戸時代の参勤交替の大名行列よろしく、三月の末にカルカッタを出発して五日かけてシムラに到着した。酷暑期の平野部を見下ろす涼しい高地のシムラは別名「エアリー」(鷹の巣)と呼ばれた。インド統治機構の頂点に立つインド総督は平野部に生活する三億のインドの民を支配しただけでなく、アジア、アフリカを睥睨する高みから、遠く東アフリカやビルマのパクス・ブリタニカにも目を光らせた。彼らは自称および他称「天上人」(Heaven-born)と呼ばれていたのである。

わたしがデリーを午前八時に出発し、シムラに近づいたのは午後の四時過ぎ、すでに山岳道路は雨雲に覆われ始めていた。一五〇年の歴史があるというホテル、オベロイ・クラークスに到着した時は、雨足が激しくなっていた。その日は見物を諦めて、インド総督の賓客たちを泊めたと言われるそのホテルの、英国式の大きなバスタブや暖炉のある部屋でくつろいだ。デリーでは三十五度を超えていた気温は十二度に下がっていた。ホテルの窓から眺めるかぎり、煙霧、涼しさ、湖水地方を想わせる山岳風景は、イギリス人の本国への郷愁を満たす条件をそろえているように思えた。明けた翌日は快晴であった。やや下がった位置にあるホテルから見上げるシムラの町は峰の急斜面に広がる、たたなづく家並みであった。ヒマラヤ杉とインド松の広がりの中にイギリス風の建物やスイス風の山荘が点在している。峰の頂上部にはリッジ(ridge)と呼ばれるわずかな平地があり、そこを東西に貫くようにモールと名づけられた主要道路が走っている。そこは教会や郵便局、タウン・ホールなどが連なる中心地である。キプリングが参加したフリーメイソン・ロッジも残っている。およそ東に二キロ離れた別の峰の上には一八八六年にダファリン総督がつくった総督邸がそびえている（後にガンジーやマウントバッテン総督［在位一九四七―四八］のインド・パキスタン分離独立の是非を巡る話し合いもここで行われた）。なるほど「天上人」に相応しい雲の上の「鷹の巣」である。総督邸では毎夜のごとくダンスや音楽会、劇などの催し物があった（総督邸は三百人の召使、百人の料理人を抱えていたと言われる）。イギリスには本物の貴族（?）階級がいて、インドへ赴任する者たちを蔑視していた。しかしインドでは、総督と幕僚と高級官僚が貴族階級の代用となっていた。そしてシムラは役人と軍人にとって社交と出世競争の駆け引きの舞台ともなった。

インド大反乱の時代も遠のき、一八七七年のヴィクトリア女王のインド皇帝宣言、一八八一年の第二次アフガン戦争終結、一八八六年の英領インドへのビルマ併合と続き、一八八五年のインド国民会議第一回開催や時たま起こる大飢饉などに目をつぶれば、イギリスのインド統治が永遠に続くかのような「わが世の春」の感覚が浸透していた。キプリングの『キム』にも少年期の冒険と対ロシア諜報合戦を楽しむオプティミズムが見られるように、ここシムラにも、パクス・ブリタニカが二十年続いたのである。

一八七〇年頃には在印イギリス人読者を当て込んで新聞（『軍民ガゼット』）もシムラで発刊され、後にラホールに移転するとキプリングも雇われることになる。彼が休暇をもらってシムラにやってきたのは一八八三年、十八歳の時である。彼は早熟の秀才であった。イギリス人のクラブに出入りしてゴシップを収集し、またバザールに入り込んでインド人社会を観察した(キプリングはヒンドゥースターニー語を解した)。

シムラの町の構造は厳格な棲み分けのシステムを持っていた。インド統治の上流階級の西洋風豪邸は峰の頂上を占め、その下にキプリングが借りたような借家やホテルや下層役人の住居が位置する。さらにその下にはインド人のバザールが広がっていた。総督以下の官僚は基本的にインド下層民とは接触しないという社会構造が地形にも現れていた。キプリングのようにインド人と親しく話し込むような風景は希有だった。キプリングのその成果は彼が新聞の埋め草として書き、後にその多くが『高原平話集』に収められた短編群である(邦題は誤解を呼ぶかもしれないので少し解説しよう。原題は **Plain Tales from the Hills** である。**Plain** は掛け言葉で「平易な」と言う意味と「インド大平原」の両義を持っている。**Hills** は言うまでもなくシムラのようなヒル・ステーションである。したがってこの短編集の作品はシムラの社交界だけをテーマにしているわけではない)。この中のいくつかの短編でキプリングはシムラという閉じられた異空間で展開した社交界のスキャンダルや自殺を書いている。『キム』は圧倒的に男の世界を描いているが、シムラのようなヒル・ステーションでは、インド平原とは男女比が逆転する。職務から離れられない夫を置いて、妻だけが酷暑を逃れるためにシムラに集まるからである。シムラが不倫と浮気と飲酒とギャンブルの世界でもあったことをキプリングの短編は教えてくれる。

最後に空間的、時間的に距離をおいてシムラを眺めてみよう。総督邸はいまではインド高等研究院として使われている。そこの研究員であるパメラ・カンワールの『帝国時代のシムラ——英領インドの政治的文化』（一九九〇）を読むと、シムラのイギリス人社会を底辺で支えていたバザールのインド人たちや周辺の山岳民たちの意識が分かる。例えばインドでのイギリス人の熱狂的趣味のひとつに狩り（シカール）があった。総督一行が近隣の山岳に狩りに出かける時は、山岳民が勢子として無給強制労働に徴用され、このことが誘発したインド人の反乱もあった。またシムラに避暑に出かけたのはイギリス人だけではなかった。西洋各国大使、藩王国の貴顕も総督に随行した。さらに二〇世紀に入ると、裕福なインド人が避暑地として利用したこともクシュワント・シンの小説『ナイチンゲールを聴くことはないだろう』には書かれている。さらに一九〇八年に軍人の娘としてシムラで生まれたM・M・ケイの自伝を読むと、子供たちのシムラには人種による差別も言葉の壁もない自由な楽園が存在していたことも分かる（第I部に登場するモリーは、幼い頃の彼女がモデルになっている）。『キム』の世界もその点は同様である。キムやモリーの楽園にはラングール猿も熊も鹿も顔をのぞかせている。

一九二一年、ガンジーが来訪した時には、近隣の山岳民たちも彼をひと目見ようと大勢押しかけてきた。シムラも変化の兆しを見せ始めていたのである。現在のシムラはむろんインドの人々であふれている。彼らはインドの軽井沢として避暑に来るのだ。一九四七年にインド人の町となってからは、店の窓ガラスは汚れ、塵芥は山の斜面に投げ捨てられているとジャン・モリスは書き留めている。わたしもそれらの塵芥を目にしたが、それは平原で見た都市風景も同様であったし、驚きはなかった。キプリングの短編に登場するイギリス女性は嘆く。「わたしたちは山の中腹の塵芥のようなものね……。今日はここにいても明日には崖を風に吹き飛ばされてゆく身の上……」。彼らイギリス人には永住の決意はなかった。インドを母国と感じたのは、インドに生まれて、子供時代をすごしたキプリングやM・M・ケイのような少数の人たちだった。

ヒンドゥー恐怖

「モロウビー・ジュークスの不思議な旅」について

インドを旅行していると否応なくいくつものヒンドゥー寺院を訪れることになる。寺院を見ればヒンドゥー教が分かるというわけではないのは、言うまでもないが、少なくともヒンドゥー文化のエッセンスが凝縮した場であることには異論はないだろう。バンガロール〔インド南西部カルナータカの州都〕のブル寺院は黒い聖牛の石像が有名だが、寺院の塔門《ゴプラ》の前に大きなニームの樹があり、その根方に日本の道祖神ほどの大きさの、石に彫られたコブラの像がある。一匹だけ地面から舞い立ち上がるように彫られたのもあるし、数匹が絡み合う文様をなしているのもある。コブラを恐れ神格化した土俗的な宗教の雰囲気を感じる。高位神であるシヴァ神やヴィシュヌ神もコブラを身に纏ったり、コブラの寝床に横たわっている。さらにはカジュラーホの寺院からほど近くの村に祀られていたパールヴァティ女神の小さな石像を思い出す。全身が濡れていて赤い粉のようなものがあちこちに塗りつけられている。貧しい村人の祈りが何度も塗り込められているような印象を受ける。島岩《しまいわお》氏は「ヒンドゥー教寺院建築の伝統と特質」で書いている。「ヒンドゥー教徒は通常、四つの守神を持っている。すなわち、村の守り神、一族の守り神、家の守り神、自分の守り神とである。このうち自分で選べる自分の守り神は、ヴィシュヌ、シヴァから女神までさまざまだが、その他の三つのほとんどは女神である。それも全インド的に有名なものは少なく、各土地土地の女神が多い。つまり各土地土地の女神が、その力《シャクティ》で、村と一族と家を守ってくれると言うわけなのだが、なかでもその基本となるのが村の守り神としての女神である」。こうしたローカルで現世利益的な女神が一神教の神より劣るのか、そのような根本的な問いに答えるのは困難である。しかし日々の生活から神(々)が失踪してしまった今日の日本や欧米社会と比較して、インドの村では土俗的信仰がまだ生きていることだけは確かである。二〇〇七年の三月に、シヴァ神を祠るハーレビードのホイサラ朝の寺院を訪れた時、本殿にはリンガが鎮座していた。光が届かない胎内の最奥部に入り込んでいるような気分になる。リンガは通常は女性性器《ヨーニ》から突き出たものが多い。本殿の内部からドーム天井を見上げると、装飾彫像がびっしり埋めつくす薔薇窓のような円形の真ん中に男根状の心棒《リンガ》が下に向かって突き出ている。天空を突き破っているシヴァのリンガのようにも見える。見方を変えれば、このような状態のリンガが見られるのは女体の内側からであるから、わたしは母胎の中にいるわけだ。男性原理と女性原理が合一して生み出されるのは命であり、それは宇宙の創造の原理のシンボルでもある。性を抑圧し排斥してしまったキリスト教会では考えられない建築構造である。インドの乳海攪拌や日本の国産みのように男女の性の交わりに世界の誕生の契機を見出す神話を持つ宗教と、男性神ひとりが世界創造を行なう神話を持つキリスト教やユダヤ教との比較も無視するわけにはいかない。また性の問題と絡んで、ヒンドゥー寺院が抱える売春婦を兼ねた踊り子《デヴァーダーシー》の存在も忘れるわけには参らない。寺院のブラーフマンたちが不可触民の少女を神への捧げ物として囲い、性の対象としている悪習は今日も続いている。ヒンドゥー文化という言葉にはこのようなインド特有の制度も含まれている。

南インドのヒンドゥー教寺院やその塔門は、神話の神々や動物、王族の戦いや村人の生活風俗などを描いた、驚くべき精巧な彫刻が全面を覆っている。世界と宇宙の生命活動のすべてが一カ所に凝集したような、豊穣そのものの彫刻である。これらの彫刻には、西洋美術では説明できないコスモロジカルな側面がある。

「石造建築でさえ、それはおびただしい数の彫刻の積み上げによっており、しかもその全体のプロフィールも彫刻的なマッスである。内部の壁面に壁画が描かれても、それもまた建築の一部にすぎない。ここに、従来の美術史にいう、彫刻、建築、絵画、工芸の差は解体され、あるいは美《シルパ》というインド的世界に収斂・統合されることになる」。小西正捷氏のこのような解説を読むと、ロックウッド・キプリングは、ボンベイで建築教育に携わった時、自分が教えたインド人の生徒たちがこのような伝統の中で生まれたことを理解していたであろうことを確信する。彼が教えた建築彫刻にしても、インドではそれだけが独立していたのではなく、ヒンドゥー寺院と一体であってみれば、西洋の技術だけを教えても、おかしなことになるはずである。このことについては本書の「ボンベイとキプリング父子」の章で詳しく論じることにする。

＊

在インド英国人、通称アングロ・インディアン一般がインド人をどのように見て、どのように評価したかについての見聞録がチャールズ・アレンの『英領インドの平和集』(一九七五)である。「イギリス人はムスリム文化もヒンドゥー文化も評価しなかった。一九世紀の福音主義が、インドの美術の広範な研究を妨げた。特に宗教と結びついたヒンドゥー美術にはアングロ・インディアンは激しい嫌悪を覚えた」とアレンは書く。二〇世紀初期に南インドの寺院を案内された福音派宣教団のロザリー・ロバーツは「そこは吐き気を催すほどひどかった。あらゆる壁龕《へきがん》(niche)に偶像が飾られ、供犠の血が散っている。悪臭が立ち込め、暗い。明かりは唯一、偶像のそばのロウソクだけである」と述べ、さらにヒンドゥー教の倫理も手厳しく批判している。「ヒンドゥー教には人への共感がない。乞食がやってくると施しものは与えるが、しかし乞食が飢餓か病気で寺院の石段で斃れると、なにもしない。触ろうともしない。彼らの宗教が禁じているからだ。触《ふ》れれば、自分のカーストを失うことになる」。

ブルース・パリングによると、インドを行脚してジャガンナータ寺院への巡礼を勧誘し、女性たちを騙して金品のすべてを巻き上げる悪質なパンタスというブラーフマンたちのことをオリッサの地方官であったジョン・ビームスは書き留めているという。ともあれ一般のアングロ・インディアンたちのヒンドゥー教の印象は悪い。圧倒的にプロテスタントとして中産階級的倫理を奉じる彼らから見れば、インド人の生活習慣・信条は人間的な生活からの逸脱に見えた。ましてやタントラ(Tantra)のような性エネルギーの崇拝は邪悪な暗黒の宗教に見えたのである。

*

キプリングのテクストも表層ではヒンドゥー教に嫌悪と恐怖を示している。同じ一神教で、教理が理解しやすいイスラムと比較してヒンドゥー教はアジアの神秘と不合理と偶像崇拝と停滞と混沌を象徴していた。彼はインド到着後に着手した長編『マザー・マチューリン』でインド社会の暗部を書こうと試みたが、出版には至らなかった。一八八五年に従姉妹のマーガレットに宛てた手紙に次のように書いている。「わたしの経験は言うまでもなく、アヘン窟、売春宿、インド人との夜の彷徨、インド人の家庭で(むろん男部屋で)の夕べの語らい、あるいは彼らから聞いた長い四方山話などの奇妙なごたまぜにかぎられている」。ゼナーナ〔インドの上流階層の婦人部屋〕に閉じこもるか、パーダ〔イスラム、ヒンドゥー教徒の婦人部屋の隠し簾〕の向こうにいるインド女性を知ることは不可能に近く、インド人がどのような生活を送っているか、多くは推測するしかない。結果として書かれた、インド女性が登場する数片の短編は、知識の空隙を補うかのように、ファンタジーを織り交ぜてある。西洋文学の規範をフレームにしてインドを重ね書きする手法は、インド滞在三年目の一八八五年に発表された「モロウビー・ジュークスの不思議な旅」に顕著である。インド統治にたずさわるアングロ・インディアンの実存的不安をファンタジーに近いリアリズム（ルシュディのマジック・リアリズムとは距離がある）で書いた例として、この短編を取り上げたい。まずは簡単に粗筋を紹介しよう。

語り手のモロウビー・ジュークスは三十歳半ばの几帳面で勤勉な土木技師である。彼はビカネールの砂漠で働いているうちに熱病の発作に見舞われる。そして満月の夜、譫妄状態で、うるさく吠える野犬を槍で刺し殺してやろうとポニーに乗って走りだす。彼は砂漠を横切るが、サトレジ川の川岸にある半月形の砂のクレーターに落ちてしまう。クレーターは三方を砂の壁に囲まれ、前方を流砂の川に塞がれた脱出不能の場所で、そこにはコレラなどに罹って死にかけたヒンドゥー教徒たちが投げ込まれている。悪臭ただよう狭い砂穴の底は地獄同然である。男女総勢六十五名の地獄の住人たちが寝起きしているのは、砂の斜面に掘られたこの狭い穴蔵だ。その真ん中に井戸がひとつあり、彼らはカラスを捕まえて飢えを満たしている。そこにはダスという誇り高いバラモンの男がいた。ジュークスは、かつて電信局の管理官をしていたこの男を「自分が与えた頬の傷」によって見分ける。ジュークスが支配者としてこのバラモンに暴力を振るっていたことが暗示されているのだ。しかし砂の穴の中では、生き残りの術《すべ》をこの男に頼らざるを得ないジュークスのサーヒブとしての威厳は踏みにじられる。高位のカーストであるダスも肉食（馬とカラス）に穢れている。ここでは英国のインド支配の権威もインド社会の規範も通用しない。ここは身分差別のない「最大多数の最大幸福」を実現した共和国だとダスは説明する。彼は、以前ここに落ち込んで死んだ（その傷からダスが殺したと思われる）白人の死体を斜面の砂の穴から引きずり出す。その白人の死体のポケットから出てきたメモをたよりにジュークスとダスは流砂の危険地帯を抜ける道筋を知るのだが、ダスの裏切りに遭って、ジュークスは後頭部を殴打されて意識を失う。しかし直後に自分の召使が投げ掛けてくれたロープで引き上げられて助かる。以上が粗筋である。ノラ・クルックの『キプリングの愛と死の神話』（一九八九）に指摘されているように、クレーターがダンテの地獄の第七圏の三嚢に擬せられていることは明らかである。ジュークスが三十台半ばであることもダンテに擬せられている証しである。ギュスターヴ・ドレが『地獄篇』のために描いた挿絵にも六十五名の男女が描かれていることや、死んだ白人の中指にある指輪には、同性愛の罪で地獄にいるブルネット・ラティーニのBLというイニシャルが彫られていることをクルックは証拠にあげている。となればインドの砂地獄の案内人、ガンガ・ダスはウェルギリウスのインド版戯画像ということになる。クルックはさらに、死んだ白人の手帳にある婦人の名前「ロト・シングル」を手掛かりに、旧約聖書のソドムの町の話、つまりは性的放縦や同性愛の罪を砂の穴に読み込む。キプリングがインドの闇世界をダンテの『地獄篇』に類比している例は「知られざる世界の記録として」にも明らかだが、そこにイギリス世紀末の退廃趣味、例えばスウィンバーンの影響をキプリングに見出すことは可能であるとしても、この短編ではインドという不可解な他者のセクシュアリティは隠微にほのめかされているだけである。「ここには結婚も結婚の公表もない」というガンガ・ダスの言葉は、男女の数が不均衡な砂の穴における性関係の無法状態を暗示している。しかしこの砂の穴では、性の制度のみならず外界の法や秩序、支配・権力関係、金銭関係も無効となっているのだ。インドを計測し設計し図面化するサーヒブのジュークスは完全にインド人と立場が逆転して「笑われる」者となっている。第I部の小説中に言及したように、タイトルの「モウロビー・ジュークス」は「ツマロー・ウイ・ウル・ビー・デュークス」(「明日はわたしら「インド人」こそ君主になる」)の短縮発音であると考えることができるだろう。

ウィリアム・ジョーンズを好例とする一八世紀のオリエンタリストによって「温和なヒンドゥー」と言われたインド人は一八五七年以降には「狡猾なベンガル・バブー」とされてしまう。一八三〇年代に開始されたインド人の近代化教育によって、西洋の近代文明を英語によって吸収した世代がいよいよインドの文民統治の装置として雇用され始めた。ガンガ・ダスはインド人にはめずらしく「英語で駄洒落を言う」ほどに英語のできる「擬態人間」として描かれている。ダスに権力を簒奪され、共和国を宣言されたとき、ジュークスは支配者の地位だけでなく、白人男性としての「男らしさ」も喪失する。ベンサム流の功利主義が唯一の政治の要諦となった共和国では(カーストの厳しいインドでは通常禁止されている)共食が最大多数の最大幸福であるとされ、ジュークスの愛馬も食されてしまう。インドでは白人は徒歩で外出することはない。それは自らを辱める行為だからである。馬か馬車に乗るのが尊厳と権威の印である。ジュークスはポーニックから落馬することですでに権威を喪失している。さらにその馬が殺されて食べられることは最大の皮肉なのである。

インドでカラスや蛇を食べるのは、不可触民《アチュート》（アンタッチャブル）〔ヴァルナに属さない人々〕の放浪民《ジプシー》や部族民である。ジュークスもダスも両者の所属社会の外の穴に落ちたのである。冒頭に犬が犬の死体をむさぼるシーンが描かれているのは、ぎりぎりの生存闘争の中では、人間の獣性が「最大多数の最大幸福」を口実に野放しになる危険を示唆している。またインドでは半野生化した犬をパリア・ドッグ（pariah dog）という。パリアとはカースト外の下層のインド人を指すので、ジュークスが落ち込んだ砂の穴の住民は肉食をするアンタッチャブルかもしれない。

イギリス的な階層性のある社会構造と法を重んじる精神を尊重したキプリングは、恐怖のアナーキズムとしてのインド共和国をこの短編に描いた。ジュークスが潜り込んで寝る穴は「棺のように狭く、いままでに多数の裸の人が寝たので、側面はつるつるとして脂ぎっていたうえにものすごい悪臭がした」と描写されている。ここにはイギリス人のインド人への嫌悪が身体的、生理的なものでもあることが示されている。彼はこの短編を書いた二年後の一八八七年、取材旅行でインド北西部のラージャスターン州にあるチットール城の崖下にあるヒンドゥーの寺院を訪れた。

「板石を敷いた窪みに樋から水がチョロチョロと流れ落ちて、その細い水を受けるところに身の毛もよだつ『創造のシンボル』(リンガ)があり、花や米粒が供えられている。水溜めの周囲には樹木が生い茂り、辺りを覆っているので、上からそこに下り立つとイギリス人(記者としてのキプリング)は二千年もの昔に戻り、トラップに落ち込んだような気分になる。牛の口の形をした樋嘴《ひはし》(ガーゴイル:雨水の落とし口)は水を吐き続けている。まもなく水位が上がり、彼を呑み込んでしまうだろう。……イギリス人は二分もそこにいることができなかった。すぐに日差しの下に戻りたかった。彼は振り向きもせずに外に向かったが、足の下のぬるぬると滑る岩の感触が靴底から伝わってきた。それはまるで、油を塗ったヒンドゥー教徒のやわらかな裸体を踏んでいるような感触だった」。

キプリングはここでインドの地の霊に遭遇し、異教徒が入り込んではならない場所に足を踏み入れてしまった恐怖を語っている。ジャーナリストらしい簡潔な描写だが、異時間の異空間に入り込み、リンガや女陰を思わせる水溜め、ぬるぬると脂ぎったヒンドゥー教徒の裸体に恐怖していることが伝わってくる。キプリングはイギリス人を代弁して書いているわけだが、彼らにとって、ヒンドゥー教とは理解を拒み、生理的な恐怖を与える宗教だったことは明確である。ジュークスの落ち込んだ理解不能な悪臭の砂の穴、死の恐怖と性の危険な牽引が共存する砂の穴は、チットール城のヒンドゥー寺院に再現されている。後にキプリングは『ナウラーカ』の中で、この場面を脚色している。宝石の首飾り「ナウラーカ」を求めてインドにやってきたアメリカ人青年タービンは陰謀をめぐらし、懐に短剣を潜めている女王の性の誘惑を危うく退ける。インドにおける死の危険は、西洋の理解を拒む、時間と空間を超えたヒンドゥー寺院の内部とインド女性のセクシュアリティに象徴されている。

＊

イギリス領インドにおいて、イギリス人は圧倒的多数を占めるヒンドゥー教徒に囲まれている（ジュークスは「一般にインドの村では好奇の目がぎらぎらとしてこちらを見ているのが普通だ」と語っている）。その凝視を避けるかのように彼らはインド人と交わらず「黄金の鳥籠」のようなクラブにおさまっていた。またある状況のもとではインド人の視線によって、植民地支配者であるアングロ・インディアンは「サーヒブ」であることを強いられる。このことはジョージ・オーウェルの「象を撃つ」に典型的に書かれている。イギリス人はサーヒブが持つとされる一定の行動を原住民に期待される。オーウェルの言葉を少し変えて言えば、彼はサーヒブの仮面をかむる。そして顔のほうがそれに相応しいように大きくなるのである。植民地での英国性（Englishness）はかくして演劇性を帯びる。ナイポールの言葉を借りれば「イギリス人であることを演じている人々」がインドにおけるサーヒブである。

インドにおいて、イギリス人は意識的にイギリス的であろうとする。そのために彼らの自己意識《アイデンティティ》は硬直的だ。彼らは個性を持ったイギリス人としてインドへやってくるが、まもなくサーヒブという名のロボットに再構築される。『インドへの道』のハミドゥラが言うように「二年もすれば彼らはみんなまったく同じになる」。ジュークスはインドで形成されたサーヒブの典型として描かれている。

砂のトラップに落ちる直前のジュークスは「馬上試合のように槍を構えている」騎士のようだ。馬に乗って野豚を突く槍を持っているのは、インドでイギリス流のハンティングをまねたスポーツマンの象徴的姿勢であり、サーヒブの典型的スポーツであるからだ。しかしジュークスは転げ落ちる。砂の穴に落ちてきた彼を見て笑い転げるヒンドゥー教徒たちの視線は、支配者を被支配者に転落させる。彼らはサーヒブに規範的行動を期待しない。ジュークスがサーヒブを演じることはほとんど無意味になっている。彼の金も腕力も無効である。また砂の穴の構造や広さを計測し、脱出方法を作図するイギリス人得意の支配の知も無効である。彼はサーヒブの属性をすべて奪われている。ここではすべての社会的・宗教的属性が剝奪され、ダスの言うように「死者と生者」の区分のみに意味がある。ジュークスは十六年前に到着したボンベイで宿泊したワトソン・ホテルのことを想い浮かべているが、このホテルは当時、最高級の白人専用ホテルだった。インド人召使の奉仕を受ける恵まれたサーヒブとしてのかつての自分と、ヒンドゥー教徒に踏みつけられている地獄の穴の中の現在の自分とを比較して、植民地インドでの白人の身分は、インド人と薄皮一枚の違いしかないことを思い知るのである。「棺のよう」な砂の穴の寝床は、数多くのインド人の肌に触れて「つるつるとして脂ぎって」いる。その中に寝ることによってジュークスの肌は「汚染され」(彼自身自覚していないが)インド化あるいは、ヒンドゥー化している。

＊

ムンバイから帰国する日に、わたしはマラバル・ヒルに上ってパールシー教徒の鳥葬の儀場「沈黙の塔」の前に立った。むろん中には入れない。こんもりした木立ちに囲まれて塔の全容は見分けがつかない。しかし塔の構造や葬儀の方法については、いくつかの研究書や旅行記に書かれている程度のことは知っていた。最近は禿鷹が減って、死体がなかなか処理されないので、レンズで太陽光を集めて焼くのだとか、近隣に増えたマンションに死体の一部が落下して、住民の苦情が絶えないらしい。上空を見上げると数羽の大きな鳥が旋回し、その中にはカラスも混じっている。『南アジアを知る事典』の「沈黙の塔」の項には「ゾロアスター教徒（インドではパールシーと呼ばれる）の葬式に使われる。石あるいはコンクリート製の円塔で、ダフマと称される。インドのボンベイにあるもののうち最大のものは直径が三十メートルある。塔の上部に死体を裸で置き、内臓や肉をついばませる。やがて骨だけになり、それが完全に乾燥すると、中央の井戸状になっている穴に投げ込まれる」とある。

ジュークスの落ちた砂の穴の構造に似ている。中央に井戸がある点も、一度入ったら二度と出られない点も。しかも雑食のカラスもいる。ロックウッドの『インドの動物と人間』には興味深い話が出てくる。インドのジプシーはヒンドゥー教に基づくカースト制の外の人々なのでタブーに縛られずにカラスも食べる。その捕獲の方法は、生きたカラスを捕まえて逆さまにし、さらに他のカラスをおびき寄せて捕まえるという(「モロウビー・ジュークス」でもカラスのこうした捕捉方法に言及がなされているが、ラドヤードが父親から情報を得たことは明白である)。さらにこの短編を注意深く読むと、ジュークスは「放浪しているアルメニア人」から、インドのどこかに心身喪失や硬直症から回復した人間を隔離しておく場所があると聞く。放浪している浅黒いアルメニア人とは、ジプシーのことだろう。アルメニアはジプシーの第二の故郷である。共食いする犬、カラスを食べるジプシー、死体をついばむカラス、投げ込まれたら脱出不可能の墓穴。彼は幼児の腕が庭に落ちていた話を自伝に書き留めているので、「沈黙の塔」と死体とカラスの連想は強烈な印象を無意識に沈潜させていたからこそ生まれたにちがいない。それが後にこの作品を書くヒントになったと思われる。ボンベイで幼年時代を過ごしたシャラド・ケスカールもこの短編の注の中で同じことを指摘している。

「永遠のインド統治」を理念にして、日々、帝国の仕事にいそしむ官吏、軍人、技師、民間人たちが、過酷な熱暑、病気、孤独に遭って、仕事を中断し、ふと周りのインドに目を向けた時、不安と恐怖に襲われる。理解を拒絶するインド、「広大で灰色のつかみ所のないインド」(『キム』第五章)は、その中にいる西洋人のアイデンティティを溶かし込み、無に帰してしまう。あるいはもっとも身近にいるインド人の召使たちも、その心を理解し得ないアングロ・インディアンにとって、不気味な他者と化す。あるいは脅威となって襲いかかる。キプリングの帝国ゴシック短編「旅路の果て」で死んだハミルの目を写真に写すが、そここには何も見えない。定義・分類・計測できないものへの不安は、名づけ得ないものへの不安である。

『人生のハンディキャップ』に収められている「笑う井戸への道」も、白人の語り手がインドの黒魔術に出会う恐怖の物語である。草原に猪狩りに出かけた語り手は、深い草叢の中で黒い水の溜まった井戸に遭遇する。井戸に注ぐ泉は嘲笑の声のように響く。井戸の底には人間の黒い死体と見られるものが沈んでいる。語り手は井戸を守る片目の隠棲者が呪術のために人間の生き肝を奪っているとの噂を村人から聞く。語り手は最後に草叢を焼き払うことを夢想するが、これは、文明の光の差し込まないインド奥地の神秘と謎に恐怖している語り手の心のうちの不安が、一寸先も見えない草叢に投影されているのだ。泉の水を湛えた井戸は、自分の不安と恐怖をインドに見ている支配者の幻影なのである。草叢を焼き払おうとする語り手の衝動は、『闇の奥』で「野蛮人どもをみな殺しにしろ!」と言うクルツの狂気に通じている。

啓蒙主義的理性によって世界を分類し定義し秩序づけてきた西洋人からは、ヒンドゥー教に代表されるインドの精神は無秩序であり混乱と混沌に見えた。一九五八年になってもインド史の権威であった歴史家のパーシヴァル・スピアはヒンドゥー教をスポンジになぞらえている。ロナルド・B・インデンは言う。「ヒンドゥー教は巨大なスポンジに例えられてきた。すべてを吸収しながらそれ自身を保つスポンジに。この比喩はしかし正確ではない。ヒンドゥー教は吸収すると同時に同化するのだ。つまり水はスポンジの一部となる。ヒンドゥー教はスポンジのように境界線が明確でなく、はっきりした核心がない。ヒンドゥー教の理解は、西洋の思想と異なるインド精神の「他者性」を認識する最初の一歩である。定義や厳密な分類を好む西洋人は衝撃を受ける。否定による定義もあることを知って驚くのだ」。スピアはこのスポンジのようなヒンドゥー教の特質を「神秘的でアモーファスな実在」と呼ぶ。インデンはこのような西洋理性の視点から見られたインドは、西洋の理性(男性性)に犯される「無定型で吸収する力」である非理性(女性性)が示唆されていると言う。逆に言うと西洋人男性はインドの宗教と女性によって理性と男性性の喪失、しいてはインドのアングロ・インディアン社会からの落ちこぼれとなる危険に直面していた。ジュークスの落ち込んだクレーターの砂はインドの「無定型で吸収する力」を象徴する。砂のクレーターの中ではインドのカースト制度、西洋的知の支配、資本主義の象徴である貨幣の価値、性の放縦を防ぐ結婚制度、帝国主義的支配者の威厳などのすべてが、ブラックホールに吸い込まれるように消失する。砂の穴を性的暗喩《ヴァギナ》と解釈しているZ・T・サリヴァンは『帝国のナラティヴ』の中で、ジュークスは西洋の男性性と同時に権力を喪失していると見ている。帝国主義時代のインドで生活するアングロ・インディアン男性たちにとって、もっとも恐るべきは支配権力の喪失であり、またインドの女性のセクシュアリティによる白人男性支配者の男性性の喪失であったと言えよう。後にこの短編にヒントを得たと思われる安部公房の『砂の女』も平凡な小市民生活を送っていた中学教師が日本海に面している砂丘で砂の穴に囚われる話である。「アモーファスな実在」である砂に囚われて、食欲と砂の女を相手に「アメーバーから続く、何十億年もの歴史をひかえた性欲」のみの生活を送る仁木順平にとって外の社会共同体は消滅したに等しい。彼は砂の穴にとどまることをみずからの意思で選び取る。ジュークスは従順なインド人召使によって助けられ、アングロ・インディアン社会に復帰する。

＊

ハヌマーン神の像に煙草の火を押しつけることによって神聖冒瀆を犯したフリートという英国人が狼男になる話が一八九〇年に発表された「獣のしるし」である。タイトルの「獣のしるし」はフリートの胸に顕れる豹の紋様を指す。また聖書の黙示録には「七つの頭と十の角」を持つ獣が反キリストとして登場する。角のある多頭のこの獣はインド神話の魔神ラーヴァナや古代インダスの森の神と共通点を持っている。フリートに呪いをかけたハンセン氏病の寺男と闘う語り手とストリックランドのふたりに多頭のラーヴァナのイメージが転移されている。ハヌマーンの呪いによって狼男と化したフリートを救おうとして残酷な拷問に訴える語り手とストリックランドも獣のしるしを帯びるのだ。作品冒頭にあるように「アジアの魔神の力」にみずからをゆだね、「英国人としての名誉を永遠に辱めてしまった」のである。この短編のメッセージは最後の一文「異教の神々は単なる石と真鍮にすぎないことは良識ある者の知るところであるが、ひとたびそれをみだりに扱うと、相応の罰が下る」という教訓である。この教訓にはふたつの明示とひとつの暗示がある。つまり一八五七年の大反乱以降のインド統治の公的方針「インドの宗教や文化への不干渉」を勧めるメッセージとして書かれていること。もうひとつの明示は「拷問という文明人にあるまじき行為は、支配者としてのイギリス人男性の矜持を損なう」ということである。さらに多くの読者が見落としがちなのは、ストリックランドが後にハヌマーン寺院を訪ねて賠償を申し出たときの「これまで神像に触れた白人などひとりもいない」とする寺院側の対応である。白人に触れると穢れるとするヒンドゥー教の穢れ観はよく知られている。神聖な神像を穢れから守ろうとする、被支配者であるインド人側の抵抗の姿勢をここに読み取ることができる。さらにストリックランドは「あなたは幻想のもとに苦闘する力の化身」だと告げられる。ここで幻想(英語ではdelusion)という唯識論的言辞が暗示するのは、インド政府の警官であるストリックランドの支配者としてのインド認識は幻影であり、その権威は無根拠であるということである。キプリングのテクストはこのように表層のメッセージの背後に別の暗示を隠していることが多い。キプリングがインドで書いた短編の読者として想定したのは、アングロ・インディアンという、多くがプロテスタントあるいはアングリカンの下層中産階級に属するミドル・ブラウの人々であった。従って彼が作品に明示するメッセージは、一見俗耳に受け入れられやすいメッセージとなっている。しかしテクストの細部にある暗示には強力な反措定が隠れていることが多い。キプリングのヒンドゥー理解は嫌悪と忌避のみではない。ヒンドゥー教に無知なイギリス人は罰せられるか、アイデンティティに深刻な揺ぎを覚えるのである(キプリングのヒンドゥーの神々に対する理解の深さは「橋を作る者たち」にも顕著に現れている)。インドという他者は嫌悪・忌避の対象であると同時に欲望の対象であること。次章で取り上げる「領分を越えて」もこのことを明白に示している。

男と女の物語

死と隣り合わせのインドの恋

バンガロールの駅からムンバイ行きの夜行列車に乗った。夜の九時である。通路と平行に設置されている二段ベッドの上段に寝た。バンガロールの中華レストランで夕食は済ませてあったので、いい心地で横になっていると、途中で車掌らしきふたりのインド人が下のベッドに腰掛けて手弁当を食べ始めた。こんな光景もインドらしくて好ましい。朝方に便意をもよおしてトイレに行くと、それはインド式のものだった。便壺に足置きプレートのみ。昔、田舎でボットン便所と呼んでいたものだ。トイレットペーパーはなく、水桶とホースのついた蛇口がある。なんとか水で尻を洗ってみた。尻の気持ちはいいが、その後の手はどうも不衛生な気持ちがする。手を何度も洗い流す。そのまま客車の連結デッキから外を眺め続けた。夜が明けてきて、奇妙な形をした竹薮があちこちにある森が見える。こんな森を歩いていて虎に遭遇したらどんな気持ちになるだろうと想像してみた。インドのジャングルを歩いていて虎を目撃したドイツ人にボンゼルスがいる。彼は『みつばちマーヤ』で知られるロマン派の作家で、一九一五年頃にイギリス支配下の南インドを旅した。彼がインド人ガイドとふたりで歩いたのは西ガーツ山地だった。ジャングルをさまよい、途中で岩棚に横たわる風格ある虎を見て、そのスフィンクスを思わせる威厳に感動している。彼に同行してその時代のインドのジャングルを体験したかった、いや、毒蛇や猛獣との遭遇を覚悟する勇気はないので疑似体験で十分だ。

朝の六時、ゴア州に近いロンダ〔カルナータカ州の町〕という分岐の駅で降りた。現地のガイドが「サイユー・キプリング」と書いた案内板を持ってホームに立っていた。外にはゴアの旅行会社の小型バスが待っていた。ガイドの説明ではゴア州はインドでもっとも狭い州だが、豊かな自然に囲まれ、経済的にも比較的恵まれた州だという。ポルトガルの植民地だったから、観光資源が多い。スパイスもたくさん穫れる。確かに車窓から見るかぎり緑豊かな土地の印象だった。

ロンダ駅から徐々にアラビア海に面したゴアに向かってくねる道路を下る。しばらくすると道路と周囲の森が赤茶色の世界に一変した。道路は悪路などというなまやさしいものではない。洗濯板に凹凸を無数に散らせたような状態である。赤茶色の原因はすぐに分かった。行き交うダンプカーに満載されている石塊がすべて赤茶色だ。わたしたちの乗るバスの前後を蟻のように列をなして、荒波に揺られる艀《はしけ》のようにそのダンプカーは走り、時折、石塊がこぼれ落ちる。赤茶の土埃がもうもうと立ち込めている。それは石の粉末である。ダンプカーは一足でも早く目的地に着くために必死の様子だ。その時である。一団の男女が道端で道路の補修をしていた。若い女性がひとり男たちに混じっている。鮮やかな赤と青のサリーを着、ぱっちりと大きな目をしたインド美人である。周囲がすべて赤茶に染まっているので余計にサリーの色彩が鮮やかに目を射る。バスの外を覗いているわたしと目が合うとにこりと笑ったような気がした。それは一瞬のことだから、わたしの気のせいかもしれない。殺生地獄もかくやと思われる赤茶の道路を一時間走り抜けた先に粗末な集落があり、その先は舗装道路に戻った。

帰国後、赤茶の石塊の正体を調べてみると、それは鉄鉱石であった。ゴアの周辺には何カ所にも広大な露天掘りの鉄鉱石採掘場がある。森林の背後には旅行者のわたしの目には見えない採掘場があったのだ。ゴア州の経済の基盤は観光資源とスパイスだけではなく、鉄鉱石も含まれていた。豪華なリゾート・ホテルが林立するゴア市内はインドにしてはしゃれた街だった。しかし、その目と鼻の先にある鉄鉱石の露天掘りにインドの煉獄を見たような気持ちになった。これらの鉄鉱石の多くは日本や中国に運ばれるという。わたしの自動車の一部にもこの鉄鉱石からつくられた鉄が使われているかもしれない。椰子が囲む入り江に浮かぶ運搬船がホテルの窓から見えた。赤茶の地獄からダンプカーで運ばれた鉄鉱石があの船を中継ぎに沖合の大型船に運ばれているのだろう。経済的に恵まれている日本からは見えないものがたくさんある。かつてはインドの貧困によって大英帝国の繁栄が支えられていた。現在は、インドのような資源供給国の貧困と過酷な労働によって先進国の繁栄が成り立っている。そんなことを考えるとサリーの赤が血の色に見えてくる。インドでは過酷な環境下で働く女性をよく見かける。彼女らは例外なく色鮮やかなサリーを着ていた。河川の改修地で土を入れた容器を頭に載せて運ぶインド女性たちの群れや、観光地で土産を売っている女性たち。わたしはいろいろ想像する。彼女らは何を思っているだろう？　どんなところに住んでいるのか？　賃金は？　彼女の夢は？　結婚しているのか？　百二十年前の英国支配のインドで若き日々を過ごしたキプリングはインド女性をどのように見たろうか？　彼がインド女性と男女の交際をしたとは思えない。そもそもインド女性と会話するチャンスはラホールの高級売春婦あるいはアヘン窟のような場所のみにあったのでは？　しかし伝記にはキプリングとインド女性の接点は触れられていない。ただ判明しているのは、彼が従姉妹のマーガレット・バーン＝ジョーンズに宛てて書いた手紙の中で、女性の扱いについてインド社会を厳しく批判していることだけだ。

＊

キプリングはインドのほとんどあらゆる風習、言語、職種、民族に精通していた。バザールに出入りして知識を得ていただけでなく、父親からも教わった。ラホールの街の上の家屋を仕事場とする高級娼婦のラルーンはラホールの歴史、文化、政治、宗教の交流の接点である。インドのあらゆる人種、階層、「人種のるつぼ」を熟知していなくては彼の傑作「オン・ザ・シティ・ウォール」は生まれ得ない。わたしは本書第I部の幻想場面でボンゼルスの体験を参考にして、キプリングがラルーンと親密になる場面を創作してみた。

後年、キプリングに冠せられた「好戦的帝国主義者」という悪名は、キプリングの半面を表しているにすぎない。キプリングはインドと深く交わった。彼はインドの宗教にも寛容な態度で接し、理解しようとした。一八九五年十月の手紙で「白人が「異教徒」と呼ぶ人々の間に生まれ育ったことはわたしの幸運です。白人が聖書の教えに従って、罪人《つみびと》として、信仰と良心にしたがって生きることは、もっとも大切な務めだと認めます。だが、もっとも殺人的な武器で武装した白人が、キリスト教の救いの教義や倫理基準で人類の同胞(この場合はインド人のこと)を驚かせ、迷わせることは、わたしには残酷なことに思われます。キリスト教の救いの教えは彼ら(インド人)にはよく理解できないものですし、キリスト教の倫理基準はこれらの民族の風土や本能とは異質のものです。しかも白人は彼らのいちばん大切にしている風習を踏みにじり、彼らの神々を侮辱しているのですから」と書いている。彼は、インドへのキリスト教の布教には批判的だった。それは『キム』にも明らかである。

最初の短編集『高原平話集』の巻頭にある「リスペス」を読むと、前の引用の趣旨である異教徒へのキリスト教の宣教師の残酷な(善意が生み出すだけに余計に残酷な)結果を見ることができる。ヒマラヤの裾野に住むパハーリ族のヒンドゥーの娘リスペスは、生後五週間で「布教所」に連れてこられ、美しい娘盛りを迎えた頃、植物と蝶の採集にやってきて怪我をしたイギリス人男性を救う。彼こそ待っていた将来の夫だと彼女は思い込むが、その熱い気持ちを冷ますために、牧師夫人の入れ知恵で、男は嘘の結婚の約束をして、後で迎えに来ると彼女に誓う。純真なリスペスは、本気で信じ込む。本国に帰った男は旅行記を書くが命の恩人であるリスペスのことには一言も触れない。夫人から真相を聞いたリスペスは落胆して谷に降り、パハーリ族の女に戻る。彼女はキリスト教を捨てたのだ。最後に語り手は、リスペスに次のように語らせている。

「あんたたちはリスペスを殺したの。残ったのはただの昔のジャデディの娘。パハーリ族の娘。タルカ・デヴィ〔ヒンドゥーの暁の女神〕のしもべよ。あんたたちはみんな嘘つき、あんたたちイギリス人は」。

語り手の皮肉と批判は、「異教徒」とされるリスペスにではなく、宣教師夫人やプラント・ハンターのイギリス男性に向けられている。自分たちの宗教が正しいと信じて疑わない夫人や、東洋の珍奇な植物や蝶を採取するようにインドの女を採取してもてあそぶ白人への皮肉を読み取ることができる。そもそもイギリス女性の名前エリザベスのインド風の崩し音「リスペス」に、彼女の不幸が予見されている。布教にはリスペスのような不幸な人間をつくってしまう罪悪がつきまとう。

このようにキプリングあるいは語り手は、あまり幸福でない結婚をして「皺だらけのぼろ布のような老婆」となった高齢のリスペスについて言及してこの短編を終えているのだが、実はまだ色気のある壮年のリスペスをもう一度、作中人物として登場させている。それが『キム』の最後のほうに出てくるシャムレグの女である。

「ダンガラ神の裁き」では宣教師は再び宣教に失敗するが、彼らの孤独な闘いを語り手は称賛している。このようにキプリングを読むことは矛盾に出会うことである。それらの二つの方向に彼を牽引する力は、ひとつはインドで生まれ育ち、インドへの愛から来る。もうひとつは支配者の一員としての使命を帯びてインドにいるという自覚である。この二つの牽引力を無視し、帝国イデオロギーゆえにキプリングを批判するだけではまさに片手落ちなのである。

キプリングは最初からインド人と極力深く交わって理解しようと努力した。揚げ句の果てに「不可解」を吐露することもある。彼はラホール時代に老いた語り部と交際した。その回想は『人生のハンディキャップ』の序に詳細に書かれている。わたしは本書第I部でキプリングがこの語り部に教えを請う場面を挿入した。キプリングは、支配者としての白人の優性を説いて、インド統治のイデオロギーに迎合する作品も書いた。白人の血が八分の一の混血児が主人公である「人生のチャンス」がそのよい例である。

キプリングに登場するインド人の圧倒的多数は無教養な召使や職人である。教養ある中産階級はあまり出てこない。知識階級のヒンドゥー、特にベンガル知識人に対しては辛辣である。彼らは後にスワデーシー(国産品愛用)、スワラージ(自治権獲得運動)という反英抗争の推進力となった。インドの指導者への道を模索しつつあった彼らへのキプリングの警戒が見られる。本書では第II部の最終章「創られたインド」の中でヒンドゥー、特にベンガル・バブーへのキプリングの態度を論じる。

＊

異人種あるいは異民族間のもっとも深い交わりは男女の交際、恋愛、結婚だろう。キプリングの短編の中で、イギリス人男性とインド女性の恋愛と結婚を正面からテーマにしたのは「領分を越えて」と「教会の承認なしに」である。

キプリングの短編はそのほとんどが語り手を介した物語で、主人公が一人称で語る声を聞くことはない。「領分を越えて」は『千夜一夜』の歌詞を口ずさむことのできるトレジャゴという耽美的教養人が、ラホールの旧市街の迷路の奥に住むうら若い未亡人ビセサと恋に落ち、危うく命を落としかける話である。登場人物は語り手、トレジャゴ、ビセサ、彼女の御付きの老婆、それにビセサの叔父でヒンドゥーのドゥルガ・チャラン、トレジャゴが社交儀礼としてつき合うイギリス人女性だけである。若くして夫を失くしたビセサは恋人を欲しがっていた。インドに精通したイギリス人の役人トレジャゴは迷路のような路地に迷い込む。住民の名前から判断するにヒンドゥーもムスリムも混住している路地らしい。雰囲気はアラビアン・ナイトのバビロンのようである。一軒の格子窓の向こうにいるビセサは彼に恋をしてしまう。ビセサの部屋での夢のような逢引きは一カ月続く。トレジャゴは社交儀礼上、あるイギリス女性と交際する。しかしそのことがビセサの耳に入ってしまう。彼女は自殺をほのめかし、別れ話を切り出す。しばらく間を置いた月夜の晩に彼は再び格子窓を叩いた。月光の中に彼女の切断された両腕が突き出された。同時に彼女の背後から鋭い刃物が突き出されて、トレジャゴは股間に傷を負う。以上が粗筋だ。

インドの家庭の人間関係は盲壁の向こう側のことであるが、語り手が与えるわずかな情報をたよりに推察してみよう。ビセサが隔離されていたのは隠し簾《バーダ》の背後の女性部屋で、家父長以外は入れない男子禁制の場所である。普通は路地に面している女性部屋に窓は設けない。語り手も言うようにチャランが路地に面している部屋に格子窓を設けたことが、彼の不幸であった。チャランはトレジャゴ以上の不幸な目に遭ったのかもしれない。恋仲が露見した場合、トレジャゴはアングロ・インディアンから白眼視されるだけだからトレジャゴの不幸は個人の不幸だ。しかしチャランは家の名誉を穢されたのだ。インドでは伝統的に家父長制と合同家族制であるから、叔父がビセサの世話をしていたと考えられる。ヒンドゥー教では、言うまでもなく寡婦の再婚は禁じられている。トレジャゴの不幸はインドに通じすぎたことにあると語り手は示唆している。彼は手紙代わりの品々の謎を読み解くことができたためにビセサと意思の疎通が可能となった。だが反面、彼はヒンドゥーの社会の掟を破っているのだから、白人としての特権意識があったとも考えられる。

イギリス人の男女の交際はトレジャゴとある淑女の場合のように世間にオープンに行われる。ところがインドではその時代、未婚の男女の交際は完全に御法度であった。インド社会は未婚の女あるいは寡婦の異性関係には極めて厳しい。ミルチャ・エリアーデの自伝的小説『マイトレイ』を読むとよく分かることだが、親の許可なく未婚の若い女と関係した男は殺されるか、去勢されても不思議ではない。トレジャゴは危うく殺されるところを、股間を突かれたのみでのがれたが、実際は去勢されたのであろう。語り手の「どんなことがあろうとも、人は自分の身分、人種、素性を越えるべきではない」という忠告は、世間知のように軽いものではない。インドをよく知る者の警告なのである。キプリングの時代はまた別の意味で白人とインド人との交流に厳しい時代だった。イギリス側がインド人との交流を禁じれば、インド側もイギリス人との接触を「穢れ」ととらえた。一九世紀はそのような時代だった。白人がインド人との接触を危険視するのと同程度にヒンドゥーも白人に接触すると穢れると考えていたことは知っておいたほうがよい。

「食堂車でビーフを食べる旅行者がいるかもしれぬ」という理由で鉄道が自分の領地を通ることを拒否した藩王を笑うことはできない。相手の文化のモラルコードや信仰を尊重するなら、藩王の言い分にも理があるからである。同様にチャランがトレジャゴによって自分の家系の血を穢されたと考えても不思議ではない。『カルカッタ大全』によれば、リキシャの引き手が英印混血児《ユーラシアン》を「きったねえ」と言っているところからも確認できる。このような視点から「領分を越えて」を読むと、トレジャゴの行為によって迷惑を被ったのはビセサとその叔父のチャランではないかということもできる。チャランはビセサの密通の相手がヒンドゥーであっても、間違いなく殺そうとしたはずである。

＊

インド社会が白人と関係したインド女性を許さないとすれば、イギリス側にも同様のことが言えるのだ。ロックウッドの伝記に記されている一八八三年頃に起きた実話がある。すぐ後の一八八六年にラホールにエイチスン大学を創設し、当時はラホールの総督代理であったサー・チャールズ・エイチスンからロックウッドが聞いた話である。インド人に寛大で、インド人の教育や役人への登用に熱心であったエイチスンに、あるイギリス女性が助言を求めたという。幼児の時にインド大反乱によって彼女は孤児となり、ムスリムの有力者にさらわれてハーレムに入れられ、大切にされ、後にその妻となった。しかし夫に先立たれ、いまは遺産で裕福に暮らしている。イギリスの縁者に自分が生きていることを知らせたいのだがどうだろうとエイチスンに相談してきた。思案の末に総督代理の出した答えはノーであった。経緯がどうあれ、一度インド人の妻となったイギリス女性を当時のイギリス人社会は寛大に受け入れはしなかったことをこの実話は示している。

アングロ・インディアンとインド人の相互の人的・文化的混交が厳しく制限される、あるいはタブー視されるようになったのは、一九世紀になってからである。ロナルド・ハイアムが『セクシュアリティの帝国』で確認しているように「インドで活動するイギリス人官吏たちにとっての性に関する実情が、わずか百年ばかりの間に根本的に変化した」のである。

プラム・ネヴィルの『インド支配時代の物語・インドの白人男女』（二〇〇四）とウィリアム・ダルリンプルの『白いムガル人たち』（二〇〇二）、『最後のムガル皇帝』（二〇〇六）、あるいはハイアムの前掲書に依拠して、一七世紀から一八世紀におけるアングロ・インディアンとインド人の交流史、特に男女関係の問題に焦点を当てて整理してみよう。

　インド航路が南アフリカの喜望峰を回る時代には女性はインドへは行かなかった。初期のインド定住者はポルトガル人の寡婦や娘を妻にした。一七世紀にはポルトガルをまねて若い女性をインドへ運んだ。しかし下層の女性が多く、現地のイギリス人男性と結婚するよりは金になる娼婦の道を選ぶ者が多かった。白人女性が皆無に等しい一七世紀には、カルカッタの創設者のひとりと言われるジョブ・チャーノックがサティから救ったヒンドゥーの女性と結婚したという事例がある。一八世紀末のカルカッタを例にとると白人の男女比は四〇〇〇／二五〇だった。圧倒的に男性が多く、彼らの中でも裕福な者はインド人をまねてゼナーナをつくり、またインド人の愛人（bibi）を囲った。彼らは「しなやかで肉付きのよいインド女性の肉体に魅惑された」、彼らにとって「性愛の術にすぐれたインド女性は彼らを喜ばせることに熱心であり、イギリス男性から見ればイギリス女性の気紛れと怒りにつき合うより気楽だった」。一八世紀には四人のインド人妻を持ち、遺産として各々に家屋と二万ルピーを与えた東インド会社の幹部社員も存在した。一八世紀末には、私貿易で資産を蓄えた彼らは、英国ではインド帰りの成金《ネイボブ》と呼ばれた。彼らが帰国時にインド人妻とその子供を連れていくこともまれではなかった。

ダルリンプルも詳細に記述しているように、一八世紀にはアングロ・インディアンは、進んでインド服を着用し、水キセルをふかし、水浴をし、踊り子をはべらせ、菜食主義者になった。すべてインド文化に対する敬意と関心がなせる業であったと言える。一八世紀の後期はウィリアム・ジョーンズたちのようなオリエンタリストと呼ばれる学者がインドの文化に深い関心を持って古典研究や宗教研究の先鞭をつけた時代でもある。ダルリンプルは一七七〇年代にカルカッタにやってきてヒンドゥー教に帰依したアイルランド人、ヒンドゥー・スチュアートの例をあげている。ともあれ生活の全般におけるアングロ・インディアンのインド化は蔑視されるものではなかったことは明白である。東インド会社の社員はインド人女性を妻とする、あるいは愛人とすることになんのためらいもなかったし、世間がそれをスキャンダルとして騒ぎ立てることもなかった。英領インドの初代ベンガル総督ヘースティングズの秘書を務めた高官のウィリアム・パーマーがインド人妻と子供たちと家族肖像画に収まっているのは、インド人女性との結婚が秘密どころか当然の生活形態だったからである。一八世紀のアングロ・インディアンの生活を見ると、現代では「破天荒」と思われるようなことが山とあるのだ。

*

時代の空気が変化し始めたのは一八〇〇年前後と言われている。インドの虎と言われたティプー・スルタンの一七九九年の敗北、マラータ同盟の一八一八年の壊滅は、インドにおけるイギリスの永久支配の夢を増長させた。これにはコーンウォリス総督（在位一七八六―九三）とウェルズリー総督（在位一七九七―一八〇五）の改革が大きく影響した。特にコーンウォリスは英国人とインド人の性的交流を不道徳と見なしたばかりでなく、政治的不安定をもたらすと考えた。一七九一年にフランスのサント・ドミンゴで反乱が起きたときに混血児が反乱に荷担した。それと同じことがインドで起きることを懸念した総督は、同年に英印混血児が東インド会社の文官の職に就くことを禁止した。第二の変化の要因は、インドにやってくる福音主義の宣教師の数が増加して、インドにおけるヨーロッパ人の道徳的締め付けが生じたことである。もう一つはフォート・ウィリアム・カレッジの創設やデリー・カレッジなどの教育改革である。ハイアムはこれらの教育機関の創設には「インドでの生活に特有な腐敗に対する矯正策としての意味がこめられていた」と言う。さらに一八二五年以降はエジプト経由の陸路によるインド航路ができたことで、インドへやってくる女性の数が増えたことも異人種間結婚が減少した理由にあげられる。ただしビビと言われる妾を囲う習慣は一八六〇年代まで維持された。

時代の空気をさらに厳しくさせたのは一八六九年のスエズ運河の開通と蒸気船の改良でたくさんのイギリス人女性がやってきたことである。

キプリングの描くシムラ社会の女性たちを見ればこれらのことには納得がいくだろう。

さてキプリングの時代には、インド女性と白人男性の結婚は、極めて「いけないこと」「まずいこと」

だったので、それは秘密裏に行われた。現地妻を持つことは、アヘンや酒に溺れること以上に、社会的威信を失墜させる行為だった。オーウェルの『ビルマの日々』のフローリーのビルマ人の隠し妻がまさにそれである。

キプリングの短編で唯一、イギリス人行政官とムスリムの十六歳の娘との同棲を描いたものが「教会の承認なしに」である。行政官のホールデンは貧しい母親から金で娘のアミーラを買う。契約とあるから正式の結婚ではなく妾《ビビ》としてアミーラを囲ったのだ。彼は旧市街の外にある白人専用地区のバンガローでひとり暮らしをしている。アミーラとその母親のために彼はインド人の住む市内に家を借りた。むろん他のアングロ・インディアンの目を避けるためである。しかし実際は彼の秘密の愛の巣に、他のアングロ・インディアンは気がついているが、見てみぬふりをしている。子供が生まれると仮りの家庭も家族らしくなり、ふたりの愛も深まる。しかしいつかイギリスに帰ることが、アングロ・インディアンの彼の定められた道なので、アミーラは幸福の中にも悲哀を味わっており、ヨーロッパ女性《メムサーヒブ》に彼が気を取られることにひどく嫉妬する。物語の全体に不吉な死の影が射している。その予徴は彼が子供の誕生祝いの犠牲山羊の血を靴に浴びることや、魔除けとして玄関に置かれた刀を踏みつけて折ってしまうことなどに表れている。風土も天候も不吉な様相を帯びている。インドの、女陰のようにすべてを呑み込む吸収力（インド人ならシャクティと言うだろう）にアングロ・インディアンは恐れをなしたと言われる。この短編には、すべてを死の衣が包み込むようなインドの果てしない虚無の雰囲気が漂っている。熱病によって幼いトータの命はあっけなく失われる。「インドでは多くのものが失われる」と語り手は述べる。コレラ、イナゴの被害、飢饉。すべてを枯らす乾期の後のすべてを水に浸すモンスーン。インドの風土では、生命のすぐ裏側に控えている死が見える。仮りの家に身を寄せるホールデンとアミーラは必死に幸福を守ろうとするが、不吉な予徴どおり、コレラでアミーラも死んでいく。ふたりの住んだ家もやがては道路建設によって取り壊され、跡形もなくなることが最後に語られる。この道路が市の外壁から河の火葬場《ガート》に通じていることは、生の果てに在る死への道であることを暗示している。

作家にとって異国の異教徒の女性を書くのは困難であろう。その生活や心の綾や会話を不自然でなく書くためには相当の知識と想像力が必要である。健気に白人男性に尽くす「人形のような」「情熱的なあまりに嫉妬深い」「オリエンタル」な女性はロティの『お菊さん』(一八八七)を好例とする西洋人の「東洋幻想」の範疇にある。キプリングの「領分を越えて」のビセサの描きかたもこれらの範疇を越えるものではない。だが「教会の承認なしに」の迫力は人間を描くことよりは、状況を描くことにある。主人公はインドの風土である。支配者・被支配者である白人とインド女性の契約結婚が不可能性である、あるいはかならず不幸な結末に至るという前提がそこにはある。前提をつくるのはアングロ・インディアンの閉鎖性だけでなく、あっけなく人の生命を奪っていくインドの過酷な風土でもある。ホールデンが若さゆえの性欲を満たそうとしてアミーラを買ったことは明白だ。アミーラは貧しさゆえに白人に売られた。そのような物理的状況がふたりの出会いをつくり出したのだが、いったん家庭を持ち、赤子も生まれると、ホールデンにとって愛の隠れ家は非常に大切なものになる。アミーラもひたすらホールデンを愛する。しかし破滅はすでに用意されている。語り手が「物語」として残さなければ、ふたりの愛の痕跡は地上から消えるだろう。インドは、異人種間結婚の実験場でもあったが、森羅万象の「無常」を悟らせる東洋でもあった。

アングロ・インディアンの英語文学はインドでの異人種間の交流、友情、恋愛の多様な様相を扱ってきた。キプリングの後にはフォースターやオーウェル、彼らの後を継ぐポール・スコットもいる。キプリングの時代からおよそ百年経って、また大きな変化が見られる。それはルース・プラワー・ジャブヴァーラの『熱暑と土埃』(一九七五)である。この小説で、初めて自分の自由意思によって「領分を越える」イギリス女が登場する。いまや異種混交は、唾棄すべきものではなくなったというより、許容ないし称賛すべきものへと変化した。

ボンベイとキプリング父子

ラスキン、モリス、ロックウッド

世界遺産のヒンドゥー教石窟寺院のあるエレファンタの島影を右手に見て、船はいよいよアラビア海に突き出た小さな半島のようなボンベイの港湾に入っていく。桟橋のあるインド門が前方に見える。海の色は灰青色だ。撮影禁止の海軍の基地が右手にあり、軍艦らしき船が数隻、停泊している。浚渫《しゅんせつ》船が海底をかき回しているのは、相当の汚泥が、多人口の都市から湾に流れ込んでいるためだろう。海底油田の試掘がアラビア海で行われたが、はかばかしい成果はなかったらしい。エレファンタ島へ観光客を運ぶ小型の遊覧船が数十隻、インド門（Gateway of India）の下に集まっている。インド門の左手には、ドームと多数のタレットを冠したタージ・マハル・ホテルが、背後からそのインド門を威圧するかのように立っている。しかしこのホテルが建てられた一九〇四年には、インド門はなかった。一九一一年にカルカッタからデリーに首都が移される際の祝賀のために来迎したジョージ五世のデリー・ダルバール（謁見式典）を記念して礎石が置かれ、一九二四年に完成したのである。タージ・マハル・ホテルは、ジャン・モリスの『帝国の石――英領インドの建築』によれば、ドームはグジャラート様式、建物上部の多数の破風はスイス様式、出窓はアラブ様式、アーチはサラセン様式で、実に多くの様式の混交だという。当時、ボンベイ随一のホテルであったワトソン・ホテルにインド人であることを理由に宿泊を断られたパールシー教徒の事業家、J・N・ターターが巨額の出資をして建てた「インド人の威信」がかかった建築物である。しかしそれに対抗するかのように後年、インドの玄関口にあたるこの桟橋にイギリス人は威信をかけてインド門をつくった。海から見ると、インド門がタージ・マハル・ホテルを背後に従えているように見える。わたしはそのように意図して建築場所が決定されたと考えている。風景に大英帝国とインドの歴史が目に見える形で刻み込まれているのだ。

一八六九年のスエズ運河開通に伴って、カルカッタやマドラスよりはボンベイがインドへの入り口として重用され、イギリスからボンベイまでの旅程は三週間に短縮された。一八五三年にインドの鉄道が初めて開通したのもボンベイ―ターナ間だった。インドの内陸に向かう出発地点だったボンベイはイギリス人がつくったインドのロンドンとも言うべき都市である。その当時の汽車には冷房装置はなかったので酷暑の客車内を冷やすために窓の簾に水を掛けたが、車内の温度はトルコ風呂のようだったという記録がある。さらに熱中症で命を落とす人たちのために汽車にいくつもの棺が積まれていたということは、インドに来たアングロ・インディアンは絶えず死の危険と隣り合わせに生きていたということでもある。「白人の責務」の後ろには「白人の墓場」が用意されていたとも言えるだろう。インド大反乱の時代にイギリスから派遣された救援の軍隊が上陸した港のひとつがボンベイだった。また一九四八年にイギリス軍が最後の撤退をしていったのもここだった。イギリスが植民地時代に建てた公共の建築物がいたるところにあるボンベイはインドの都市ではなく、ロンドンの一部が熱帯に移転したような雰囲気を持っている。しかし海上から眺めた場合、高層ビルが林立する現在では、ボンベイはムンバイと改名し、南アジアの情報・金融のハブ都市として、他国の大都会となんら変わらない姿をしている。多民族が居住する一九六〇年代から七〇年代のボンベイの雰囲気を知るには『真夜中の子供たち』やアルダシール・ヴァキルの『ビーチ・ボーイ』を読むか、ナイポールの旅行記を読むのもいい。しかし多言語、多民族から構成されるムンバイという都市の全貌を知ることは誰にも不可能だろう。

一八六五年にボンベイに着いたロックウッドは、風にそよぐ椰子の木、快速を誇る帆船のダウが行き交う海、まぶしい紺碧の空を見て「この上なく美しい町」だと印象を書いているが、その過日の面影は薄らいできている。当たり前である。百五十年もの時が流れているのだ。以上はイギリスのサウサンプトンからインド航路の汽船に乗って、ボンベイに到着した場合の現代のイギリス人の視点を想定して書いてみた。実際にはわたしは、ムンバイの空港から市内に向かった。バスの車窓から見えるムンバイ郊外の町並みは、無造作、無計画にスプロール化しているようだ。数年前にデリーの鉄道線路に沿った郊外で見たスラムはひどかった。塵芥の山から拾ってきたようなベニヤ、板切れ、ぼろ布、トタンをつなぎ合わせて組み立てたような小屋（というより廃物でつくられた物置小屋と言ったほうがいい）が切れ目なく続いている。ムンバイでも同じようなスラムはあるのだろうが、わたしが車窓から見たのは、いまにも崩れそうな泥壁と草葺き屋根だけの粗末な造りの集合長屋が延々と続く様子だ。しかしここに住めるだけでも幸運なのだろう。人口の流入が続き、ホームレスになっている人々も多いと聞いた。

イギリス統治時代の町や都市の構成は二種類ある。デリーのようなムガル王朝時代の古い城塞都市では、イギリス人は城塞の外側に、幅の広い道路を隔てて居住区（civil lines と呼ばれた）と軍の駐屯地であるカントンメントをつくった。インド人との接触を忌避し、疫病や害虫から遠ざかるために、インド人居住区やバザールからは距離を置き、自分たちの居住区の近くの密生した林や森は切り払った。フォースターの『インドへの道』のチャンドラポアは、こうした町の住み分けの構成を描いたものというわけだ。デイヴィッド・リーン監督による映画では、ミセス・ムアとアデラを乗せたロニーの車が旧市街の城門を抜けてから、イギリス人居住区に到着するシーンがある。バンガロー風の一軒家が整然と立ち並ぶ様子は、旧市街のバザールの雑踏とは対照的に描かれている。ちなみにこれらの家は監督が映画のために特別につくらせたセットである。

一方、ボンベイ、マドラス、カルカッタのようなイギリスの植民地都市としてつくられた町は、まず東インド会社の商館とそれを守る要塞から町づくりが始まった。いまでもムンバイの中心地区がフォート地区と呼ばれているのはその名残りである。町の発展に伴ってインド人は自分たちの居住区（ブラック・タウンとも言う）をそれらの商館や要塞の外側につくった。二つの地区の間には緩衝地帯とも言うべき空間が取ってある。ヴァーラーナシー（旧ベナレス）やアウランガバードを訪れると、入り組んだインド人の地区から急に広く真っ直ぐな道路、広く視野の開ける空き地に建物が点在しているところは、かつてはカントンメントであったことが分かる。

ボンベイはまさしく後者の植民地都市の典型である。キプリングが幼児の頃に乳母に連れられていったマーケットは、いわゆるインド人の居住区のバザールではなくて、白人専用の立派なクロフォード・マーケットであったと思われる。ならばボンベイにも住み分けがあったはずである。大反乱後には住み分けは徹底し、心理的にもアングロ・インディアンとインド人の距離は離れていったが、一九世紀以降にこのような乖離があったことは、否定しがたい事実である。この乖離について一九世紀のイギリス人の証言と二〇世紀のインド人の証言を見てみよう。

インド統治のためにインド人、特にヒンドゥー教徒の風習や宗教についての知識を必要としていた東インド会社は、しばしば現地に溶け込むことに成功したヨーロッパ人の記録に関心を寄せた。後に初代インド総督となったウィリアム・ヘンリー・キャヴェンディッシュ・ベンティンクは、マドラス知事を務めた一八〇四年頃に、一八世紀から一九世紀にかけてマドラスに三十年以上も滞在したフランス人、デュボワ神父が書いた『ヒンドゥーの風俗・習慣・儀礼』の原稿を買い取って英訳出版した。その序でベンティンクは次のように書いている。

「インドに滞在している間にわたしが観察したところでは、ヨーロッパ人は一般にヒンドゥーの習慣や風俗をほとんど何も知らない。東インド会社の運営に関わっているイギリス人の全員が際立ったいくつかの特徴や事実については、読んで知っている。だがインド人の思考様式、家庭内の習慣や儀礼(それを知ることこそ国民を知ることになる)についてはは残念ながらほとんど分かっていない。また彼らの言語についても我々は不完全な知識しかない。おそらく彼らのほうが英語を知っているであろう。彼らの英語の知識はしかし、日々使われているようなかぎられた言葉では容易に表せない話題を説明できるほど広範ではない。我々はインド人と交際しない、いや交際できない。家庭で家族と一緒にいる彼らに会うことはない。熱暑のおかげで我々は家に籠っている。インド人との交流を促進するはずの生活上の必要事やビジネスは代理の者たちがやってしまう。事実上、我々はこの国の他所者である」。

このような状態にあるイギリス人(しばしば「黄金の籠の中のイギリス人」と揶揄されていた)にとって、ヒンドゥーについての体験的見聞を書き留めたデュボワの記録は貴重この上ないものだった。だがこれらの貴重な知識にはあくまでも支配のための知の蓄積のためという側面があったことは強調しておかねばならない。

次に二〇世紀のインドの英語作家R・K・ナラヤンの『作家の悪夢』から引用しよう。後半は権力者を模倣して、本物以上に本物らしくなってしまう模倣人間《ミミクリー》の滑稽な例に言及していて興味深い。

「イギリス人はカタツムリのように背中にイギリスを運んできて、インド人のことは放置しておくことを好んだ。イギリス人は支配者、法と秩序の番人または徴税官であることに満足してインド人から距離を置いた。インド人の宗教や伝統的行事には口出しをしなかった。一貫してインド人との距離を維持した……。はるか離れた小さな島国がどのようにして何倍も大きな他国を支配することができたのだろう？ かつてインドの独立運動家たちは、インド人全員がいっせいにイギリスに向かって唾を吐けば、イギリスは溺れて視界から消えてしまうだろうと言っていた。ゴリアテに対するダビデほどの身の丈なのにイギリスはインドをおよそ二百年間支配した。どのようにすればこのような離れ業ができたのか？ 答えは、みごとな組織力にあった。官僚組織や軍隊を動かすのにインド人を利用した。それはマイソールのジャングルの象狩りに似ている。野生の象は、飼いならされている象たちに取り巻かれ、囲いの中に追い込まれる。殴られ小突かれているうちに最後には忠実で役に立つ象になって、砂糖黍や米をもらったほうが得だと悟る。これがイギリスのインド支配の譬えである」。

ナラヤンは象狩りの例としてオックス・ブリッジを出て、ＩＣＳに入るインド人エリート官僚の話を挙げている。このような官僚にとってＩＣＳのマニュアルは聖書のような存在で、彼は何事も手引書に書いてあるとおりに行動するので、まるでイギリス人官僚のカリカチュアである。花輪を首に掛けてもらう時、相手からどれくらいの距離を取るか、贔屓を求める訪問者の贈り物の籠からマンゴーをいくつまでなら受け取ってもよいか、訪問先の邸宅のどこで車を降りるか、ゲートか玄関先か、事細かに助言が書いてある。

彼は、何人《なんぴと》に対しても親しすぎてはならない、特に他のインド人から距離を置くように期待されている。植民地人がまねをしてイギリス人以上にイギリス的になってしまう具体例をナラヤンは親しい友人に見た。その友人は一八三二年のT・B・マコーレーの「インド人教育についての提案」に書かれている「血と肌の色はインド人だが、嗜好、意見、道徳、言葉、知性の点ではイギリス人である階層」そのものと言える。このような住み分けと心理的距離が一般的である植民地インドで、支配者であるイギリス人と被支配者であるインド人とのあいだにいったいどのような人間関係が成立するのか、成立し得るのか。これはインドについて書かれた多くの文学の主要なテーマであり、ポストコロニアル批評の最大のテーマでもある。このテーマを軸のひとつにしながら本論を展開していくつもりであるが、ここでは、大ざっぱに見ておこう。まずキプリングの短編の多くに登場するイギリス人とインド人の関係は主人と召使の関係に限定されている。キプリング自身もインド人と親しく交際する機会はかぎられていた。そのようなことが許されない時代であった。キプリングのインド時代には、小説家E・M・フォースター自身のインド人との性的接触や彼の『インドへの道』のフィールディングとアジズの交友に見られるような対等な立場での交際はまれであった。

スエズ運河が開通した一八六九年、四歳のキプリングはボンベイにいた。父親のジョン・ロックウッド・キプリングが、パールシー教徒の事業家ジャムセッジー・ジージーボーイが一八五四年に基金を出してつくった「ボンベイ美術学校」に工芸美術の教師として勤めていたからである。

ガイドのガウリさんにキプリングのことを訊いてみた。もしかしたら彼の誕生の家が分かるかもしれない。しかし一八六〇年代の家がそのまま残っているとは思えなかった。彼の自伝に書かれた情報に基づくわたしの想像では、海岸を走るマリン・ドライヴという湾岸道路のそばに小高い丘があって、パールシー教徒の鳥葬場「沈黙の塔」がある。その近くに数個のイギリス風の洋館があって、キプリング一家はそこに住んでいたであろう。自伝には、禿鷹が運んでくる幼児の手が庭に落ちていて、母親がうろたえる様が書かれている。だから「沈黙の塔」は近くにあるはずだ。マラバル・ヒルは近いらしい。だがその翌日、予想に反してガウリさんは（ちなみにガイドの女性のこの名前は、シヴァ神の后パールヴァティの別称であるとか）、どうもボンベイの美術学校にキプリングの誕生した家が残っているらしいという有り難い情報をもたらしてくれた。さらにわたしは、ムンバイ滞在の最後の日に「沈黙の塔」も観たいとお願いをしておいた。

美術学校（現在は出資者である資産家の名を冠して **J. J. School of Art** と呼ばれている）はヴィクトリア・ターミナス駅から五百メートルほど離れた市街の中心地にあった。バスは遠慮もなく学校の構内に入った。すぐ目前の立て看板に「J・J美術学校創立百五十周年記念」と書かれている。ガウリさんのあとについて、構内を探し回る。デッサン帳を持ち歩いている画学生たちにガウリさんがマラティー語で訊いてくれるが、彼らは知らないという。諦めかけていると、用務員さんたちのいる建物があった。再びガウリさんが訊ねると、キプリングの家があるという。内部は見学禁止だが、外から見せてくれるというのだ。

わたしたちは、美術学校のちょうど中心に位置するところにある柵で囲った樹木の多い一画にいた。都市のジャングルのような木立ちの中に、インドではめずらしくないジャック・フルーツの木の幹から若い実がいくつか垂れさがっている。木造の、緑色に塗られた二階建ての建物がそれだった。スタジオや工芸の実習室があるのだろう。おそらくここはアトリエを兼ねた美術学校だったと思われる。玄関前にはキプリングの胸像があり、その下の台の記念版には「ここに一八六五年十二月三十日、ラドヤード・キプリングが生まれた」とある。しかしいまから百五十年前の家の様子を想像するのは難しかった。シーモア＝スミスの伝記に二歳のキプリングが召使の押さえる馬に乗っている写真があるが、家の様子は背景に写っていない。後に判明したことだが、この家は立て替えられたものであった。自伝から引用すると「ボンベイ・エスプラネイドに面するわたしたちの小さな家の近くに沈黙の塔があった……」とある。現在のマリン・ドライヴは一キロメートル西にあり、一九四〇年にできたとガイドブックには書いてある。その後の埋め立てによって海がキプリングの時代よりは遠のいたのだろう。しかし、熱帯の光、果物、椰子の森、恐ろしい夕闇などをキプリングは記憶している。ボンベイ時代の幼いキプリングを知っていたあるパールシー教徒は、彼の驚くべき記憶力についてよく覚えている。

わたしが泊まったボンベイのアンバサダー・ホテルはチャーチゲイト駅のすぐ近く、マリン・ドライヴの目と鼻の先である。ものすごい数の人々が早朝から散歩したり、ジョギングしたり、堤防の上で瞑想をしている。現在も人口の流入が続いており、ガウリさんの説明によれば、毎日、二百家族もの貧窮した農民が流れ込んでいる。わたしが朝の散歩に出た時にも、ホテルの前の路上に女性と娘を含む数人の家族が寝ていた。

キプリングの時代ははるかかなたであるが、熱帯の光、彩り豊かなマーケットの果物、椰子の森は確認できる。ガウリさんが「マラベル・ヒル」と発音したマラバル・ヒルはムンバイ中心部の北西にある丘であった。かつては洋風のヴィラの立ち並ぶ高級住宅地であったが、いまでは開発によってマンションが林立する普通の住宅地に格下げされている。

この丘にはバスで上った。「沈黙の塔」は階段のあるすり鉢状の構造で、強い陽射しと禿鷹などによって白骨となった死者は、最後には、底の穴の埃となる。ここから逃れることはむろん死者にとって不可能だが、鳥についばまれた身体は空にのぼって太陽に浄化されるのだろうか？　異質なインド社会への恐怖、死の影、インド統治の崩壊の予感を描いた初期のキプリングの短編「モロウビー・ジュークスの不思議な旅」は、死んで生き返ったヒンドゥー教徒が投げ込まれる川岸の砂の穴を舞台にしているが、蟻地獄のすり鉢状の穴は「沈黙の塔」の構造を連想させる。

六歳までの幼児期のキプリングは乳母（ゴア出身でローマ・カトリックのポルトガル女性と書かれているが混血の人かもしれない）とヒンドゥーの召使に大切にされていた。彼は英語よりはヒンドゥスターニー語（あるいはウルドゥー語かもしれない）に親しんでいた。その後イギリスで生活している間はヒンドゥー語は無意識の層に沈潜していたが、十六歳と九カ月で、新聞社に勤めるためにインドに戻った時、ボンベイの光景と匂いによって、自分でも意味が分からない現地の言葉を話していたと自伝にある。インド人とキプリングの距離をはかる時に大切なのは、彼は、インド人とコミュニケーションがとれるくらいに現地語を話したということである。インドでキプリングと交際のあったケイ・ロビンソンは「キプリングはインド人と彼らの風習に詳しく、不潔な部族民と会話をしていた。彼らのほうもキプリングを普通のイギリス人と違う「特別なサーヒブ」(Sahib apart) と見なしていた」と回想している。

キプリングのインドは二つの位相に分類できる。ひとつは「小さなサーヒブ (Chota Sahib)」として六歳までに吸収して無意識に沈潜したインド。もうひとつは「別格のサーヒブ (Sahib apart)」として十六歳以降に出会った青年期のインドである。キプリングの作品にはインドへの愛着と恐怖の相反する牽引が見られる。生まれた国であると同時に、支配者の一員として、ネイティヴのインドからは疎外されている。アングロ・インディアンという、インド人でも、イギリス人でもない中間の存在の刻印をキプリングは帯びていた。

一七五七年のプラッシーの戦いの勝利以降、一九四七年までのおよそ二百年間、インドを支配した英国。一八五七年のインド大反乱勃発からほぼ十年後のインドに生まれたキプリングの時代には、アングロ・インディアンのあいだで、反乱の記憶が生々しく残っていたにちがいない。同じ大英帝国の支配下にあるとは言うものの、白人の移民が人口の大多数を占めるカナダやオーストラリアなどと違って、インドは、異質の文化や宗教や歴史を持つ、三億を超える住民に囲繞されていた。安定した直接統治が永遠に続きそうな時代の空気の背後には、実際は安易に口には出せない不安が潜んでいたであろう。ひとつには外部からやってくる不安。それはロシアの南下政策である。そして、インド内部の不安。それはインド人の再反乱と自治独立の運動である。綱渡りのような統治だった。インドで暮らすイギリス人には日常生活の面でもさまざまな陥穽、孤独による精神のバランスの喪失、猛暑や疫病、アヘンや過度の飲酒、性の誘惑、仕事上のストレスが待ち受けていた。キプリングの短編はアングロ・インディアンが直面するこれらのテーマのほとんどすべてを取り上げている。

ここでヴィクトリア・ターミナス終着駅に戻ってみよう。この駅は一八六五年にロックウッドが統治の美術学校に就任した当時は、粗末な小屋のような駅舎であったが、一八八七年のヴィクトリア女王在位五十周年に間に合わせて完成した。大英帝国の威信をかけて造られたこの堂々たるネオゴシックの建築物は、インドに屹立するイギリスのリンガ(男根)のようである。駅というよりは大聖堂のような威容を誇っている。とはいえ厳密にはヴェニス風ゴシックとサラセン様式の合成物である。インドは異物をインド化する。

インド大反乱が日々のニュースとしてイギリスの話題を独占していた一八五八年一月にケンジントン博物館で美術評論家のジョン・ラスキンは講演を行なった(ライセットは伝記の中でロックウッドがこの講演を聴いた可能性を示唆している)。講演のテーマは「人間精神に及ぼす美術の影響」であった。ラスキンはこの講演の中でインド美術に言及して、その極度の官能性と自然の形態の無視は、大反乱に見られるインド人の「残虐性」に関係があると論じた。だが反面、彼はインドの洗練された装飾美術を評価している。一八五一年の大博覧会で東インド会社が展示した東洋美術品を観た建築家マシュー・ディグビー・ワイアットが「われわれがいままで野蛮人と見なしがちであった東洋人が工芸美術のデザインの一貫性において我々よりはるかにすぐれていることに驚いたのも当然であった」と述べていることと共通点がある。野蛮なるアジア、残虐なインド人のデザインの優秀性を認める矛盾を納得する奇妙なロジックが登場する。つまりインドの繊細な装飾美術にもかかわらずインド人は動物的で野蛮であるというのではなく、繊細な装飾美術ゆえにインド人は残虐であるというロジックである。さらに講演の中でラスキンは「自然のすべての事実や形態にインド美術は決然と対峙して、人間を描くのではなく、八本の腕の怪物を描く」から'bestial, degraded, loathsome'だと述べている。この八腕の怪物とは殺戮の女神カーリーである。インド人にとって神像は宗教的崇拝の対象であって美術ではないのだからラスキンの誤解は明らかであるが、大反乱時にイギリス人を虐殺したインド人たちの残虐性の説明をインド美術に求めた結果と考えれば納得がいく。だが反乱鎮圧後のイギリス人によるインド人への報復も残酷そのものだったのだから、ラスキンの主張によれば、イギリス人の残虐性をイギリス美術に探さなければならなくなるだろう。中世のゴシック建築を高く評価したラスキンの『ヴェネツィアの石』の影響の下に、ジョージ・ギルバート・スコットはロンドンのセント・パンクラス駅をデザインした。それを模して造られたボンベイのヴィクトリア・ターミナス駅はインドにおけるイギリス帝国の象徴である。かつてマコーレーが英語による教育によってインド人を文明化することを提唱したように、ここでは建築物によるインドの教化が図られた。

だが威風堂々のこのゴシック建築の内部に入れば、中央のアーチ型天井や梁、あるいは窓の格子からは、ロックウッド・キプリングの指導によってデザインされたインドの動物や植物の装飾が見下ろしていることがわかる。建築物の「インド化」とでも言うべきだろう。英語がやがてインド英語に変化したように建築物もインド化する。ヴィクトリア・ターミナス駅の近くにクロフォード・マーケットという英国建築がある。ラドヤードが幼児の頃に乳母に連れられ買い物に行ったマーケットだ。その正面にはロックウッドによるリリーフがある。それらは後に息子のラドヤード・キプリングが『キム』の中で描いたインド大街道の描写を連想させるインド人たちの生活風景のリリーフである。最近のポストコロニアル批評が好む言葉で言えば、建築物の「雑種化」（hybridization）だろう。しかし人間は雑種化（混血）してはならない時代だった。インドのカースト制は清浄と不浄を基本理念として構成されている差別社会である。何にあるいは誰に触れたら穢れるか、何を食べたら清浄か等々の理念によって構成された社会なのだ。そこにイギリスは階級制度に基づく身分の区分（差別）を持ち込んだ。イギリス本国のような王室と貴族階級がないインドでは、上流に属するのは総督、州知事、ＩＣＳの高官、その他の部署の上官、軍の高官、国教会の高位聖職者だ。上流中産階級《アッパー・ミドル・クラス》に属するのは、中級の役人、農場経営者、軍の牧師、軍の将校、下層中産階級《ロウアー・ミドル・クラス》に属するのは、商売人（彼らは箱に商品を入れて運んだのでボクスワラ[box wallar]という蔑称で呼ばれた）、プロテスタントの宣教師、正規雇用ではない下級役人など。上流下層階級には下士官、カトリック聖職者、職人や会社の従業員、鉄道関係者。下流下層階級にはその多大部分のインド在住のイギリス人が含まれる

（むろん職業によって区分できない無数の者たちがいたことを忘れてはいけない）。このような階級社会の他にイギリス人は、一九世紀に流行した人種差別意識を持っていた。彼らの多くは白人種の純血保持の重要性を説いた。「天上人」と呼ばれたＩＣＳの高官を頂点にしたこのような階級制度は、インド土着のカースト制に併置されるというよりも、その上位に乗るかたちで形成されていた。在インド・イギリス人は退職後に帰国して、イギリスに住居を定めるときも「コッツウォルドのカルカッタ」と呼ばれたチェルトナムなどのいくつかの町にアングロ・インディアンの植民地《コロニー》を形成した。彼らはイギリスの階級社会の中に別のカーストを形成した特殊な人々であったとも言えるだろう。このような階級社会をつくって住み分けるところにイギリス人の特徴があり、インドでのイギリス人同士の交際の範囲もおのずからかぎられていた。ましてやインド人との交際はほとんど皆無であったと言ってもよい。キプリングのようにインドで生まれたイギリス人の子供たちは風土の危険（酷暑、コレラのような疫病、コブラ）から守られたが、同時にインド社会、インド人との接触も極力避けるように育てられた。エリザベス・ビュイトナーが言うようにインド人との接触は文化的「汚染」と位置づけられていた。さらに思春期になってもインドに留まった場合、身体的汚染、つまりインド人との性的接触が起きる危険をアングロ・インディアンは恐れた。ロックウッドは建築美術の専門家であり、上記のアングロ・インディアン社会では階級を規定されない自由を持つ特殊な職に就いていていた。

ここでアンドルー・ライセットの『ラドヤード・キプリング』をもとにボンベイでのロックウッドの生

活を覗いてみよう。当時のボンベイはアメリカの南北戦争の影響でイギリスへの綿の輸出が増加して、好景気に沸いていた。しかしまもなく一八六五年に南北戦争が終結するとアメリカの綿の輸入が再開して、コットン・ブームも終わり、同時に湾を埋め立てて土地をつくる投資会社も失敗し、ボンベイは金融危機に直面した。キプリング夫妻が到着した頃は、美術学校も住居もまだ完成していなかった。彼らは海辺の散策路に建てられた粗末なバンガローを寓居とした。

ロックウッドにとって幸運なことに、当時のボンベイ管区総督は都市計画に関心の深いサー・バートル・フリアだった。彼は綿花のブームによって潤った財政を背景に壮大な都市改造計画をスタートさせていた。要塞都市だったボンベイを「インドのロンドン」に改造するために、旧市街は取り壊され、その跡に列状の政府関係の建物が造られた。フリアは美術学校を訪れ、建築彫刻の専門家であったロックウッドに関心を寄せた。ロックウッドはこの幸運な知遇を通してボンベイの行政に携わる高官や軍人と知り合いになった。そのひとりがJ・H・リヴェット＝カーナック(この家名はキプリングの「先祖の墓」に言及されている)である。彼は先祖代々、インドに勤務した家系に属し、当時は中央管区の綿花の管理長官を務めていた。しかし行政よりは思想や芸術に関心の深い人物であった。彼を通じてロックウッドと妻のアリスはボンベイの社交界に出入するようになった。リヴェット＝カーナックの従兄弟のサー・ジョン・テンプルは総督の諮問委員会の経済担当メンバーであったが、余暇には絵を描いていた。彼はインドの美術の向上に意を尽くしていたが、「インド人がいままで学ばなかったことがひとつある。それは人物であれ、風景であれ、建築物であれ、描く対象を正確に写し取ることである。正確なスケッチは彼らの能力の欠陥を匡し、彼らの観察力を高め、彼らが愛する自然のすばらしさを分析的に理解する力をつけるだろう」と語ったという。ペルシャ絵画の影響を受けたインドの細密画やエレファンタ島にある三面のシヴァ神像や両性具有像などを念頭に置いて、サー・テンプルがインド美術には正確なスケッチが欠けていると考えたとすれば、ラスキンと同じく彼のインド美術の理解にも不足があったと言わざるを得ない。インドの細密画や彫像はインド固有のヒンドゥー教の神話的・宗教的コンテクストにおいて理解されねばならない。偶像崇拝を異教徒の悪と見るキリスト教のコンテクストの視点からはそれらは多くの場合、グロテスクであるとか過度の官能性のためにラスキンの批判をあびる。イギリス人の多くはヒンドゥー寺院（例えば男女交歓像［ミトナ］に飾られたカジュラーホ寺院群）などを見て嫌悪感を示している。本書の「ヒンドゥー恐怖」に論じたようにキプリングも例外ではない。帝国主義に批判的でインド人とインド文化に理解を示していたW・S・ブラントでさえ、マドゥライのヒンドゥー寺院の通廊の像を見て「グロテスクで怪物的である」と評している。

一六世紀初期にエレファンタの寺院の象の石窟を破壊したポルトガル人と一九世紀のイギリス人は同罪だ。玄武岩に彫られたすばらしい神像のいくつかがポルトガル人によってひどく破壊されているのを眺めていると、彼らのほうこそ、異なる文化と宗教を寛容に理解する心に欠けていた野蛮人であるように思われる。ボンベイに来る前に訪れたゴアのボン・ジェズ教会の祭壇の中央を占める亀の甲羅を纏ったようなイグナティウス・デ・ロヨラの異様に大きな像がわたしには「グロテスクで怪物的」に見えた。

一八五一年にロンドン国際博覧会に展示されたインドの工芸美術品を見たロックウッドは、インドの工芸の洗練と多様性を知っていた。彼がボンベイの美術学校に赴任して憤懣を覚えたのは、イギリスの教育方針が、インドの工芸の職人たちに、西洋の芸術の伝統を無理やり教え込もうとしていることであった。イギリスがインド人の美術教育のモデルとして持ち込んでいたものは、西洋の古典的鋳型、水彩スケッチ、素描の模写、ゴシックの塑像、ギリシャ彫刻であった。その結果生み出されたものは、インドの伝統を無視した西洋の模倣のちぐはぐな欠陥品であった。そこでロックウッドが取り組んだのは、まずインドの工芸職人たちの仕事を研究することだった。それはインドの職人たちの仕事現場のスケッチのシリーズとして結実し、一八七八年のパリ国際博覧会に展示された。彼は同時にインドの工芸の伝統を尊重しながら、若いクラフツマンたちに塑像と建築装飾の技術を教えた。先に言及したヴィクトリア・ターミナス駅のインドの動植物の彫刻装飾はその結実なのである。リヴェット=カーナックは『回想録』で「ロックウッドのインドについての知識は政府高官の多くの者よりすぐれていた」と書いている。

その後もロックウッドはインドの風物に深い関心を持ち続け、後に『インドの動物と人間』(一八九一)を出版した。この本のインド人のカラスの捕獲方法についての記述が、キプリングの「モロウビー・ジュークスの不思議な旅」の記述と一致していることを考えると、作品を書く際にキプリングが父親の知識に助言を求めたことは明白だろう。

ここで少し補足すると、ロックウッドが職を得た学校の当初の正式名称はBombay School of Art and Industryであり、ロックウッドはここの工芸美術の教師だった。industryはcraftの意味で用いられ、塑像や建築装飾はアーティストではなくクラフツマンのつまり職人の仕事として一段低く見られていた。しかし職人技のおかげでロックウッドはインド人との接触ができたのである。職人石工はギルド的であると同時にカーストでもあり、ロックウッドと弟子のあいだにはbrotherhoodが成立していた。キプリングのフリーメイソン好みと作品を彫琢していく技は、父親の職人の血を受け継いでいる。彼がfine artとしての文学よりもcraftsmanshipとしての文学を生んだ遠因はそこにある。

ロックウッドは東洋の文化を高く評価し、インドにイギリスの文化や美術や言語を強制的に押しつけることに反対していた。一八七〇年八月の『パイオニア』への寄稿の中で彼は「伝統あるイギリスの流儀をアーリア人の兄弟（インド人のこと）に有無を言わさずに強制する、その性格の強さには心底、敬意を払います。しかしわたしはインドの兄弟たちが異国風の身なりをしているのを見たいものです。特に学問のある国（イギリス）のローブが東洋の仕立ての衣服を纏っている時には」とユーモアを持って批判をしている。彼のインドにおける西洋流の美術教育への批判は孤立無援のものではなかった。イギリス本国でもウィリアム・モリスやジョージ・バードウッドらが、インドの西洋式美術学校で行われているインドの伝統を無視した教育に批判を投げ掛けていた。とくにハンドクラフトやデザイン、装飾美術は伝統的職人の技の習得に関係しているからである。一八五一年のロンドン国際博覧会を契機にイギリスでのインド絨毯の需要が増加したが、インド政府はそれに応じるために刑務所の囚人をにわか仕立ての職人として訓練した。当然ながら品質は悪くなる。また一八七八年のパリ国際博覧会には、インド固有の伝統的デザインを中国磁器や日本の花瓶、イギリスのジャムポットに応用したために、違和感のある陶器が陳列されていた。ウィリアム・モリスもこのような傾向を次のように批判している。

「この国(インド)のすばらしい工芸は西洋の征服と商業主義の進展のために、日々、急速に消滅している。わたしたちが美術教育の普及のために、ここバーミンガムに集まっているあいだにも、インドではイギリス人たちが近視眼的にインドの工芸の源泉を破壊している。宝飾、金属細工、陶器、綿染色、錦織り、絨毯製造……インドのすべての有名な歴史的工芸は、長年、なんの価値もないものとして扱われ、無視されて、つまらない、いわゆる商業製品に取って代わられた」。

西洋のいわゆる「芸術」(fine art)の概念も伝統もない異質の文化を持つインドに、西洋流の美術教育を導入しようという短絡的な発想は、言語分野での英語の導入を唱導したマコーレーの発想と同類のものである。この短絡的な教育理念に反対した点では、モリスもロックウッドも同じであった。彼らには、芸術よりは、村々に住む無名の家具職人や鍛冶屋など職人の技のほうが大切だった。ロックウッドはイギリスの陶器産業地帯で修業したことがあり、後にテラコッタの塑像や建築装飾の専門家となったので、このことをよく理解していた。彼がインドの職人の世界に関心を抱いたのは自然なことであった。一八八六年の *Journal of Indian Art and Industry* に寄稿した「今日のインドの建築」という論考の中でロックウッドは、インド政府公共事業局がつくる画一的な建築デザインに警鐘を鳴らし、それらはインドの職人の腕と発想に自由に任せたほうがよいと論じている。

ロックウッドにしても、インド人とインド文化について当時のヨーロッパ人の多くが抱いていたのと同じ偏見から完全にまぬがれていたわけではない。しかしその強烈な好奇心によって吸収したインド文化の諸相の深い知識を持っていたことは、彼の著作『インドの動物と人間』によって分かる。『ヴェーダ』のような聖典の解読によってのみインド・イメージを形成することの間違いを日々のインド観察から学んだロックウッドは、息子にとって教えを請うに値する知恵と知識を持ったグルであった。

インドの西部劇

東と西のホモソーシャルな出会い

パンジャーブ（Punjab）は現在ではパキスタンとインドに二分され、さらにインドではヒマチャル・プラデシュ、ハリヤナ、パンジャーブのそれぞれの州に分割されている広大な地域名称であり、フランスと同じ面積がある。「五つの河川」を意味し、インダス川に合流するサトレジ川などを含む五つの川が流れている。歴史上、アーリア人、アレクサンドロス大王、アラブ人、ムガル人などの異民族が西方からインドに侵入する玄関となっていた。アウラングゼーブ以降のムガル帝国の弱体化により、シク教徒が勢力を強め、一八世紀初期にはランジート・シンが最強、最大のパンジャーブ・シク教徒国を支配した。しかし彼の死後は無法状態に陥り、一八四九年にはイギリス領インドに併合された。パンジャーブはかつては寒暑の厳しい不毛の沖積平野であったが、イギリスによる灌漑・水路・運河の建設により豊かな農業地帯に変貌した。今日でもイギリス人はインド支配を正当化する時に、文明化の恩恵のひとつとしてこのことに言及する。

ちなみに本書の「ヒンドゥー恐怖」の章で取り上げた「モロウビー・ジュークスの不思議な旅」に、馬蹄形の砂の穴に落ちた主人公ジュークスがサトレジ川の方向に逃げようとすると船から銃撃される場面がある。イギリスに併合される以前のパンジャーブの西部はイスラム教徒の地として、「サトレジの向こう側」と呼ばれていたので、川からジュークスに銃を射る者たちは、イスラム教徒かシク教徒と考えられる。

パキスタンの女性小説家バプシ・シドワは『パキスタンの花嫁』で生まれ故郷のラホールを紹介している。「ラホールは、古代の売春婦、歴史の霧のかなたのヒンドゥー王の女召使、ムガル皇帝の宮廷売春婦、宝石で飾られ、遊牧の民に襲われて犯され、次々と変わる恋人の手に愛撫され癒された。カシム（八世紀のアラブの将軍）の目には少し見掛け倒しの女に見えた。魅惑的だが齢《よわい》を重ねた囲われ女、愛を求めてくるものたちに、いつでも驚きの快楽をもたらしてくれる……歴代の王たちの贈り物をみせびらかしながら」。

現実にはラホールの起源は明確ではない。ラーマ王子の息子のひとりの名が由来だという伝説もある。しかし八世紀以降、繰り返しイスラム系の征服者に蹂躙されてきた。現在まで残る栄華の都市の基礎は、一五八四年にムガル帝国第三代皇帝アクバルが首都をここに定めたことに始まる。一八四九年の合併以降、圧倒的にイスラムの都市であったラホールは、イギリスのインド支配の北西の橋頭堡とも言うべき都市に変貌した。イギリス人はここにも他のインドの都市と同じように、白人居住地区と駐屯地を新たに拓き、諸官庁、大学、博物館などがつくられた。

一八七五年にロックウッドは（『キム』に「不思議の館」として登場する）ラホール博物館の館長および、（暗殺されたメイヨー総督を記念して創立された）メイヨー美術学校の校長に就任するため、ボンベイからこの北西部の都市に移り、この地でイスラム建築への関心と造詣を深めた。バーキルの『ラホールの過去と現在』によれば、ロックウッドは仏教・仏像の知識も深く、中央アジアの探検で知られるオーレル・スタインと交際して情報を提供していた。現在、この博物館の展示物はロックウッドが設計した一八九四年創立の新博物館に移され、細密画、貨幣、ガンダーラ仏像、釈迦苦行像が展示されている。

キプリングは英国での教育を修了すると、一八八二年に父の紹介でラホールの新聞社「シヴィル・ミリタリー・ガゼット」に副編集長兼記者として就職した。この新聞は、紅茶栽培で儲けたジョージ・アレンがアラーハーバードに創設した『パイオニア』という全国紙の姉妹新聞であった。イギリス人は他に編集主幹のジョージ・ウィラーだけであったが、キプリングの着任早々、ウィラーは交通事故に遭って入院してしまう。キプリングはこの時まだ若干十七歳であったが、百七十人のインド人従業員を管理監督する立場に立たされ、一日十時間、時には十五時間も働いた。労働時間もさることながら、悩みはラホールの地獄のような夏の暑さだった。過労と暑さによる不眠のために時には明け方までラホールの旧市街を歩いた。この時の印象は後に「恐ろしい夜の街」にまとめられた。

ラホールがどのような土地であったか、その一端をよく伝えるエピソードがある。キプリングがイギリスにいる母方の叔母エディス・マクドナルドに宛てた一八八四年二月四日の手紙の内容を紹介しよう。キプリングはあるアフガン人の家に呼ばれ、単身で出かけた。そのペルシャ系のアフガン人は第二次アフガン戦争で捕虜となり、イギリスの監視下に置かれていた。彼はキプリングの勤める新聞社の持つ影響力を利用して帰郷許可を得ようと企んでいた。キプリングが逃げ出さないよう召使に扉の門を掛けさせてから、彼は自分を捕囚にしておくのは不当であると新聞に書いてくれと哀願した。書いてくれたらなんでもすると言って、アフガン人は一万六千ルピーの札束を投げて寄越した。それは月給が百ルピーのキプリングにとっては大金だった。しかしキプリングが毅然として拒絶すると、別室から目の眩むような美貌のカシミールの娘を呼んで、この女をやるからどうだとせまった。再び断ると今度は中庭のみごとなアラブ馬はどうだときた。怒り心頭に発したキプリングは、気持ちを鎮めるために煙草と（毒入りの可能性がある）コーヒーを喫んでから、すべてを拒絶した。いよいよ帰る段になって自分のみすぼらしい痩せ馬に跨がるとなんと鞍の下にサファイアが詰まった袋が差し込んである。キプリングはそれをアフガン人の家の窓から投げ込んで帰宅した。手紙の内容は以上である。キプリングがなぜこのようなアフガン人との話し合いができたかというと、彼は毎朝、ウルドゥー語のできるインド人から個人レッスンを受けるほかに父親からペルシャ語の手解きを受けていたからである。第I部の小説にはこのエピソードも組み込んである。

ビカネールの砂漠を舞台にした「モロウビー・ジュークス」の冒頭には、インドの俚言「生か死か、他に途はない」が引用されている。キプリングはインドの捉えどころのなさと混沌を観察して、その奈落に落ち込んだイギリス人の恐怖をこの短編に書いた。彼はイギリス領インドの帝国主義を賛美する作品を数多く書いているが、一八八八年頃からはインドが西洋化することはないだろうと確信していたと思われる。一八八八年に『パイオニア』に載せた無署名の詩「興味深い状態」の中でインドを老練な美女にたとえている。インドには過去に幾人もの恋人(アレクサンドロス大王、トルコ人、ラージプート族、ポルトガル人、フランス人)がいた。この老熟した美女と結婚したと思い込んでいるイギリスは失望するだろう。浮気な彼女はこれからも多くの恋人を持つだろう……。インドを浮気な女にたとえるテクストは、キプリングが英国に帰国した直後に書かれた短編「帰還した男」にも繰り返される。ロシアの特派員が「イギリスとロシアは手を携えてアジアの文明化の偉大な使命を果たそう」と演説をぶつのだが、それに対する語り手のコメントは「アジアは西洋流に文明化しないだろう。あまりにもアジアは広い。あまりにも古い。恋多き女を矯正することはできないだろう。アジアは過去において浮気がやむことはなかった。武力でやるほかに、アジアを日曜学校に通わせたり、選挙投票させることはできっこない」。つまりは軍事力に頼る以外に多情な美女であるアジア(インド)を完全に征服し、キリスト教に改宗させることも民主主義を根づかせることも不可能だという。キプリングは軍隊の威力によって仮想の「静的で不変のインド」支配が維持されていることを知っていた。しかしどのように真っ直ぐな軍用道路をつくろうとも、頑丈で近代的な橋をつくろうとも、インドのような厳しい自然環境の風土では、やがて朽ち果てて消えてなくなるだろうという漠たる無意識の不安は消えることはなかった。これまでの数千年の歴史の中で実証されてきたように、侵入者たちは一時の過客にすぎない。あるいはインドに呑み込まれ、胃袋に溶かし込まれ、インドの「空《くう》」の文明の中で溶解していく……そのようなはかなさの予感がキプリングの短編のいくつかに表現されている。

インドを神秘な哲学と知恵の宝庫、ヨーロッパ諸語の故郷と見ていた一八世紀のオリエンタリストたちの熱が冷め、一九世紀になると、インドをムガル帝国の専制主義のもとに喘ぐ未開地・後進国と見なしたジェイムズ・ミルやインドのキリスト教化を図る福音主義者チャールズ・グラントが勢力を得た。彼らの著作や政治パンフレットは東インド会社の社員らの必読書となった。インドの西洋化を目指す彼らは「アングリシスト（Anglicist）」と呼ばれている。一八三〇年代から四〇年代にかけては盛んに宣教師が送り込まれ、トマス・マコーレーのインドにおける英語教育論が出た。その間、軍事的にはイギリスが一七九九年の第四次マイソール戦争によってティプー・スルタンを破り、ハイデラバード藩王国を保護領とし、一八一八年に第三次マラータ戦争に勝利した。アフガニスタンに接する北西フロンティアでは、シク教の英雄ランジート・シンの死後生じた内紛につけ込んで一八四九年までにパンジャーブをイギリス領インドに併合した。軍事行動以外にも様々の策を弄したが、アワド王国などの併合がインド大反乱の誘因となった。

反乱後、インドはイギリスの直接統治となり、総督カニングの努力によってインド軍の再編、財政再建、司法・行政制度の改革などの諸改革が行われ、東インド会社の取締役会と監督局はインド省となる。しかし事実上は取締役会の役員はそのまま省の大臣を補佐する参事会に残って助言した。一八五八年にはインド公務員制度（ICS）が発足し、その後のインド統治の効率的な官僚組織の基礎ができた。一八六九年にはスエズ運河が開通して交通の便が急速に進歩した。以降、インドはイギリスの帝国制度に組み込まれ、「東洋の兵舎」「イギリス製品の最大の購買者」「最大の投資先」「金融センター」となった。それらのすべてを統括するイギリス領インド統治（**The Raj**）が正式にスタートしたのである。以上は歴史のおさらいである。ここでキプリングと関係する重要な変化は、大反乱後にベンガルから北西パンジャーブへインド軍の主力がシフトしたことである。その主眼はロシアの南下政策を予防するためのアフガニスタンの保護領化にあった。また、この地域のシク教徒やラージプート族やパシュトゥーン人、アフガン人は反乱時にはイギリスに協力的で、彼らを中核とする軍人の募集にも有利な土地であった。パンジャーブ州の長官であったジョン・ロレンス（後に総督［在位一八六三―六九］に昇進した）が、イギリス統治の長い歴史を持つカルカッタ、ボンベイ、マドラスの三管区の法律が適用されない特別州としてパンジャーブ州をつくったことはすでに第I部の小説でも書いておいた。

したがってその後のパンジャーブに適用するには、簡潔で、現場で柔軟に応用のきく荒削りの法律がよい。パンジャーブの特殊事情をよく理解したインド政府高官に大きな統治の権限を与えるほうが賢明である、というような統治理念を唱導したS・S・ソーバーンの『ムスリムと金貸し』が一八八六年に出た。（この年にキプリングは自分の勤める新聞に短編を書きつつあった）。この著作についての解説でアンドルー・ハギオヌは「この点で（パンジャーブに荒削りな法律の適用を認めること）彼のこの著作はインドの他の地区に適用されていた高度に知的で学問的な独善主義からの大きな離反だった。反技術、反進歩、アンチ・リベラルという点で彼の主張は、ミル親子の功利主義的インド政策よりはカーライルの思想に類似している。（大反乱鎮圧の英雄であり、行政手腕にもすぐれていた）ジョン・ロレンスの広範な人気が示したように、パンジャーブでは英雄崇拝が高く評価された。強い英雄的人物の支配を賛美するカーライルの著作は、パンジャーブの政策に哲学的基盤を与えてくれるものと思われた。カーライルにとって文学は「喧嘩」あるいは「血生臭い決闘」であった。「戦う言語」という視点は、パンジャーブの荒削りでレトリカルな政策に歩調が合致した」と述べている。インドの統治にカーライルの英雄崇拝思想が影響したというのがハギオヌの主張である。インド中央政府がミルの功利主義的思想に基づいて現地の実情に合わない複雑な西洋法を採用して、中央集権を強化する方向に進んでいた時（一八六〇年にはジョン・スチュアート・ミルが称讃したインド刑法が施行された）、パンジャーブでは荒削りな特別法に基づく個人裁量を許したロレンスの時代へのノスタルジーが蔓延していた。ミル親子が指示する功利主義的「非個人的な間接統治」に反対して、個人の経験と影響力を重視する、個人の度量によって英雄的な支配を行なう、という大反乱以前のパンジャーブの政策理念にキプリングの初期の作品は共振している、というのがハギオヌの解釈だ。英雄的な支配というのが強すぎるなら「パターナリスティックな支配」と言ってもよい。政庁のあるカルカッタが文書主義ならパンジャーブには反知性主義とも言える尚武の気風があった。キプリングはインド人バブーの育つ土地としてのベンガルに対立する土地としてパンジャーブを愛したのみならず、インドを一度も訪れずにインドについて書いた学者、それに追随する官僚の文書主義を批判した。メトロポリタンからやってくる書物から得た知識のみの官僚、インド成金(nabob)やビジネスマン(box wallah)からなるカルカッタとは違う、戦いの続く辺境としてのパンジャーブには、尚武の気風に富む軍人や放浪者の冒険の余地が残されていたと言える。メトロポリタンとインドに中心と周辺という構図が当てはまるように、カルカッタを中心とするベンガルと周辺のパンジャーブという対立軸も存在したことは意外と知られていない。キプリングが新聞記者として活躍したラホールはパンジャーブの重要都市だった。逆に言えば、キプリングが赴任したのがカルカッタであったなら、彼はタゴールに代表されるようなベンガルの文化や文学の伝統にもっと目を開かれていたかもしれない。

キプリングはインドのすべてを書いた作家ではなく(そのようなことはどのような才能ある作家にも不可能だろう)、北西フロンティアを中心に作品を書いたインドの周辺の作家なのである。彼がベンガルに住んだならば別種の作家になっていたかもしれないというのはかならずしも誇大な妄想ではない。しかし彼はカルカッタの不衛生、ベンガル・バブーの軟弱さを嫌ったのである。彼がインドの中で訪れたことのない地方を舞台として選んだのは『ジャングル・ブック』のシオニーであった。中央インドにあるシオニーのジャングルを創造するために、彼は(本書第I部の小説に登場する)ヒル夫妻の旅の日記の写真を参考にした。

一八八九年に書かれた「東と西のバラッド」は誰もが耳にしたことのある人口に膾炙したキプリングの代表的な詩である。しかし広く流布している誤解がある。まず中村為治氏による訳の冒頭の第一節を引用してみる。

Oh, East is East, and West is West, and never the twain shall meet, …
Till Earth and Sky stand presently at God's great Judgement Seat;
But there is neither East nor West, Border, nor Breed, nor Birth,
When two strong men stand face to face, though they come from the ends of the earth!

ああ、東は東、西は西、両者の出會うことあらず、／大地と空と忽ちに最後大審判の御座に立つ日まで。／されども東も西もなく、国境、人種も、生まれもあらず、／二人の強き男子等が面と對いて立つ時に、たとひ地の果てから来るとも！

このバラッドの「強き男子等《おのこら》」とは、イギリス軍の馬を盗んだアフガン部族の長とその後を追跡したペシャワールに駐留するイギリス軍の大佐の息子のことである。彼らは最後には、名誉を重んじる互いの「つわものぶり」を褒めたたえ、兄弟のちぎりを結ぶ。このバラッドには、西洋と東洋の対立とか融和がうたわれているわけではない。極端に解釈すれば、イギリス軍の大佐の息子は英領インドにいるわけだから、東側に立ち、アフガニスタンの部族の長は西側にいるのである。キプリングが言いたいのは、東洋、西洋の対比ではなく、互いの名誉を重んじる強い男同士の出会いがあれば、国境、人種、出自という差異は霧散するということに尽きる。このバラッドの舞台となっているパンジャーブという、英領インドの中でも特異な地方の歴史性を無視した従来の解釈が誤解を生んだのである。ここでは、岡倉天心が「東洋の理想」という時の「東洋」はまったく関係がないのである。例えて言えば、アメリカの西部劇で、アメリカ・インディアンの酋長と白人守備隊の若者が互いの勇気に感銘を受けて握手するような話なのだ。この時代には若いイギリス軍人などの武勇談がはやった。例えばサー・ヘンリー・ニューボルトの **He Fell Among Thieves** は、パミール遠征で山岳部族に捕われて処刑された若い士官の雄々しさを歌った作品である。キプリングがインドを去った十年後の一八九九年にインド総督に赴任したカーゾンも北西フロンティアに心酔し、乾燥した荒々しい山岳風景とそこに住む「ライオンのように勇敢」で独立不羈の精神を持ったパシュトゥーン人に自分たちの勇姿を投影している。

パンジャーブは同時にならず者の西部でもある。「王を気取る男」のカーナハンとドラヴォットがそのよい例だ。キプリングの作品に幾度も登場する警官のストリックランドもならず者の要素を持っている。彼は「獣のしるし」の中で、フリートに呪いを掛けたインド人を焼いた銃身で拷問するが、刑法で禁じられている行為（イギリスの読者は眉を顰めた）が書かれたのは、以上述べたようなパンジャーブの特別な背景が影響している。父親ロックウッド・キプリングも息子のラドヤードも、インドの現場、実情を知らずに理屈をこね回して法律をつくったり、文書をつくったり、通達を出したり、統計を出したりしている官僚、文官を嫌悪した。

「豚」という短編はこうした官僚に対するキプリングの揶揄と復讐の念をこめた物語である。出来の悪い馬を役人のパインコフィンに売りつけられたナファートンは復讐を計画する。彼はインド軍に安く豚肉を食べさせるという企画を捏造し、政府の官僚たちはこれに乗ってパインコフィンにインドの豚に関する情報・資料を集めさせる。彼は精力を傾けて「インドの野生豚、豚の神話、ドラヴィダの豚」などについての調査を書き上げ、パンジャーブにいる豚の色付きの分布図までつくる。その後、ナファートンは繁文縟礼《はんぶんじょくれい》の役所機構を利用してパインコフィンの面目をつぶし、笑い者にするが、最後には自分の意図の種明かしをする。空理空論にふりまわされる、文書主義の役人と政府にキプリングが一矢報いたと言えよう。少々手荒なことや無法なことをしても、現地の実情に通じて、人生の活劇に身をもって参加する警官のストリックランドのほうがキプリングの共感を買うのである。

＊

パンジャーブは、シク教徒は別にして、ムスリムの人口比率が高い。もともとヒンドゥーよりはムスリムを好んだキプリングは、大反乱の時に反乱軍に味方したベンガルのヒンドゥーを嫌悪した。『キム』に登場するムーケルジーは例外的に好意的に描かれているが、「人生のチャンス」など多くの作品に登場するベンガル人は批判的どころか侮蔑的に描かれている。キプリングは、一八八七年にヒンドゥー教徒の聖地、アラーハーバードに転勤になった時もラホールからムスリムの召使を連れて行った。「ヒンドゥー教徒はすぐれた人間だ。しかし……しかし彼の心の中を推し量ることはできない。それにヒンドゥー教徒は無数の奇妙な風習に取り囲まれている」とキプリングは「拿捕免許状」に書いている。そして一八八五年に結成されたインド国民会議派（ＩＮＣ）の主要メンバーがヒンドゥー教徒だったこともキプリングの反感を強めた。だがそれ以外に、当時の英領インドの歴史的状況がある。ムリナリニ・シンハの『植民地における男性性――男らしいイギリス人と女々しいベンガル人』はその状況を詳しく研究したものであるが、その概要の一部を紹介すると、インド大反乱の鎮圧とイギリスの直接統治体制への移行は慎重さを必要とする新しい時代の始まりだった。第一の施策は、反乱の支持基盤だった大土地所有層と宗教指導者の懐柔、第二の施策は、西洋流の教育を受けたインド人知識階級の増大に対する処置である。彼らが、従来イギリス人が占めていた特権的地位・職への参入を求めた時、アングロ・インディアンたちが、教育程度の高い、つまり英語のできるベンガル人に与えた蔑称が「女々しいベンガル人」だった。バブー（babu）は本来尊称であるが、ベンガル人に付した場合は「女々しいベンガル人」という揶揄になり、また「英語を書く書記あるいは事務員」の意味となった。言うまでもなく、キプリングが好む「男らしいイギリス人」とインドの「男らしい武人種族」（martial races）との対比で「女々しい……」という言葉が使われたのである。ここで「武人種族」について補足しておこう。本来この言葉はクリミア戦争などで勇敢に戦ったスコットランド高地連隊兵などを指す用語だったが、後にインドの種族にも適用された。インド内の支配領土の拡大に伴う戦闘において経験を積んだイギリスは、インドの種族を戦闘能力別に区分した。体格、体力、忍耐、勇気、忠誠心など兵隊に必要な素質を備える武人種族として、山岳や半砂漠地帯に住むパンジャーブ人、ドグラ族、グルカ族、シク教徒などを認定したが、頭はよいが、軟弱、狡猾で文弱の徒であるとされた平野部に住むベンガル人は、セポイとしてインド大反乱の中心的役割を演じたためにここからは外された。大反乱後は主として武人種族からイギリスに都合のよい兵士が募集される。「女々しいベンガル人」という言葉に表されているように、知的で教育のあるインド人は臆病者であり、勇敢なインド人は知的でなく教養がないという二分法は当時のイギリスのインド支配に好都合な人種分類だった。興味深いのは、十七挙げられている武人種族にアイルランド人とスコットランド人が入っていることである。これは本国からリクルートする兵士の多くがアイルランドとスコットランドというイギリス国内のいわば「内なる植民地」だったことをよく示している。キプリングの好みがヒンドゥーよりは武人種族のムスリムにあったことは、キムを庇護するアフガン人（パシュトゥーン人かも？）のマハブブ・アリという馬商人が重要人物として登場することからも分かる。

北西フロンティアとアフガニスタンを結ぶカイバル峠の乾燥した荒々しい岩山の風景とそこに生きるパシュトゥーン男性は、その美貌と剛毅な姿勢でイギリスの軍人や駐在官を惹きつけた。チャールズ・アレンはある駐在武官の言葉を引用している。「……パシュトゥーン人にはイギリス人やスコットランド人を魅する何かがある。それは彼らがこちらをじっと見据えて、たじろがないからだ。そうしたいと思っても彼らを見つめ返すことはできない。……我々はアトック（ペシャワールの近傍の要塞）を越えると故郷に帰ったような気分になったものだ」。

ここには辺境の男らしさの美学が見られる。イギリス人は危険だが勇猛なパシュトゥーン人に惚れていた。北西フロンティアは世界でもっとも男らしい者同士のホモソーシャルな出会いの土地だった。キプリングやカーゾンの「男の美学」への憧憬は、世紀末のヨーロッパ文化を安逸と快楽に溺れた病的な文化と見なす彼らの共通した認識によって、いっそうその陰影を濃くしている。

創られたインド

「東と西のバラッド」再考

ベニータ・パリーは『幻想と発見——英国の想像としてのインド研究一八八〇—一九三〇』(改訂新版、一九九八)で、文学が行なうことは「時代そのものについて教えてくれることではなく、時代が己について考えていることを伝えてくれるだけ」と書いている。これをキプリングにあてはめると、彼のテクストが教えてくれることはインドそれ自体やその時代ではないことになる。すでにそこに実在している真のインドの発見ではなく、イギリス人のインド言説によってつくられた想像のインドが問題である。それでは一八八〇年代のブリティッシュ・インディアを表象したキプリングのテクストを「時代が己について考えていること」と見なし、それをインドについての歴史表象という織物の上に置いた時にどんな図柄が見えてくるか、「東と西のバラッド」というあまりにも有名なテクストをここで再び例にあげて考察しよう。

最初にインド・イメージを形成してきた比喩形象《トロープ》の歴史を見たい。サーラ・スレーリは ***The Rhetoric of English India***（一九九二）の中で「インド亜大陸とは、植民地の強奪行為がなされた地理上の空間であるというだけでなく、強奪行為をしておきながらみずからの悪行を崇拝できる架空の構造物でもある。こうして亜大陸は比喩の貯蔵庫となる。この貯蔵庫からコロニアルとポストコロニアルの想像力は、帝国の不安のもっとも基礎的な比喩形象を引き出してきたのであり、いまもなお引き出し続けているのである」と述べている。この発言はイギリスの言説に見られるインド表象の歴史に関係している。イギリスのインド支配の歴史的事件が誘発した比喩形象を時間を追って整理してみよう。第一に挙げられるのは「ブラック・ホール」である。これは一七五六年、ベンガル大守のシラージ＝ウッダウラが、カルカッタにあるイギリスの要塞フォート・ウィリアムを急襲して、捕虜となった守備隊一四六名を狭い穴蔵のような牢獄に閉じ込め、十時間後にイギリスが救出した時には一二三名が窒息死していたという事件である。辛うじて難を逃れた東インド会社の軍医ホルウェルの証言と記録の真偽を巡って現代でも議論が続いている事件だ。その細部の真相は不明であっても、この事件がインド人の残虐性についてのイギリスのイメージ形成に相応の共犯的役割を果たしたことは確実である。「ブラック・ホール」という言葉が生まれ、本国イギリスの言説に取り込まれ、インド人の残虐の比喩形象としてやがて文学テクストの中でも大いに役割を果たすこととなった。例えばT・B・マコーレーが一九世紀初期にブラック・ホールをダンテの地獄になぞらえて以来、インド人の残酷性を表す比喩として確立し、キプリングも初期のインドものの短編である「モロウビー・ジュークスの不思議な旅」においては、ダンテの地獄と重ねて、インドの恐怖の比喩形象として利用している。

一八世紀末から一九世紀にかけて東インド会社の支配圏の拡大に伴い、インドの蛮習とされた寡婦殉死《サティ》と秘密殺人集団とされたサグ団《サギー》がインドの比喩形象として登場し、ヴィクトリア朝の小説に採用されていることはあまりにも有名である。次に登場するのはインド人による白人女性に対するレイプである。このインド人の動物的情欲の比喩形象は一八五七年のインド大反乱以降にイギリスの言説に定着する。その伝統を二〇世紀に引き継いだのは言うまでもなく『インドへの道』であり、これをさらに加工して白人男性のホモセクシュアリティのひねりを加えて書かれたのがポール・スコットの『ラージ四部作』である。

ここではキプリングの時代のインドでつくられ、流通し始めた別の比喩形象について検討し、「東と西のバラッド」を解釈したい。

＊

インド大反乱（一八五七―五九）を契機に東インド会社の解散と清算、直接統治の大変革ののち、一八八二年から十年間は凪の時代と言われている。しかし水面下ではインドの新興知識中産層を母体とするインドの民族主義運動が胎動していた。キプリングが十六歳でラホールに新聞編集者として赴任した時に、インドを覆っていた問題はイルバート法案を巡る紛糾であった。

一八八〇年にグラッドストンが任命したリポン総督は自由主義者であった。インド人の不満の増大を考慮し、インド人を行政や司法の分野に採用し、インド自治に向けた下ならしをするのが彼の企図であった。リポンは現地語の新聞の発行を制限していた新聞法を廃止、地方自治の促進、地方においてインド人判事にイギリス人を裁く権利を与えるイルバート法案を提示した。この最後のイルバート法案には、アングロ・インディアン社会、特に茶園経営者や藍の栽培者から大きな反対運動が起きた。彼らはインド人労働者を酷使、虐待していたためにインド人判事に裁かれることを恐れたからである。既得権益と保身を重視する他の保守的アングロ・インディアンたちも、インド人への譲歩が、インド支配の橋頭堡を崩す最初の一石となることを懸念した。

特にイルバート法案を支持し、西洋教育を受けたベンガル知識人たち(彼らはマコーレーの子供たちと言われた)に保守的アングロ・インディアンは警戒心を強めた。伝統的にベンガルの上位カーストの多くは英語教育を重視して、知的専門職に就いたが、イギリス人とインド人の双方から「頭の回転が速く、弁も立つが、文弱で狡猾」というイメージを押しつけられていたわけだが、特にそのターゲットとなったのは近代西洋教育を早くから受けていたベンガルのヒンドゥー知識人たちであった。これがベンガル・バブーの誕生ということになる。

一八二八年にヒンドゥー改革運動の母体となったブラフマ・サマージをつくったラーム・モーハン・ロ

ーイを祖とするベンガル・ルネッサンスは、タゴール家に象徴されるように、インドの伝統文化と西洋近代教育を融合する近代化運動である。詩や音楽、絵画の分野でも成果を上げた。

しかしキプリングはベンガル・ルネッサンスに冷淡あるいは蔑視的である。それにしても、本の虫で情報通でもあったキプリングがバンキム・チャンドラの英語小説を知らなかったのは不思議だ。バンキム・チャンドラの後継者と言えるタゴールについても無関心であるのは、彼と同年生まれのW・B・イェイツのタゴールへの関心とは対照的である。タゴールはイギリス留学から帰国後の一八九〇年に初めて詩集を出したので、その活躍はインド時代のキプリングの注目は引かなかったにしろ、その後のタゴールのノーベル賞受賞(一九一三)にも無関心なのは、キプリングのベンガル嫌いを示しているように思われる。一方、近代西洋教育に消極的で近代化に遅れを取ったムスリムはどうだろう。

*

アングロ・インディアンの体制派であったキプリングのベンガル・バブー嫌悪の背景には歴史的経緯がある。一八五八年に、ヴィクトリア女王はインド人に向けた宣言《プロクラメーション》をした。後にインド女帝として君臨することになる女王はこの予告宣言の中で、大英帝国の臣民の平等の権利を保障している。西洋の人種差別思想は社会ダーウィニズムに援護され、一八八三年にフランシス・ゴルトンによって初めて使われた優生学のような社会哲学の衣装を纏って続いていたが、ヴィクトリア女王が「法の下におけるインド臣民の平等の保護、信教の自由」を宣言した後は、次第にあからさまな人種差別政策は公の言説から後退する。その代わりに登場したのが、ジェンダーの差異を借用した「男らしいイギリス人」と「女々しいベンガル人」という区分であった。ムリナリニ・シンハの『植民地における男性性――男らしいイギリス人と女々しいベンガル人』に依拠してその経緯を次にまとめてみる。

彼ら「女々しいベンガル人」は、一八三二年のトマス・バビントン・マコーレーの有名なインド人教育の提言およびそれを受けた一八三五年の英語教育法によって西洋教育を受けた知識人の成長した姿である。先に述べたように彼らは「マコーレーの子供たち」と呼ばれ、司法や行政のマイナーな職に就き、次第に権利の拡大を求めるようになっていく。このようなインド人側の要求の増大とインド自治の実現に向けてのリベラルな政治家たちの政策のひとつがイルバート法案だったのだ。

こうした西洋の近代教育を受けたインド人の典型的人物のひとりにサレンドラナート・バネルジー（一八四八―一九二五）がいる。彼は一八六八年（ボンベイにいたキプリングは三歳の幼児）にインド公務員試験に合格したが、公務員となった後、人種差別によって職を追われることになる。彼は抗議するためにイギリスまで渡航し、イギリスのインド統治に関してリベラルな思想を持っていたエドマンド・バークらを研究した。帰国後は大学に奉職し、同時にインド最初の政治組織 Indian National Association を設立した。これは後にA・O・ヒュームの国民会議と合流する。

ここで重要なのは、彼のようなインド知識人がベンガル出身のヒンドゥー教徒であることだ。独立運動の萌芽の動きに敏感にならざるを得なかったアングロ・インディアンたちの多くはベンガルの英語ができる中産階級のインド人バブーたちを警戒し、軽蔑して（その実は不安と恐怖が隠れている）下級事務職のインド人を「女々しいバブー」「女々しいベンガル人」と呼ぶようになったとシンハは論じている。かつて一八世紀には「穏やかなヒンドゥー」を代表していたベンガル人の蔑称はこのようにしてつくられた。そしてこの「女々しいベンガル人」の表象はこの時代にはメトロポリタンの衰退へと逆投影され、こうしたベンガル・バブーをつくり出したリベラルなメトロポリタン（ジェイムズ・ミルの思想）の政策に対する批判へと結びついてゆく。

キプリングのヒンドゥー知識人への侮蔑は執拗である。彼らの呼称である 'bhadralok'（respectable people）は『ジャングル・ブック』の猿たち（掟がない、指導者がいない、仲間と争い、一日前のことを忘れる）Bandar-log に転換されていると考えられる。ジャングルの動物たちの中で猿だけは集団として登場し、個々の猿に名前が無い点も、イギリス人から見た群れとしての中産階級インド人を思わせる。このような植民地主義下の特殊な政治状況の中で書かれたキプリングの短編には、ヒンドゥーの事務官が危急に際して持ち場から逃げ出す「人生のチャンス」、無能なベンガル人の地方長官が登場する「地方長官」などがある。

そして反作用として、支配者であるアングロ・インディアンの男らしさの創出が行われた。スティーヴン・アラタが『ヴィクトリア世紀末の喪失のフィクション』で引用しているジョン・ストレイチーの一八八八年の「イギリスから最良の国民を奪ったアングロ・インディアンは過去のアングロ・サクソンの美徳と剛毅さを持っている」という言葉は、彼らの「男らしさ」崇拝を物語っている。キプリングは北西州の彼らが美徳と呼ぶもの、つまり男らしさの代弁者として、西洋教育を受けたヒンドゥーを生み出したカルカッタのインド政庁、官僚の牙城カルカッタの文書主義に反感を抱いていた。このことは本書の「インドの西部劇」でも詳しく触れておいた。

他方「男らしいイギリス人」と手を結ぶ「男らしいムスリム」の比喩形象がつくられた。この背景には大反乱後、北西方面の守りを固めるためにインド軍の主力がベンガルからパンジャーブへ移動したこと、そしてそこのシク教徒やラージプートやパシュトゥーン人を懐柔したり、取り込もうとする政策が存在した。

イギリスのインド統治において、特に大反乱後はヒンドゥーとムスリムの分断に力が注がれた。世に言うイギリスの伝統的分割統治である。つまり、ヒンドゥーとムスリムの習俗やカーストや宗教には極力干渉せず、ふたつの宗派の勢力を均衡状態で対立させておくことが重視されるようになったのだ。反乱直後のムスリムへの警戒が反転して、ヒンドゥー中心のカルカッタ大学に対抗するように、一八七五年にはアリーガルに近代西洋教育で遅れを取ったムスリムのために「ムハメダン・アングロ・オリエンタル・コレッジ」が創設された[※注]（ちなみに、後にフォースターの友人のロス・マスードはここの副学長となる）。やがてこの卒業生たちが、汎イスラム主義(Pan-Islamism)を唱導してイギリスとヒンドゥーに対抗していく運動母体となるのは歴史の皮肉とも言えよう。

※注　一九二〇年にアリーガル・ムスリム大学(Aligarh Muslim University)となるこのコレッジの創立はサイード・アフマド・カーンというムスリム改革運動の指導者が一八六四年に当地に起こしたムスリム復興運動から始まった。ちなみに、マスードはカーンの唯一の孫息子である。

＊

以上の歴史地図の布地の上に「東と西のバラッド」を重ねてみると、従来見えなかった図柄が見えてくる。ふたりの強き男子のひとりは、父の牝馬を取り戻そうとインド北西州のアフガン山地に馬盗人を追うイギリス守備隊の大佐の息子、もうひとりは山岳部族の盗賊の頭、カーマルである。ふたりは馬を巡るやりとりのうちに意気投合し、互いの男らしさを認め合い、最後にはカーマルは自分の息子をイギリス人の守備隊に兵士として差し出す。大佐の息子とカーマルの息子は兄弟の誓いをする。そしてカーマルは息子に「されば汝は白人女王(ヴィクトリア女王)の飯を食へ／女王の敵は汝が敵ぞ」と言い聞かせるのだ。

カーマルはカイバル峠の向こうに住むムスリムのパシュトゥーン人であろう。彼らは男子の誇りを重んじる。青い目をしている彼らに男同士の惹かれ合いを感じたイギリス軍人は多い。現代でもV・S・ナイポールが「教養あるベンガル人よりは、青い目の非理知的で単純なパシュトゥーン人にイギリス人は惹かれた」と指摘している。ナイポールの指摘は正鵠を得ていると思われる。

チャールズ・アレンの『英領インドの平話集』にある駐在武官の言葉を再度引用すれば、「パシュトゥーン人にはイギリス人やスコットランド人を魅する何かがある。それは彼らがこちらをじっと見据えて、たじろがないからだ。そうしたいと思っても彼らを見つめ返すことはできない。……我々はアトック（ペシャワールの近傍の要塞）を越えると故郷に帰ったような気分になったものだ」。

ベンガル分割を行なって皮肉にも独立運動を激化させたカーゾン総督にもパシュトゥーン人愛好の精神が見られる。しかしその場合は常に「女々しいベンガル人」と対比されていることが重要だ。パシュトゥーン人に見つめられて見返すことができないイギリス人は、明らかにホモ・エロティックな関係に落ち込んでいる。このように「強い男子」の言説と「女々しいベンガル人」の言説が一対のトロープとしてキプリングによって強化された。後にポール・スコットの小説で主人公のメリックがアジズという立派な体格のインド人と性関係を持つ時にパシュトゥーン人の服装を身につけるというのは、このトロープの逆転の使用である。

＊

以上述べたように、一八八〇年代にイギリス人は、またキプリングは、ヒンドゥー知識人よりはムスリムに親近感を抱いていた。これには尚武の気風を好む東洋と西洋の強い男同士のホモ・エロティックな関係にゆえんがある。このことは世界史においてはフロンティアで起きる現象だ。アメリカ西部劇で白人の守備隊長とインディアンのアパッチ酋長がお互いの男らしさを認めて抱擁し合うような場面を思い出させるわけだ。むろんアメリカ・インディアンのイメージは映画が捏造したもので、それと同様に「東と西のバラッド」のパシュトゥーン人もイギリス人が勝手につくったイメージである。ナイポールの指摘するパシュトゥーン人の「単純」はイギリス人が自己像を投影したものと見られる（パシュトゥーン人は現在、タリバンの中核としてアフガニスタンをイスラム原理主義の国にしようとアメリカを相手に戦っている）。

同時に重要なのは、このホモ・エロティック関係は権威や権力の転覆を生じさせない安全な出会いとして認められている点である。カーマルの息子はヴィクトリア女王の兵士として取り込まれることによって、その男性性を保証されると同時に、帝国防衛尖兵の一部に変身させられていることを見落とすわけにはいかない。このバラッドでは「東の男」は「西の男」の帝国に恭順することによって「東も西もなく」なったのである。

したがってこのバラッドの「東の男」とは、西洋教育を受けてインド統治に不満と反抗心を持ち始めたベンガル知識人たちと対比されたムスリムのパシュトゥーン人であることを読み込まないと、人種差別を否定して西洋と東洋の融和を説いた普遍的人間主義の詩に解釈されてしまう。

よく見られる別の誤読の例を示そう。植民地インドに「支配と被支配の、自己と他者の二項対立でなく、支配者が自分と同じ欲望を被支配者に見出した時に起こる恐怖を中心にコロニアル・ディスコースを解読する」という方法論を提示するサーラ・スレーリのような批評家も誤読をしている。自分の立てた概念や批評理論の例証としてテクストを読む場合に陥りがちな誤読である。「イギリスのインド支配の政治、そしてそれが生み出した物語は引き伸ばされたホモセクシュアルの作法に満ちている。このホモセクシュアルの作法の意義は、キプリングの「東と西のバラッド」の中のふたりの強き男子が出会った時だけ、東西、国境、生まれや育ちの文化的相違が抹消されるという悪名高い主張にまで遡及できる。「二人の強き男子等」に体現されているヒステリーと文化的恐怖は、インド植民地化の歴史物語に十二分に記録されている」。

このように言う、スレーリの主張の前半は異議を挟む必要はない。しかし後半の「強き男子」が体現しているのが「ヒステリーと文化的恐怖」だという主張には、まったく根拠がない。植民地における男子の出会いは、すべてホモセクシュアルであり、そこにはヒステリーと文化的恐怖が見られるというのは、インド支配の言説をフランスのラカンの心理学の用語で分析するホミ・バーバやサーラ・スレーリのコロニアル・ディスコース批評特有の牽強付会である。キプリングのバラッドに登場する男たちのどこにヒステリーや文化的恐怖があるというのだろう。彼らはむしろ帝国時代に評価された男らしさを嬉嬉として楽しんでいるではないか。だが植民地インドにおける「ヒステリーや文化的恐怖」を「モロウビー・ジュークスの不思議な旅」の解読に応用することは可能だろう。そもそも、すべての植民地インドの言説をひとつの批評の立場から強引に読もうとすることに無理がある。

敵対する異人種あるいは部族集団が出会う時、優勢な人種あるいは部族が他者を殲滅することなく自己の組織に取り込む意図は、他者の神やトーテムを自己の象徴的価値体系に吸収することによって擬制の一体化を謀ることにある。タビシュ・カーイルが『バブー・フィクション』で言及しているように、マウリヤ朝時代のインドにおいて、アーリア系の神話体系に非アーリア系の部族の神々が取り入れられ、その結果、インドの非アーリア系住民が最下層のカースト《シュードラ・カースト》(Sudra)に位置付けられたのは、その一例である。キプリングの時代のインドにおいて、パシュトゥーン人というムスリム集団と大英帝国の軍隊に共通するトーテムは男性《マスキュリニティ》性であった。「東と西のバラッド」は、大英帝国という象徴的価値体系にムスリムの戦闘的部族を取り込むために、このようなトーテムを利用した同一化政策が有効であると信じられていた例証だ。「東と西のバラッド」が書かれた一八八五年頃は、すでに述べたように、イギリスはムスリムと友好的関係をつくろうとしていた。それはなにもムスリムのためを思ってのことではなく、ヒンドゥー中心のインド国民会議派の台頭に対抗させるためである。

インドではイギリスの政策は絶えず、ムスリム重視とヒンドゥー重視のふたつの振幅を揺れ動いていた。したがってキプリングのバラッドの東と西の強い男の出会いからインドの近代化と自治権の運動の主要地域であるベンガル・ヒンドゥーが排除されていることに意味があると言える。キプリングの語り手は「男らしいムスリム」に帝国時代の戦う男の価値を見出し、「女々しいベンガル・ヒンドゥー」をその対極に置く。キプリングが一八八九年にイギリスに戻った時、「女々しいベンガル人」のトロープは、退化したメトロポリタンにいる「女々しい文弱の族」としてのオスカー・ワイルドとその仲間に投影されていたというのが正しい理解であろう。

ただしここで補足しておきたいのは、キプリングが侮蔑の眼差しを向けていた「女々しいベンガル人」こそ、来るべき独立運動の起爆剤となるインドのナショナリズムの物語をつくり出していたことである。キプリングがインドにやってきた一八八二年には、バンキム・チャンドラ・チャッタージーがベンガル語で書かれた『アーナンダマト』を出版している。この小説がインド人の国民としての統合意識の形成に役立ったことは、作中の歌「母なるインドへ（"Vande Mataram"）」が後にインド国民の愛唱歌になったという点からも確認できる。キプリングはベンガルからあまりにも遠いパンジャーブに暮らしていたためにベンガル・ルネッサンスに無知だったようである。

*

終わりに、「異文化間の男同士の絆の虚構」をテーマにしたフォースターの『インドへの道』の最後の場面を考察する。フォースターがキプリングのバラッドを意識していたにちがいないと思われるからである。フィールディングとアジズはなぜ馬に乗っているのか、審判の声はなぜ空であるのか、が解明すべき問題なのだ。

フィールディングが男の友情を結び合う対象はムスリムのアジズであって、けっしてクリシュナ神を慕う乳搾り娘の声をまねて歌う、やや女々しいヒンドゥーのゴドボール教授ではあり得ない。ゴドボール教授に神秘的に共鳴し合うのはミセス・ムアである。ここでもヒンドゥーは女性性と共鳴する。とりわけヴィシュヌ派のゴドボール教授は激情的なシヴァ派よりは両性具有的温和さを具現している。ゴドボールもミセス・ムアも地を歩く者(pedestrian)であるほかない、それに対してフィールディングとアジズは馬に乗る人(equestrian)として、最後の場面に登場する。中央アジアの騎馬民族の血を引くバブールの子孫であるアジズはかつてインドを支配したムガル帝国を誇りにしている。ジェイムズ・ミルのインド史に書かれているインドの停滞と迷信を打ち破ったのはムガルと英国であるという思想がこの小説の最後の場面を背後から支えている。騎乗の姿は支配する男の象徴的姿勢なのだ。天下国家あるいは政治的支配を論じ、「男同士の愛」を問題とする場面では、女々しいヒンドゥーや女性は除外されるというキプリングのバラッドと共通した特徴が見られる。ふたりの乗る馬は、ヨハネの黙示録のように火を吐くことはないが、フィールディングとアジズの動きを支配し、彼らの乗る馬を分離するのは大地から突き出した岩であり、風景もまたふたりの運命をコントロールしている。そして最後の審判を下すのは空だ。キプリングのバラッドの中でも、大地と空は最後の審判の御座に立ち会う。むろん最後の審判という以上、バラッドではキリスト教の神の裁きが背景にあるわけだが、『インドへの道』ではどうだろうか。

『インドへの道』では、第一章で空が描写されている。

"The sky settles everything....the sky can do this because it is so strong and enormous."

第二章ではインドの空の下でインド人たちがイギリス人との友愛を論じている。

"They were discussing as to whether or no it is possible to be friends with an Englishman."

この小説は、宇宙のすべてを支配する空のイメージで始まり、空による最後の審判によって閉じられていると言えよう。その意味でもキプリングのバラッドとの共通点は多い。最後に空が「そこではまだだめだ(no, not there)」と審判を下すのだが、インドの時空を支配する空はブラフマー神を表すから、それは同時に真理と不偏不党の視点を示していると、インドのフォースター研究者ガングリーは述べている。もしこの説が正しいとすると、最高神ブラフマーの裁定では、支配と被支配の関係が解消しないかぎり、支配者であるフィールディングと被支配者であるアジズの友愛は成立しない。つまり小説冒頭のインド人たちの問いかけ、「イギリス人と親友になれるか」には否定する答えが出されるのである。

キプリングにおいては帝国の存在によって東と西の男の友愛は成立している。フォースターにおいては帝国の存在によって東と西の男は分断されている。さらにフォースターの小説は従来のレイプのトロープを利用しているだけでなく、フィールディングとアジズの関係にホモセクシュアリティを暗示的に導入することによって、ジェンダーの攪乱作用をインド英語小説に持ち込んだ。このホモ・エロスと人種差別の複雑な交錯を利用したのが、ポール・スコットの『ラージ四部作』だろう。

キプリングのインド時代にはまだジェンダーの揺らぎはなかった。たとえパシュトゥーン人に見つめられて見つめ返すことのできないイギリス武官が己の中のホモセクシュアリティを無意識に抑圧していたとしても。

「東と西のバラッド」はその意味で、英国によるインド永久統治の幻をまだ夢見ることのできた「凪」の時代の自画自賛の産物と言える。キプリングの現実の人生と作品においてインド人との親愛が見られるのは、白人サーヒブとインド人下僕とのあいだにである。しかしこの点について考察することは別の機会を俟ちたい。

主要参考・引用書目

Adams, Jad, *Kipling* (New Edition), London: Haus Books, 2005.

Allen, Charles, *Plain Tales from the Raj*, London: Andre Deutsch, 1975.

______. *Kipling Sahib: India and the Making of Rudyard Kipling 1865-1900*, London: Pegasus Books, 2009.

Anand, Mulk Raj, *The Hindu View of Art*, London: Asia Publishing House, 1957.

Ankers, Arthur R., *The Pater: John Lockwood Kipling, His life and Times 1837-1911*, Oxford: Pond View Books, 1988.

Arata, Stephen, *Fictions of Loss in the Victorian Fin de Sicle: Identity and Empire*, Cambridge: Cambridge University Press, 2009.

Baqir, Muhammad, *Lahore: Past and Present*, Delhi: Low Price Publication, 1984.

Baucom, Ian, *Out of Place: Englishness, Empire, and the Locations of Identity*, New Jersey: Princeton University Press, 1999.

Bayly, C. A., *Rulers, Townsmen and Bazaars: North Indian Society in the Age of British Expansion, 1770-1870*, New Delhi: Oxford University Press, 1983.

Belliappa, K. C., *The Image of India in English Fiction: Studies in Kipling, Myers, and Raja Rao*, Delhi: B. R. Publishing Corporation, 1991.

Brantlinger, Patrick, *Rule of Darkness: British Literature and Imperialism, 1830-1914*, Ithaca: Cornell University Press,1988.

Cornell, Louis L., *Kipling in India*, London: MacMillan, 1966.

Crook, Nora, *Kipling's Myths of Love and Death*, London: Macmillan, 1989.

Dilks, David, *Curzon in India*, New York: Taplinger Publishing Company, 1970.

Edwardes, Michael, *Glorious Sahibs: The Romantic as Empire-Builder 1799-1838*, New York: Tapling Publishing Company, 1969.

______. *Bound to Exile: The Victorians in India*, New York: Praeger Publishers, 1970.

Flanders, Judith, *A Circle of Sisters: Alice Kipling, Georgiana Burne-Jones, Agnes Poynter, and Louisa Baldwin*, London: Penguin Books, 2001.

Forbes, Geraldine, *Women in Modern India*, Cambridge: Cambridge University Press, 1996.

Ganguly, Adwaita P., *India: Mystic, Complex, and Real: An Interpretation of Forster's A Passage to India*, Delhi: Motilal Banarsidass Publishers, 1990.

Gorra, Michael, *After Empire, Scott, Naipaul, Rushdie*, Chicago: The University of Chicago, 1996.

Greenberger, Allen J., *The British Image of India: A Study in the Literature of Imperialism*, London: Oxford University Press, 1969.

Hagiioannu, Andrew, *The Man who would be Kipling: The Colonial Fiction and the Frontiers of Exile*, Palgrave: MacMillan 2003.

Hawley, John S. and Wulff, Donna M. (ed.), *Devi: Goddess of India*, Berkley: University of California Press, 1996.

Inden, Ronald, B. *Imagining India*, Indiana: Indiana University Press, 1990.

Lawrence, Walter Roper, *The India We Served*, London: Cassell and Company, 1928.

Lockwood, Kipling, *Beast and Man in India*, London: Macmillan, 1892.

Lyall, Alfred C., *Asiatic Studies, religious and social*, London: Watts & Co., 1899.

Lycett, Andrew, *Rudyard Kipling*, London, Weidenfeld & Nicolson, 1999.

Marriot, John, *The Other Empire: Metropolis, India and Progress in the Colonial Imagination*, Manchester: Manchester University Press, 2003.

Mason, Philip, *The Men Who Ruled India*, Calcutta: Rupa & Co., 1985.

Metcalf, T. R., *Ideologies of the Raj*, New Delhi: Cambridge University Press, 1998.

Mitter, Partha, *Much Maligned Monsters: A History of European Reactions to Indian Art*, Chicago: The University of Chicago Press. 1977.

______. *Indian Art*, Oxford: Oxford University Press, 2001.

Moore-Gilbert, Bart (ed.), *Writing India, 1757-1990: The Literature of British India*, Manchester: Manchester University Press, 1996.

Morris, Jan, *Stones of Empire: The Building of the Raj*, Oxford: Oxford University Press, 1983.

Morrow, Ann, *The Maharajas of India*, New Delhi: Srishti Publishers, 1998.

Naipaul, V. S., *Literary Occasions*, New York: Vintage Books, 2004.

Narayan, Govind, *Munbai: An Urban Biography from 1863*, London: Anthem Press, 2008.

Narayanan, Gomathi, *The Sahibs and the Natives: Study of Guilt and Pride in Anglo-Indian and Indo-Anglian Novels*, Delhi: Chanakya Publications, 1986.

Oman, John Campbell, *Cults, Customs and Superstitions in India*, London: Unwin, 1908.

Orel, Harold, *A Kipling Chronology*, London: Macmillan, 1990.

Pafford, Mark, *Kipling's Indian Fiction*, London: MacMillan, 1989.

Palling, Bruce, *A Literary Companion: India*, London: John Murray, 1992.

Parry, Benita, *Delusions and Discoveries: Studies on India in the British Imagination 1880-1930*, London: University of California Press, 1972.

Ray, Satyajiy, *Stories*, London: Penguin Books, 1987.
Ricketts, Harry, *The Unforgiving Minute: A Life of Rudyard Kipling*, London: Chatto & Windus, 1999.
Rivett-Carnac, J. H., *Many Memories of Life in India at Home and Abroad*, London: Lockwood and Sons, 1909.
Rubin, David, *After the Raj: British Novels of India Since 1947*, Hanover: University Press of New England, 1986.
Rushdie, Salman, *Imaginary Homelands*, London: Penguine Books, 1991.
Sabin, Margery, *Dissenter and Mavericks: Writings about India in English 1765-2000*, Oxford: Oxford University Press, 2002.
Scott, Rebecca, *The Fabrication of the Late-Victorian Femme Fatale*, London: Macmillan, 1992.
Sharpe, Jenny, *Allegories of Empire: The Figure of Woman in the Conial Text*, Minneapolis: University of Minnesota Press, 1993.
Sinha, Mrinalini, *Colonial Masculinity: The 'Manly Englishman' and the 'Effeminate Bengali' in the Late Nineteenth Century*, Manchester: Manchester University Press, 1995.
Spurr, David, *The Rhetoric of Empire*, Durham: Duke University Press, 1993.
Suleri, Sara, *The Rhetoric of English India*, Chicago: The University of Chicago Press, 1992. サーラ・スレーリ『修辞の政治学――植民地インドの表象をめぐって』川端康雄／吉村玲子訳、平凡社、二〇〇〇年。
Sullivan, Zohreh T., *Narratives of Empire: The Fictions of Rudyard Kipling*, Cambridge: Cambridge University Press, 1993.
Tarapor, Mahrukh, 'John Lockwood Kipling and British Art Education in India' in *Victorian Studies*, Autumn 80, Vol. 24. Issue 1.
Theroux, Paul, *The Great Railway Bazaar: By Train Through Asia*, Hamish Hamilton, 1975.
Tod, James, *Annals and Antiquities of Rajasthan*, London: Routledge and Kagan Paul, 1829.

Trevelyan, Raleigh, *Golden Oriole: A 200-year History of an English Family in India*, New York: Touchstone Book, 1987.
Vernede, R. V., *British Life in India*, New Delhi: Oxford University Press, 1995.
Viswanathan, Gauri, *Mask of Conquest: Literary Study and British Rule in India*, New Delhi: Oxford University Press, 1989.
Winks, R. W. and Rush J. R. (ed.), *Asia in Western Fiction*, Honolulu: University of Hawaii Press.
Wright, Gillian, *Hill Stations of India*, Hong Kong: Local Colour, 1991.
Wurgaft, Lewis D., *The Imperial Imagination: Magic and Myth in Kipling's India*, Middletown, Conn.: Wesleyan U. P. 1983.

安引宏／今井爾郎／大工原弥太郎『カルカッタ大全』人文書院、一九八九年。

荒松雄『インドとまじわる』未来社、一九八二年。

アーレント、ハナ『全体主義の起源2　帝国主義』大島通義／大島かおり訳、みすず書房、一九七二年。

伊藤武『図説 インド神秘事典』講談社、一九九九年。

――『語るインド――もっとディープにインドにハマるための発作的サンスクリット入門』ベストセラーズ、一九九六年。

臼田雅之「沈黙の塔」、『南アジアを知る事典』辛島昇他監修、平凡社、一九九二年、六六二頁。

エリアーデ、ミルチャ『マイトレイ』住谷春也訳、作品社、一九九九年。

大熊信行『社会思想家としてのラスキンとモリス』論創社、二〇〇四年。

大原三八雄『ラファエル前派の美学』思潮社、一九八六年。

小川さくえ『オリエンタリズムとジェンダー――「蝶々夫人」の系譜』法政大学出版局、二〇〇七年。

オットー、ルードルフ『インドの神と人』立川武蔵／立川希代子訳、人文書院、一九八八年。

ガードナー、ブライアン『イギリス東インド会社』浜本正夫訳、リブロポート、一九八九年。

川本静子『〈新しい女たち〉の世紀末』みすず書房、一九九九年。

北原靖明『インドから見た大英帝国――キプリングを手がかりに』昭和堂、二〇〇四年。

『キップリング詩集』中村為治選訳、岩波文庫、一九三六年。

小磯千尋／小磯学『世界の食文化8　インド』農山漁村文化協会、二〇〇六年。

小寺武久『中世インド建築史紀行――聖と俗の共生する世界』彰国社、二〇〇一年。

小西正捷『人間の世界歴史8　多様のインド世界』三省堂、一九八一年。

――『ベンガル歴史風土記』法政大学出版局、一九八六年。

斉藤昭俊『インドの神々』吉川弘文館、一九八六年。

定方晟『インド性愛文化論』春秋社、一九九二年。

――『インド宇宙誌――宇宙の形状・宇宙の発生』春秋社、一九八五年。

島岩「ヒンドゥー教寺院建築の伝統と特質」、『季刊・文化遺産』特集 インドの建築伝統、島根県並河萬里写真財団、一九九九年四月号。

ジャクソン、ホルブルック『世紀末イギリスの芸術と思想』澤井勇訳、松柏社、一九九〇年。

ショウォールター、E.『性のアナーキー――世紀末のジェンダーと文化』富山太佳夫／永富久美／上野直子／坂梨健史郎訳、みすず書房、二〇〇〇年。

スピヴァク、ガヤトリ・C『サバルタンは語ることができるか』上村忠男訳、みすず書房、一九九八年。

セラノ、ミゲール『楽園の蛇《クンダリニー》――インド巡礼記』大野純一訳、平河出版社、一九八四年。

高橋裕子『世紀末の赤毛連盟――象徴としての髪』岩波書店、一九九六年。

デュモン、ルイ『インド文明とわれわれ』竹内信夫・小倉泰訳、みすず書房、一九九七年。

タゴール暎子『私のなかのインド』筑摩書房、一九八六年。

立川武蔵『アジャンタとエローラ——インドデカン高原の岩窟寺院と壁画』集英社、二〇〇〇年。

デヘージア、ヴィディヤ『インド美術』宮治昭・平岡三保子訳、岩波書店、二〇〇二年。

南條竹則『悲恋の詩人ダウスン』集英社新書、二〇〇八年。

西岡直樹『サラソウジュの木の下で——インド植物ものがたり』平凡社、二〇〇三年。

——『インド動物ものがたり——同じ地上に生なすもの』平凡社、二〇〇〇年。

ハイアム、ロナルド『セクシュアリティの帝国——近代イギリスの性と社会』本田毅彦訳、柏書房、一九九八年。

パス、オクタビオ『インドの薄明』真辺博章訳、土曜美術社出版販売、二〇〇〇年。

バーバ、ホミ・K.『文化の場所——ポストコロニアリズムの位相』本橋哲也／正木恒夫／外岡尚美／阪元留美訳、法政大学出版局、二〇〇五年。

浜渦哲雄『大英帝国インド総督列伝——イギリスはいかにインドを統治したか』中央公論新社、一九九九年。

袋井由布子『インド、チョーラ朝の美術』東信堂、二〇〇七年。

ボンゼルス、ワルデマール『インド紀行』上下巻、実吉捷郎訳、岩波文庫、一九四三年。

本田毅彦『インド植民地官僚——大英帝国の超エリートたち』講談社選書メチエ、二〇〇一年。

前川輝光『マハーバーラタの世界』めこん、二〇〇六年。

マジュプリア、T.C.『ネパール・インドの聖なる植物』西岡直樹訳、八坂書房、一九九六年。

松井透『バニヤンの樹かげで——異文化への視野』筑摩書房、一九九四年。

宮原辰夫『イギリス支配とインド・ムスリム』成文堂、一九九八年。

宮元啓一『インド文明５０００年の歴史』光文社、一九九〇年。

山際素男『インド群盗伝』三一書房、一九九三年。

ヨガナンダ、パラマハンサ『あるヨギの自叙伝』森北出版、一九八三年。

あとがき

薔薇はブルー、……キプリングのインド

キプリングにつき合ってあっという間に十五年以上が経ってしまった。D・H・ロレンスから始まった英文学とのつき合いの途上、いろいろの小説家や詩人に出会い、そして惚れ込んだ。キプリングには惚れ込んだわけではない。他の作家とは異なり、こちらを惹きつけると同時に撥ねつける硬質の鋼《はがね》のような文学がここにあると思っただけである。

どの作家もむろん安易に比較同定を許さない独自の世界を築いている。しかしキプリングの独自性は際立っている。それはなにも彼の帝国主義的イデオロギーだけを指して言っているわけではない。テクストに入り込むために伝記を読もうが書簡を読もうが、ポストコロニアル批評を武器に立ち向かおうが、入り口が見つからない魁偉な城砦《シタデル》を攻略する、そんな魅力に逆説的に惹きつけられてきた。しかし同時に心底からは理解できたと思われない作家である。おそらくその理由は、キプリング自身が帝国主義時代の価値観を半ば無意識に信じ込んでいて自覚的にそれを乗り越えようとしなかったことにあるだろう。だから思

想家としてのキプリングは評価できない。だが彼の文学にはときに彼の思想と矛盾する啓示の瞬間が現れる。その矛盾がときにグロテスクな効果を生む。多くの読者はそのグロテスクさを嫌うのではないだろうか。しかし天の邪鬼のわたしは思う。世の人はなぜ好きな作家にのみ打ち込むのか？ 好き嫌いから始まる文学愛好を常道とする世に逆らって、キプリングという魁偉な要塞の入り口を探してやろうとしているうちに、未だにそれが見つからず、カフカの『城』の主人公のように城砦のまわりをうろついているというのが実情だ。だから本書第Ⅰ部の小説もキプリングという城の入り口を探す試みのひとつである。

あるとき、わたしは山梨県の大月にある岩殿山を歩いていた。武田氏の家臣小山田氏が築いたと言われる山城のある巨岩の山で、奥には修験道の行者がひらいた稚児落としの絶壁もある。そこに佇むひとりの女を見かけた。わたしは稚児落としから、細い踏み跡のあるけもの道を通って奥山から金山に抜けようと思った。その細道に数歩も踏み込まないうちに稚児落としのほうを振り返ると、その女の姿が消えていた。わたしは投身自殺かと疑った。数時間後、奥山から同じルートを辿って稚児落としの岩の上に戻って上空を見ると、一羽の鳶が輪を描くように空に浮かんでいた。わたしは女が死んで鳶になったような気がして、それをもとに「山姥の記」という短編を書いた。その後、この短編をキプリングが若き日に歩いたヒマラヤ山麓のトレッキングの場面に転用できないか、同時に伝記や批評に拠らない別の作家理解というものがあるのではないかと考え始めたとき、フィクションという手段によって、インド時代のキプリングを追体験してみたいという渇望に駆られた。だから本書第Ⅰ部のこの小説は、キプリングが酩酊して見るヒマラヤ・トレッキングの夢の場面(五三―五八頁)から書き始めたのである。

小説に作者の解説は要らないと思うのだが、読者に向けてお断りしておきたい。これは伝記資料と彼の文学テクストを主たる資料としているが、それらはあくまで資料であり、作中に出てくる書簡や日記もわたしの創作あるいは脚色である。ストーリーの骨格はキプリングの伝記的事実から大きく逸れてはいないが、それだけでは追跡できないいくつもの空隙を埋めるために、わたしの空想と幻想を自由にはめ込んである。純然たる創作であって事実だけに依拠した伝記小説ではない。

自分の内面をめったに吐露しない(ここが彼のテクストが鋼のような硬質さを持っている理由のひとつだ)キプリングの青春時代には謎も多い。それだけにかえって空想をたくましくして空隙を埋める仕事は楽しかった。たとえばキプリングの短編の作中人物を登場させたり、歴史上ではありえない人物同士の出会いを創造(想像)するのも実に愉快な体験だったと告白しておこう。フィクションとしては技巧的に拙いことは承知だが、誇れることがあるとすれば、キプリングを主人公にした(彼を主人公とした映画『マイ・ボーイ・ジャック』は別にして)小説はこれがたぶん世界で初めての試みであるという点だろう。

参考・引用書目に挙げた多数の著書にお世話になったが、とりわけボンゼルスには感謝を奉げたい。彼の『インド紀行』(岩波文庫)から得た刺激によってわたしの想像力が少しは羽ばたくことができた。特にラルーンとキプリングの邂逅の場面の着想はボンゼルスに負うていることをお断りしたい。

第Ⅱ部はインドという国(国というより風土と言いたいところだ)の約一世紀前の姿を、キプリングという「アングロ・インディアン」作家をとおして考察した試論である。これにはわたし自身のインド旅行の体験が重ねられている。論文と紀行が混交している新しいスタイルを試みたが、資料は踏まえてある。第Ⅰ部の補遺として読んでいただければ、ありがたい。

平成二十四年四月吉日

橋本槙矩

■『ジャスト・ソー・ストーリーズ』*Just So Stories for Little Children* 191
■『ジャングル・ブック』*The Jungle Book* 140, 196, 208, 293, 306
「リッキー・ティッキー・タビー」"Rikki-Tikki-Tavi" 140
■『人生のハンディキャップ』*Life's Handicap* 196, 242, 252
「イムレイの帰還」"The Return of Imray" 75, 171
「恐ろしい夜の街」"The City of Dreadful Night" 182
「神々の金策」"The Finances of the Gods" 44
「教会の承認なしに」"Without Benefit of Clergy" 253, 260-61
「獣のしるし」"The Mark of the Beast" 122, 244, 295
「地方長官」"The Head of the District" 306
「笑う井戸への道」"Bubbling Well Road" 242
■『東と西のバラッド』*The Ballad of East and West* 113
「東と西のバラッド」"The Ballad of East and West" 189, 294-95, 300-16
■『兵舎のバラッド』*Barrack-Room Ballads, and Other Verses* 175
「マンダレイ」"Mandalay" 177
■『幽霊リキシャ』*The Phantom Rickshaw and Other Tales*
「王を気取る男」"The Man Who Would be King" 220, 295
「モロウビー・ジュークスの不思議な旅」"The Strange Ride of Morrowbie Jukes" 228-45, 273, 281, 286, 288, 301-02, 311-12
「幽霊リキシャ」"The Phantom Rickshaw" 58, 104

【共著】

『ナウラーカ』*The Naulahka: A Story of West and East* (by Rudyard Kipling and Charles Wolcott Balestier) 76, 196, 237

38, 90, 169, 193
■『多くの計らいごと』*Many Inventions* 196
■『高原平話集』*Plain Tales from the Hills* 109, 174, 176, 190, 225, 250
「人生のチャンス」"His Chance in Life" 92, 252, 297, 306
「知られざる世界の記録として」"To Be Filed for Reference" 164, 190, 234-35
「スドゥーの家にて」"The House of Suddhoo" 61
「百の悲しみの門」"The Gate of a Hundred Sorrows" 72, 91, 190
「異教徒と結婚して」"Yoked with an Unbeliever" 96-97
「豚」"Pig" 296
「見捨てられて」"Thrown Away" 66
「ミス・ヤウルの馬丁」"Miss Youghal's Sais" 80
「誘拐されて」"Kidnapped" 66, 149
「リスペス」"Lispeth" 66, 250-51
「領分を越えて」"Beyond the Pale" 190, 245, 253, 255, 261-62
■『一日の仕事』*The Day's Work*
「征服者ウィリアム」"William the Conqueror" 130
「先祖の墓」"The Tomb of His Ancestors" 211, 213-14, 218, 220, 279
「橋を作る者たち」"The Bridge-Builders" 95, 245
■『交通と発見』*Traffics and Discoveries*
「ミセス・バサースト」"Mrs. Bathurst" 195
■『ヒマラヤ杉の下で』*Under the Deodars*
「路傍のコメディ」"A Wayside Comedy" 66, 165, 168
「帰還した男」"The Man Who Was" 289
■『三人の兵士』*Soldiers Three, and other stories*
「オン・ザ・シティ・ウォール」"On the City Wall" 34, 249
「ダンガラ神の裁き」"The Judgment of Dungara" 252

ロセッティ　Dante Gabriel Rossetti (1828-82)　20-21, 87, 98, 194
　「レイディ・リリス」"Lady Lilith"［絵画］　98
ロティ、ピエール　Pierre Loti (Louis Marie-Julien Viaud, 1850-1923)　100, 261

ワ行

ワイルド、オスカー　Oscar Wilde (1854-1900)　84, 176, 189, 191-92, 201, 313
　『ドリアン・グレイの肖像』*The Picture of Dorian Gray*　189, 192

▼キプリング作品

【長編小説／自伝／旅行記等】

■『アメリカン・ノーツ』*American Notes*　174
■『海外渡航記その他のスケッチ』*From Sea to Sea and Other Sketches, Letters of Travel*
　「拿捕免許状」"Letters of Marque"　297
■『お役所小唄』*Departmental Ditties and Other Verses*　148
■『消えた光』*The Light that Failed*　185, 192-96, 198-200
■『キム』*Kim*　29, 45, 48, 70, 145, 154, 216-17, 224-26, 241, 250, 277, 287, 297-98
■『マザー・マチューリン』*Mother Maturin*　61, 232
■『私事若干』*Something of Myself, for My Friends Known and Unknown*　196

【短編集】

■『ウィー・ウィリー・ウィンキー』*Wee Willie Winkie and Other Child Stories*
　「めぇー、めぇー、黒い羊さん」"Baa, Baa, Black Sheep"　24,

マ行

マイソール戦争　Anglo-Mysore War　209-10, 290
マコーレー、T・B（トマス・バビントン）　Thomas Babington Macaulay (1800-59)　129, 216-17, 270, 276, 283, 290, 301, 303, 305
「インド人教育についての提案」“Minute on Indian Education” 217, 270, 305
『魔女シドニア』*Sidonia the Sorceress* (by William Meinhold, 1797-1851)　20, 22
『マハーバーラタ』*Mahabharata*　72
マラータ戦争　Anglo-Maratha War　111, 290
マラータ同盟　Maratha Empire　4, 28, 209, 259
ミル、ジェイムズ　James Mill (1773-1836)　76, 290, 292, 306, 314
モリス、ウィリアム　William Morris (1834-96)　20, 282-83

ラ行

ラスキン、ジョン　John Ruskin (1819-1900)　22, 25, 263, 275-76, 280
『ヴェネツィアの石』*The Stones of Venice*　276
『近代画家論』*Modern Painters*　22
ラピエール、ドミニク　Dominique Lapierre (1931-)　3
『歓喜の街カルカッタ』*La Cite de la joie*　3
『ラホールの昔と今』*Lahore as It Was: Travelogue, 1860*（by John Lockwood Kipling and T. H. Thornton）　33
『ラーマーヤナ』*Ramayana*　72, 114
リヴェット=カーナック、ジョン　John Rivett-Carnac (1796-1869) 213, 279, 281
『回想録』*Many Memories of Life in India*　281
『リッピンコット』*Lippincott* (1868-1915)　186, 192
ルシュディ、サルマン　Salman Rushdie (1947-)　3, 156, 233
『真夜中の子供たち』*Midnight's Children*　3, 265
『ルバイヤート』*Rubáiyát* (by Omar Khayyám, 1048-1131)　20, 163

ハガード、ライダー　Henry Rider Haggard (1856-1925)　100, 177, 190
バーク、エドマンド　Edmund Burke (1729-97)　305
ハーディ、トマス　Thomas Hardy (1840-1928)　175, 189
　『森林地の人々』*The Woodlanders*　189
バードウッド、ジョージ　George Christopher Molesworth Birdwood (1832-1917)　282
バネルジー、サレンドラナート　Surendranath Banerjee (1848-1925)　305
バーバ、ホミ・K　Homi K. Bhabha (1949-)　206, 216, 311
バリ、ジェイムズ　James Matthew Barrie (1860-1937)　188
反知性主義　Anti-intellectualism　292
ヒューム、A・O　Allan Octavian Hume (1829-1912)　305
フォースター、E・M　Edward Morgan Forster (1879-1970)　262, 266, 270, 307, 313, 315-16
　『インドへの道』*A Passage to India*　212, 239, 266, 270, 302, 313, 315
ブキャナン、ロバート　Robert Buchanan (1841-1901)　98
ブラウニング、ロバート　Robert Browning (1812-89)　21, 23, 25, 51, 87, 100, 189
ベザント、ウォルター　Walter Besant (1836-1901)　175
ヘンティ、G・A　George Alfred Henty (1832-1902)　190
ベンティンク、ウィリアム・キャヴェンディッシュ　Lord William Henry Cavendish Bentinck (1774-1839)　267-68
ヘンリー、W・E　William Earnest Henley (1849-1903)　175-76, 190, 192-93
ボンゼルス、ワルデマール　Waldemar Bonsels (1800-1952)　247, 250
　『みつばちマーヤ』*Biene Maya*　247

1941) 293, 304
ダンテ・アリギエーリ　Dante Alighieri (1265-1321)　21, 56, 98, 194, 234, 301-02
『地獄篇』*La Divina Commedia/Inferno*　56, 234
チャッタージー、バンキム・チャンドラ　Bankim Chandra Chatterji (1838-94)　304, 313
『アーナンダマト』*Anandamath*　313
デロジオ、ヘンリー　Henry Louis Vivian Derozio (1809-31)　53
トムソン、ジェイムズ　James Thomson (1834-82)　22, 68, 178, 182
「恐ろしい夜の街」"The City of Dreadful Night"　68-69, 178

ナ行

ナイポール、V・S　Vidiadhar Surajprasad Naipaul (1932-)　238, 265, 309-10
中島敦 (1909-42)　211
『山月記』　211
『ナショナル・オブザーヴァー』*National Observer*　175, 190
ナラヤン、ゴービンド　Govind Narayan　4
『ムンバイ―― 一八六三年以降の都市の記録』*Mumbai: An Urban Biography from 1863*　4
ナラヤン、R・K　Rasipuram Narayan Krishnaswami (1906-2001) 211, 268-70
『作家の悪夢』*A Writer's Nightmare*　268
『マルグディに来た虎』*A Tiger for Malgudi*　211
ノルダウ、マックス　Max Simon Nordau (1849-1923)　99
『退化論』*Entartung*　99

ハ行

『パイオニア』*The Pioneer*　12, 59, 66, 79, 108, 110, 132-33, 147, 167-68, 170, 173, 175-76, 282, 287, 289

『虎——自由のシンボル』*The Tiger, Symbol of Freedom*　208
コンラッド・ジョゼフ　Joseph Conrad (1857-1924)
『闇の奥』*Heart of Darkness*　242

サ行

『シヴィル・ミリタリー・ガゼット』*Civil Military Gazette*　12, 16-17, 48, 59, 72, 96, 107, 125, 132, 135, 148, 160
ジェイムズ、ヘンリー　Henry James (1843-1916)　188, 196
シドワ、バプシ　Bapsi Sidhwa (1938-)　286
『パキスタンの花嫁』*The Pakistani Bride*　286
ジョーンズ、ウィリアム　William Jones (1746-94)　235, 258
ジャブヴァーラ、ルース・プラワー　Ruth Prawer Jhabvala (1927-) 262
『熱暑と土埃』*Heat and Dust*　262
スコット、ポール　Paul Scott (1920-78)　262, 302, 309, 316
『ラージ四部作』*The Raj Quartet*　302, 316
スティーヴンソン　Robert Louis Balfour Stevenson (1850-94)　177, 189-90
セロー、ポール　Paul Edward Theroux (1941-)　70
『ザ・グレイト・レイルウェイ・バザール』*The Great Railway Bazaar*　70
ソーバーン、S・S　Septimus Smet Thorburn　291
『ムスリムと金貸し』*Musalmans and money-lenders in the Punjab*　291

タ行

ダウスン、アーネスト　Ernest Christopher Dowson (1867-1900)　9, 22-23, 195
「シナラ」“Cynara”　22
タゴール、サー・ラビーンドラナート Rabindranath Tagore (1861-

ヴァキル、アルダシール　Ardashir Vakil　265
『ビーチ・ボーイ』*Beach Boy*　265
『ウィークリー・ニューズ』*Weekly News*　147, 165, 168
ウルフ、レナード　Leonard Sidney Woolf (1880-1969)　191
英語教育　217, 290, 303, 305
エイチスン、チャールズ・U　Charles Umpherston Aitchison (1832-96)　256
エリアーデ、ミルチャ　Mircea Eliade (1907-86)　254
『マイトレイ』*Maitreyi*　274
オーウェル、ジョージ　George Orwell (1903-50)　155, 216, 238, 260, 262
「象を撃つ」"Shooting on Elephant"　238
『ビルマの日々』*Burmese Days*　216, 260

カ行

ギッシング、ジョージ　George Robert Gissing (1857-1903)　189, 195
『地下の人々』*The Unclassed*　189
キーツ、ジョン　John Keats (1795-1821)　98, 194
キプリング、ジョン・ロックウッド　John Lockwood Kipling (1837-1911)　4, 10-11, 18-19, 48, 86-88, 90, 125, 153, 165, 230, 240, 256, 263, 265, 270, 275, 277-79, 281-84, 287, 296
『インドの動物と人間』*Beast and man in India: a popular sketch of Indian animals in their relations with the people*　10, 71, 240, 281, 284
『キプリングの日本』*Kipling's Japan: Collected Writings*［Hugh Cortazzi/George Webb編集による死後出版］　174
近代西洋教育　235, 303-05, 307, 310
ゴス、エドマンド　Gosse Edmund (1849-1928)　188
コートニー、ニコラス　Nicholas Courtney　208

索　引

ア行

アーノルド、エドウィン　Edwin Arnold (1832-1904)　81
『アジアの光』*The Light of Asia*　81
安部公房 (1924-93)　243
『砂の女』　243
『アラビアン・ナイト』*Alf Laylah wa Laylah*　20, 32, 39, 77, 253
アレン、チャールズ　Charles Allen (1940-)　231, 299, 309
『英領インドの平話集』*Plain Tales from the Raj: Images of British India in the Twentieth Century*　231, 309
アーレント、ハナ　Hannah Arendt (1906-75)　214
『全体主義の起源』*The Origins of Totalitarianism*　214
イェイツ、W・B　William Butler Yeats (1865-1939)　99, 133, 189, 191, 195, 304
『アシーンの放浪』*The Wanderings of Oisin*　189
『イエロー・ブック』*The Yellow Book* (1894-97)　190-191
イルバート法案　Ilbert Bill　17, 125-26, 129, 303, 305
インド公務員制度　Indian Civil Service (ICS)　47, 66, 125, 214, 269, 277-78, 291
インド国民会議　Indian National Congress (INS)　60, 77, 124, 129, 173, 224, 297, 312
インド大反乱　Indian Mutiny　28, 91, 111, 119, 122-24, 127, 137, 173, 211, 219, 222, 223-24, 226, 244, 256, 265, 267, 274-76, 290-92, 297-98, 302, 307
インド統治　The Raj　2, 17, 76, 93-94, 112, 124-25, 128, 155, 189, 213-14, 216-18, 220, 222-25, 233, 235, 241, 244, 252, 266-67, 273, 274-75, 290-92, 297, 302, 305, 307, 310, 316

橋本槇矩　はしもと・まきのり

一九四四年、中国・河北省の張家口市に生まれる。群馬県館林市出身。東京大学大学院人文科学研究科英語英米文学専攻修士課程修了。学習院大学文学部教授。現代英文学、アイルランド文学、インド英語文学。

主な著書に『シェイマス・ヒーニー——現代アイルランドの詩神』（国文社）、『現代インド英語小説の世界——グローバリズムを超えて』（共編著、鳳書房）、訳書にH・G・ウエルズ『タイム・マシン 他九篇』、『キプリング短篇集』、『アイルランド短篇選』、プリーストリー『イングランド紀行』（以上、岩波文庫）、ケヴィン・ラシュビー『女王陛下のダイヤモンド——インドからの道』（中央公論新社）、『キプリング・インド傑作選』（鳳書房）など多数。

青い薔薇　キプリングとインド

初版第一刷発行　二〇一二年六月一五日

著　者　橋本槇矩
発行者　森　信久
発行所　株式会社　松柏社
〒一〇二-〇〇七二
東京都千代田区飯田橋一-六-一
電話〇三-三二三〇-四八一三
電送〇三-三二三〇-四八五七
印刷所　中央精版印刷株式会社
装　幀　小島トシノブ（NON design）

ISBN978-4-7754-0181-1